suhrkamp taschenbuch 4611

Zwei junge Menschen, noch keine zwanzig: er ein Hamburger Schlaks aus gutbürgerlicher Familie; sie eine Wienerin mit dunklen Augen und unbefangenem Lachen, Tochter eines Zeitungsangestellten. Sie begegnen sich, sie arbeiten miteinander, sie verlieben sich – unter außergewöhnlichen Umständen. Im Sommer 1938 bereiten sich Lissy Harb und Ron Berend auf einem Landgut in Brandenburg auf ihre Ausreise nach Palästina vor. Es ist eines von mehreren jüdischen Landwerken, in denen sich Jugendliche für das harte Leben im Kibbuz rüsten. Sie alle eint das Ziel, dem Terror zu entkommen, ihre einzige Hoffnung ist die Ausreiseerlaubnis …

Urs Faes, 1947 geboren, lebt und arbeitet in Zürich und San Feliciano, Umbrien. Seine Werke sind vielfach ausgezeichnet worden, sein Roman *Paarbildung* stand auf der Shortlist für den Schweizer Buchpreis.

Zuletzt sind von ihm erschienen: *Raunächte* (IB 1452), *Halt auf Verlangen. Ein Fahrtenbuch* (st 4890), *Paris. Eine Liebe* (IB 1366), *Paarbildung* (st 4308) und *Liebesarchiv* (st 3965).

Urs Faes

Sommer in Brandenburg

Roman

Suhrkamp

2. Auflage 2018

Erste Auflage 2015
suhrkamp taschenbuch 4611

Druck und Bindung: CPI – Ebner & Spiegel, Ulm
Umschlagfoto: Yael Bartana, *The Missing Negatives
of the Sonnenfeld Collection (18)*, 2008, Courtesy Annet Gelink Gallery
(Amsterdam) und Sommer Contemporary Art (Tel Aviv)
Umschlag: Hermann Michels und Regina Göllner
Printed in Germany
ISBN 978-3-518-46611-7

Sommer in Brandenburg

Ich habe nichts als den Flügel
Ich habe nichts als die Schöpfung
Ich habe nichts als den Moment

Rose Ausländer

1

Was war das für eine Stimme, ein Lachen, nicht laut, aber eindringlich, übermütig verspielt, unbekannt, vor allem das: ein Mädchenlachen, das er nie zuvor gehört hatte, ein Klang, der ihm fremd war, kehlig, rauh.
Er kannte sie doch alle, die hier waren, seit Monaten, die Mädchen und die Jungen, Chawerot und Chawerim. Er lauschte, hielt die Hand gegen die Sonne, die blendete, Gegenlicht, darüber der Himmel, blau, preußischblau, dieser große Himmel, Frühsommer noch und heiß. Schnell sprang er über die Schattensprenkel auf dem Weg, eilte dem Stall zu, wollte das Tor schließen, dann hinunter zum Sportplatz, für ein paar Ballwürfe in den Korb vor dem Abendbrot.
Vom Brunnen drang noch immer das Lachen herüber, ausgedehnt und breit. Was gab es da zu lachen, vor dem Brunnen. Dahinter schimmerte der Schwanenteich; da sirrten die Libellen, an diesem Spätnachmittag als Drohung über dem Schilf, bläulich durchlässig. Hecken säumten das Ufer, darüber das Grün der hohen Eichen, die den Weg verschatteten, der sandig war und trocken, weil Regen schon seit Tagen ausgeblieben war. Krähen flogen über den hohen Zaun, der das Landgut umgab.
Wir haben Gänse und Hühner, Ziegen, sogar zwei Pferde, hatte er Helma geschrieben, sechs Kühe, die für eine ganze Milchwirtschaft reichen, mit Käse und Quark. Helma hatte gespottet in ihrem Brief, von Sommerlager gesprochen und Pfadfinder-Romantik, die nicht reiche für den Pioniergeist, den es brauche im fremden Land. Was wußte schon Helma.
Das Lachen, zu wem gehörte es? Die Stimme, etwas laut für

eine Zeit, in der sie gelernt hatten, leise und unauffällig zu sein, kein Aufsehen zu erregen, zu tun, als wären sie nicht da. Und nun lachte da eine, rief hinüber zum Haus, wo die Mädchen waren. Er hielt im Laufen inne, machte ein paar Schritte auf das Gebäude zu, ein Jagdschlößchen aus vergangener Zeit.

Da entdeckte er das Mädchen am Brunnen, das zum Fenster hinaufstrahlte, wo zwei andere sich herauslehnten und mit ausgebreiteten Armen winkten. Er wollte sich schon abwenden, um die Pferde in den Stall zu treiben und um endlich das Tor zu schließen. So war es ihm aufgetragen an diesem Abend. Mit der Madricha war nicht zu spaßen, das wußten alle; auch wenn sie ihre jeweiligen Anweisungen mit weicher Stimme gab, mit freundlichen Blicken. Auch sie, die da lachte, würde das noch lernen müssen. Wieder schaute er hin. Die Mädchen am Fenster verschwanden; und sie stand allein da, nah am Brunnenbecken, aus dem ein Strahl hoch aufschoß und niederfiel in die Marmorschale. Das Lachen war verstummt.

Das Mädchen drehte sich zögernd in seine Richtung, den Fuß nach innen gerichtet. Er schaute auf die Seidenstrümpfe, keine hier im Landwerk trug Seidenstrümpfe. Arbeitshose, knöchellang, auch für die Mädchen: Feldarbeit war zu tun, hacken und rechen, jäten und Tomaten einbringen, Spargel stechen, die letzten der Saison. Diese hier am Brunnen zupfte leicht an ihrem Kleid, ein feiner Stoff zweifellos, zog und zupfte an den Falten, als wolle sie, daß der Saum weiter nach unten falle und möglichst viel von den Beinen bedecke. Seine Schritte verlangsamten sich, bis er sich ihr auf jene Distanz genähert hatte, die schicklich einer Fremden gegenüber war. Er ahnte die Blicke hinter den Gardinen auf den Vorhof hinunter und wollte keine mahnende Stimme

hören, nicht von der Madricha ertappt werden, die das Mädchenhaus im Auge hatte.
So standen sie einander gegenüber, der junge Mann mit den wirbelwilden Locken von dunklem Braun und die junge Frau mit dem halblangen hellen Haar, das mit einer Spange im Nacken zusammengefaßt war. Ihre dunklen Augen überraschten ihn, ließen auch ihr Gesicht hell erscheinen. Eine Tasche hing von ihrer Schulter, schmale Finger umklammerten die schnurähnlich gewundenen Träger.
Sie hatte sich ihm zugewandt, als hätte er sie beim Namen gerufen.
Elisabeth Harb, Lissy, sagte sie schließlich. Schon die Aussprache des Namens verriet ihre Herkunft, bevor sie anfügte, sie sei eben aus Wien angekommen. Er sah, daß die beiden Mädchen wieder am Fenster erschienen waren.
Das sind Herta und Edna, Zwillingsschwestern, erklärte sie, auch aus Wien, und dann noch Carl, Frank und Paul, wir sind die Wiener Gruppe.
Halblaut schob er seinen Namen ins Plätschern des Brunnens: Ronald Berend, aus Hamburg, ich bin schon einige Monate hier. Und er machte noch einen Schritt auf sie zu: Schalom.
Die Stimme ruhte auf dem M, als sei es ein doppeltes.
Ein spritziges Servus kam zurück und ein Lachen. Ronald, wiederholte er, oder einfach Ron, als er ihr die Hand hinstreckte, die nach Erde roch, nach dem torfig feuchten Grund, in den er Furchen gezogen und Möhren ausgesät hatte; erdig verklebt war auch seine Arbeitshose.
Ich hab auf dem Acker gearbeitet heute, entschuldigte er sich.
Sie runzelte leicht die Stirn, als sei ihr unbehaglich in ihrem Kleid und den Seidenstrümpfen. Der Druck ihrer Hand war

fest, und sie hielt seine Hand etwas länger als üblich; erst als vom Fenster ihre Freundinnen applaudierten und laut kicherten, ließ sie los. Ihre Augen schienen in einem Lächeln zu erglühen. Rasch zog auch er seine Hand zurück; die Berührung bebte in seinem Körper nach.

Wir sind eben angekommen, wiederholte sie, der Verwalter hat uns mit dem Pferdewagen abgeholt, ich bin noch in Reisekleidung.

In ihrer Stimme schwang die Bitte um Nachsicht. Ihr Duft verwirrte ihn. Beide ließen die Arme hängen. So verharrten sie in stummer Verlegenheit.

Am Brunnen treffen sich die Mädchen, sagte er, nach dem Mittagessen oder nach dem Abendbrot. Er legte seine Hand auf den Beckenrand, Wassertropfen schlugen kühl auf der Haut auf.

Sie fuhr mit den Fingern durch das Wasser.

Ich nenne ihn Mirjams Brunnen.

Sie sah ihn fragend an.

Eine chassidische Legende von einem Stein, der Wasser in sich trägt.

Du magst diese Legenden?

Zweifel sprach aus ihrer Miene.

Ich lese viel. Die Geschichte von Mirjam stammt von Rabbi Eisik, der sie auf einer Kutschenfahrt erzählt haben soll.

Sie wandte sich ab, energisch, als wollte sie davon nichts hören.

Ich kenne das alles nicht, wir haben Schnitzler gelesen. Und ich höre viel Musik, von Strauß und von Alban Berg.

Mit der Fußspitze tippte sie den Koffer an, der vor ihr stand.

Da ist alles drin, was ich mitnehmen konnte, wenig, aber genug für eine lange Reise mit dem Schiff.

Jeder bekommt hier seine Reisekiste, antwortete er, wir sind ja schon auf halbem Weg nach Palästina.
Du glaubst daran?
Er nickte bestimmt. In diesem Augenblick schreckte sie das Dröhnen näher kommender Motorräder auf, die auf der Chaussee vorüberrollten und eine Wolke von Staub auf der sandig trockenen Fahrbahn aufwirbelten. Sie blickten den Fahrzeugen nach, den Gestalten, die mit theatralischer Geste den Arm hoben und in der Tiefe der Allee verschwanden.
Er fächelte leicht mit der Hand durch die Luft, als wollte er den Staub beiseite wischen.
Übel sind die Zeiten, und übel geht es uns in ihnen.
Ihr Gesicht verschattete sich, keine Spur mehr von jenem übermütigen Lachen, das durchs Landwerk gedrungen war.
Schiller, sagte sie. Sie griff sich an die Stirn und schob eine Strähne auf die Seite. Und wieder, nur für einen Moment, waren da ihre offenen Augen, die in seine fielen, strahlten und sich wieder trübten.
Er lächelte ihr zu. Aber wir können hier auch immer wieder vergessen, was uns bedrückt. Wir hoffen auf die Ausreise. Dafür arbeiten wir, unser Tagesplan ist straff geordnet, und wie. Du wirst sehen, von morgens bis abends, immer an der Arbeit.
Klingt nicht gerade ermutigend, seufzte sie und fügte, als sie sein Erröten bemerkte, hinzu, mach mir keine Angst, ich komme aus der Stadt, ich kenne die Gärten von Schönbrunn, die Blumenrabatten im Stadtpark und die Schnittblumen der Bauersfrauen, die meine Mutter auf dem Karmelitermarkt kauft. Aber von der Landwirtschaft weiß ich überhaupt nichts.
Halb so schlimm, lachte er, kaum einer war körperliche Arbeit gewohnt, aber geschafft hat es jeder.

Mir ist das alles fremd. Der Gutshof hier und das Land, in das wir reisen sollen. Ich kenne die Heiligen Schriften nicht. Ich kann nicht einmal Hebräisch.
Er tat einen Schritt auf sie zu.
Mach dir keine Sorgen!
Mach ich aber. Ich kenne niemanden hier, nicht mal den Leiter. Nur die Leiterin hat uns kurz begrüßt.
Madrich, sagen wir, und Madricha. Du wirst sie kennenlernen. Und wir dich. Das gehört dazu, daß jeder von sich erzählt, wer er ist und woher er kommt. Ihr Neuen seid die nächsten. Nicht mehr heute, aber vielleicht morgen oder übermorgen.
Zum Glück, sagte sie, da kann ich mir noch überlegen, wer ich bin.
Aus dem Gänsestall war lautes Schnattern zu hören und von der nahen Lorenbahn das metallische Kreischen der Räder.
Er wußte später nicht mehr, was sie in diesen wenigen Minuten noch miteinander gesprochen hatten. Er hatte sicher viel zuviel geredet. Was wird sie von mir denken? Und am Schluß hatte er, und das fiel ihm hinterher nicht ohne ein Gefühl der Peinlichkeit ein, noch einen Satz angefügt.
Lissy, hatte er gesagt, und es war nicht mehr die Sonne, die ihn blendete, die hatte sich schon im Grün verfangen, Lissy, bald ist Abendbrot, du solltest dich vielleicht umziehen. Der Madrich und die Madricha sind streng.
Etwas zaghaft hatte er nachgeschoben, er werde jetzt das Tor im Stall schließen, damit die Viecher nicht wieder davonliefen.
Und ich zieh mir die Strümpfe aus und eine ordentliche Schürze über. Wir sind ja nicht zum Vergnügen hier.
Den Satz hörte er noch, als er, eilig und ein wenig verwirrt, losging. Vor dem Tor hielt er inne, rieb sich die Augen, als sei

etwas hineingefallen, ein Körnchen Staub, das für Sekunden den Blick trübte. Stand da, achtzehn, schlaksig, mit langen Beinen, das Haar in einem Wirbel verdreht, den kein Kamm bezwang. Auf dem Teich schimmerten die Schwäne, weißer noch als die Wolke am Himmel. Er griff nach dem Tor und glaubte vom Brunnen her noch einmal ein Lachen zu hören, hell, als wolle es den Himmel erreichen, der hier höher war als anderswo, von einem anderen Blau.

2 Noch vor dem Weckruf war er erwacht, lag auf dem Rükken und starrte zur Decke; unter ihm, neben ihm schliefen alle, obschon Morgenlicht, durch die Gardinen gebrochen, in den Raum fiel, auf die schmalen Doppelstockbetten mit ihren Strohmatratzen. Er hörte Knistern, vernahm ein Gähnen. Bei mehr als dreißig Schläfern im Raum war immer etwas zu hören. So viele seid ihr, hatte Marleen gestaunt, die mit dem Vater in der Wohnung an der Klosterallee geblieben war. Ron war froh, daß Marleen bei Vater war; seit Mutters Tod verwechselte er sogar die Wochentage. Er würde ihnen schreiben, heute oder morgen, und vielleicht das Mädchen aus Wien erwähnen. In Gedanken hörte er Marleens Klavierspiel, zum erstenmal seit langem, Stücke aus den Anfängen ihres Spielens, an denen sie damals lange geübt hatte. Er hörte die sanfte Stimme, mit der sie ihm, dem kleinen Bruder, die Titel vorsprach, damit er sie sich merken konnte: *Süße Träumerei*, *Altfranzösisches Lied* und *Der Leierkastenmann*, das Lied, das er so oft hören wollte, bis Marleen sich weigerte. Sie hatte nicht nur ihm vorgespielt. Im Spiel von Marleen fand die Familie zusammen, die Mutter, der Vater, die große Schwester Helma und er.
Seine Augen folgten der Holzmaserung, und wieder war das Gesicht da, das er in den Schlaf mitgenommen hatte, die schmalen Lippen, das gewellte Haar, die leicht verschatteten Augen. Er suchte nach Worten, wie er oft nach Worten suchte für das, was ihm naheging, was ihm zufiel und festgehalten sein wollte; auch wenn der Tagesplan ihm wenig Zeit ließ für Notizen in sein Heft oder die Hände zu zittrig waren von der Arbeit in der Tischlerei.

Judith, die Madricha, hatte die Gruppe aus Wien beim Abendbrot vorgestellt, drei Mädchen und drei Jungen, für die in Wien der Alltag schwierig geworden war, seit dem Anschluß des Landes ans Reich. Die Madricha hatte sich dabei bequem an die Tischkante gelehnt, als wollte sie die thüringische Strenge ihres Elternhauses nicht gleich durchscheinen lassen. Sie nannte die Namen, Edna und Herta, die Zwillinge, Carl, Paul, Frank und eben Lissy. Sie würden Spitznamen bekommen, wie die meisten hier, würden bald selbst nach neuen Namen suchen, die besser in das Land paßten, in das sie wollten, das so klingende Namen kannte wie Sulamith oder Elischa.

Ihre Gesichter hatten übernächtigt gewirkt, auch etwas verängstigt, vor allem ihres, das er immer wieder gesucht hatte, vergeblich hoffend auf einen Blick aus den großen dunklen Augen, ein nur für ihn erkennbares Zwinkern.

Die Mädchen aus der Wiener Gruppe waren am Abend noch kurz auf den Söller gekommen, hatten hinuntergeblickt auf den Teich. Zum Singen waren sie nicht mehr geblieben. Der Wind hatte Dorothees Akkordeonklänge davongetragen, in den Sommerabend hinaus. Lange hatte er danach wach gelegen, auf das Plätschern des Brunnens gelauscht.

Samuels Stimme schreckte ihn auf. Mit dem Wecken war der Nachtwächterdienst zu Ende; morgen und übermorgen würde er den Nachtdienst an Samuels Stelle übernehmen. Samuel ging die Betten entlang, schüttelte den einen und den andern, der nicht aufstehen wollte. Ron sprang aus dem Bett, stürzte sich in die Kleider, machte sich auf den Weg zur Wiese hinunter. Die Hühner gackerten überlaut, im Stall schnaubten die Pferde.

Im Jagdschlößchen drüben, wo die Mädchen schliefen, war noch alles still, wie der Teich in seinem zarten Grün, wo

die Schwäne mit angezogenen Hälsen auf dem unbewegten Wasser ruhten.
Auf der Bank nah am Schilf bewegte sich etwas. Zwei Gestalten lösten sich voneinander, ein Mädchen war zu erkennen, ein Junge. Er sah, wie eine Hand das Gesicht des anderen berührte, über das Haar strich, ein flüchtiger Kuß. Rasch eilte das Mädchen der Wiese zu, der Junge blieb zurück. Dorothee und Manuel, dachte er, so früh am Tag? Nun hörte er Lärm vom Schlößchen her, Mädchenstimmen, Plaudern und Lachen. Die Madricha war die erste, die die Freitreppe herunterkam, gleich hinter ihr drängelten die Mädchen in ihren Arbeitskleidern, bereit zum Frühturnen. Die Madricha ließ sie vorbei und folgte ihnen mit besorgtem Blick, als fürchte sie ein Stolpern auch da, wo andere sorglos die Wege gingen. Lissy war auch dabei, das sah er, das Haar straffer geknotet als bei ihrer Ankunft, das gab ihrem Gesicht etwas Strenges.
Aus dem Schuppen, wo ihr Schlafraum war, rannten die Jungen herbei. Sie folgten Klemens, den der Madrich zu ihrem Vorturner bestimmt hatte und der sie an diesem Morgen auf einen Lauf durch den Wald mitnahm. Schade, dachte Ron und schloß sich der Gruppe an, den kleinen Trampelpfad hinauf, zur Hügelkuppe beim Jägerhaus, wo sie Steine stemmten.
Er blickte, während er einen Stein in die Höhe wuchtete, über die Felder hinweg, auf die Ebene mit der langen Piste des Flughafens, der eingezäunt war: *Betreten verboten.* Vom Turm wehte die Fahne mit den schwarzen Haken. Drüben, im niedrigen Haus am Ende der Piste, wohnten die Parteimitglieder, die Jungen von der Segelfliegerschule, die Jugend, wie sie sich der Führer wünschte.
Verrückt, dachte er, eigentlich verrückt, zwei Welten so nah

und so getrennt, Altersgenossen, gleich da drüben; dazwischen diese breite Ebene, sandig, bewachsen mit Wollgras und Sonnentau; kleine Kiefernwälder mit kahlen, rötlichen Stämmen, hämmernde Spechte; Moore und Tümpel mit den blauen Moorfröschen, Molchen und Kröten. Und hoch oben die Fischadler, der Rote Milan, ein wildschönes Land.
Klemens ließ sie eine weitere Runde rennen; während manche schon keuchten und schwitzten, war ihm keinerlei Anstrengung anzumerken. Nun würden die Mädchen bereits beim Frühstück sein, dachte Ron wehmütig. Nach der Rückkehr vom Waldlauf blieben die jungen Männer unter sich, allein am Waschtrog, betrogen um das, was sie am liebsten taten: den Mädchen zuschauen. Manuel ergriff den Wasserschlauch und spritzte um sich, andere taten mit, bis der Madrich zum Aufbruch mahnte; erst das Frühstück, dann der Morgenappell, pünktlich. Im Speisezimmer räumte Greta, die den Hausdienst versah, mit zwei andern schon das Geschirr der Mädchen zusammen.
So tranken die Jungen ohne Mädchenblicke die Milch, kauten das Brot, spießten dann und wann, ohne Begeisterung, ein Tomatenstück auf. Beim zweiten Frühstück würde eine Tomatensuppe im Kessel dampfen, das müßte reichen bis zum Mittag; dann würde Tomatengemüse gereicht und am Abend Tomatensalat.
Unsere saisonale Tomaten-Tour. Henner warf es spöttisch ein. Aber immer rot, schön rot. Und aus der eigenen Pflanzung.
Ron trank den letzten Schluck Milch, stellte die Tasse hin, nur rasch hinaus, sie beeilten sich. Die Mädchen hatten sich auf dem Platz zwischen den Gebäuden aufgereiht; die Sonne zeichnete ihre Schatten auf den von Grasnarben durchzogenen sandigen Grund. Alle schauten geradeaus, ernst. So

mußte das sein beim Appell. Die Jungen stellten sich daneben auf, schielten nach den Mädchennasen, einer so nah am andern, daß er mit dem Ellbogen den Nachbarn berührte. Schon nannte jeder seinen Namen, erst die Mädchen, dann die Jungen. Lissy, hörte er, nicht mehr so laut wie tags zuvor, am Brunnen, aber klar und deutlich. Ein Blick war nicht zu erhaschen, unmöglich. Zu lang die Reihe, fünfzig Gesichter in der Morgensonne.

Der Madrich stellte sich den Neuen mit seinem vollen Namen vor, Hannes Wenk. Seinen lakonischen, knappen Sätzen war seine Herkunft anzuhören; er war stolz auf seinen Ruhrpott-Dialekt und ließ gern wissen, daß Grubenarbeit in seiner Familie Tradition hatte. An diesem Tag hatte er wenig mitzuteilen. Jede Arbeitsgruppe führt die Arbeit von gestern weiter, die Mädchen aus Wien schließen sich der Kwuzat Hechasit an, also auf zum Tomatenberg. Eine Gruppe wird im Dorf aushelfen. Die Familie Liepe braucht Unterstützung bei der Rübenernte und im Hühnerstall. Der Madrich rief die Namen der Chawerim: Henner war darunter, dem damit immerhin der Tomatenberg erspart blieb. Die Madricha erinnerte daran, daß für die Palästina-Kunde am frühen Abend die angefangenen Karten mitzunehmen seien, man wolle dann über die Palästina umgebenden Länder sprechen. Sie werde eine Presseschau über aktuelle Probleme vorbereiten, dann folge Iwrit für die Anfänger und die Fortgeschrittenen.

Für das Abendzusammensein, unser Sicha, hat Dorothee Lieder angekündigt, fuhr der Madrich fort, wir freuen uns schon. Außerdem gibt es heute, sagte er noch, eine Spezialarbeit für Samuel, und die Gruppe aus der Tischlerei schließt sich an. Im Jägerhaus sind schadhafte Bodenbretter zu ersetzen, auf dem Dach Ziegel. Nehmt Carl mit, unseren Neuzugang aus

Wien. Verwalter Krüger wird dabeisein und beraten. Bis dann.
Er winkte zum Aufbruch. Schon wollten sie auseinanderstreben an ihre Arbeitsplätze, als Hauptwachtmeister Henike auf dem Rad durchs Tor fuhr.
Nochmals antreten, rief der Madrich.
Langsam stieg Henike vom Rad, salutierte, schritt mit prüfenden Blicken an der Reihe entlang. Vor den Wiener Mädchen hielt er an.
Neu?
Diese Woche angekommen, aus Wien, eine kleine Gruppe, drei Mädchen, drei Jungen.
Der Madrich trat zum Hauptwachtmeister, reichte ihm die Papiere der Neuen. Henike musterte die Jugendlichen lange, eindringlich, vertiefte sich in die Papiere, schaute wieder auf die Gesichter.
Güter, fragte er schließlich, Waren, Wertstücke?
Kleider, nichts als Kleider, kaum Gepäck.
Der Madrich sagte es mit Bestimmtheit.
Kontrollieren wir dann, brummte Henike. Er schritt den Rest der Reihe ab, überschaute den Hof, das Jagdschlößchen, die Ställe.
Zwischenfälle, fragte er, etwas Ungewöhnliches die letzten Tage?
Alles wie immer. Jede Menge Tomaten, eine Riesenernte. Über das ernste Gesicht des Madrich glitt ein Lächeln. Nur eine Warnung von drüben, der Madrich deutete mit dem Arm Richtung Flughafen, bloß Flugblätter, kein Überfallkommando.
Etwas von der Dienststelle Sturmbannführer Wilke gehört? fragte Henike.
Nichts, antwortete der Madrich, wir halten uns still.

Der Hauptwachtmeister winkte leicht mit der Hand, wandte sich ab.
Also an die Arbeit.
Rasch verließen sie den Platz, fast fluchtartig, verliefen sich in Gruppen, verschwanden zwischen Haus, Hof und Ställen, in den Gewächshäusern, auf dem Tomatenberg. Ron stand noch da, zog die Strümpfe zurecht, stampfte leicht, als wäre Erde abzuschütteln vom Schuh. Seine Blicke schweiften über das Waschhaus, den Hühnerstall, den Brunnen, dessen Strahl hochschoß wie immer und aufspritzend ins erste Becken fiel, niederrieselte in das zweite, ein römischer Brunnen in Brandenburg, im Landwerk Ahrensdorf. Keiner warf da eine Münze hinein.
Samuel rief Ron und Carl in die Tischlerei zur Materialausgabe.
Die Werkzeugkiste, Bretter und Leisten, auch die große Säge werden wir brauchen, und einige Pfähle.
Carl trat zu Samuel.
Der Polizist sah aus, als wollte er sich einen von uns vornehmen.
Carl fragte besorgt, ängstlich. Samuel legte ihm die Hand auf den Arm.
Halb so schlimm, Hauptwachtmeister Henike ist schon in Ordnung, ein Polizist, der seine Pflicht tut, kein übler Kerl. Will Ruhe haben. Parteimitglied, aber kein Eiferer. Wirst schon sehen, wie das hier ist.
Ron hängte mißmutig die Säge über die Schulter, ergriff zwei Pfähle. Ausgerechnet heute würden sie da oben arbeiten, abgesondert von allen andern. Kein Blick zum Tomatenberg würde möglich sein, höchstens in die andere Richtung zum Flughafen mit den Fahnen.
Kommt schon!

Samuel rief es bestimmt, er hatte die Werkzeugkiste gepackt, stapfte voraus. Carl schulterte die Bretter und Leisten. Verwalter Krüger schloß sich der Gruppe an. Für alle Fälle, murmelte er. Krüger hatte schon zu Zeiten des Samenhändlers Kurtz im Jagdschloß als Verwalter gedient und schaute nun nach wie vor auf dem Gut nach dem Rechten. Seit die Reichsvertretung der Juden das Gut gepachtet und dem jüdischen Pfadfinderbund Makkabi Hazair überlassen hatte, waren seine Dienste noch mehr gefragt. Er wußte alles und konnte zu Diensten sein und seine Frau auch. Die kannte sich aus mit Nähen, Stricken, Klöppeln, mit Waschen, Bügeln, Bleichen, und das brachte sie den Mädchen bei, die meist wenig vom Haushalten verstanden.

Während Ron über den sandigen Weg bergan trottete, den Mißmut im Nacken, hatte er plötzlich wieder das Lachen des Mädchens am Brunnen im Ohr, kehlig rauh und heiter. Aufwühlende Freude erfaßte ihn. Tief atmete er die Morgenluft ein und hielt an, etwas sprang aus dem Gras hoch, landete vor ihm auf dem Weg und sah mit den wie aufgesetzt wirkenden Knopfaugen zu ihm auf, eine von diesen Rotbauchunken mit den grellen Farbsprenkeln auf dem schwärzlichen Leib. Als er zur Seite wich, machte die Unke einen Satz und verschwand im Grün.

Er dachte an die kleine Rieke Heim mit den schmal geschnittenen Augen, für die er als Vierzehnjähriger geschwärmt, für die er Liebesgedichte geschrieben hatte. Sie hatten sich schon als Kinder in der Heinrich-Hertz-Schule kennengelernt. Mit ihr war er manchmal im Boot auf dem Isebek-Kanal gerudert, der durchs Grindelquartier führte; ihr Gesicht bekam im Fahrtwind etwas Verträumtes, das ihn entzückte. Einmal war er händchenhaltend von seinen Schwestern Helma und Marleen beobachtet worden. Sie hatten ihn, den Jüngsten,

geneckt, hatten Rieke Heim eine Magdalena Vermehren genannt, eine, die immer stolpere und sich ungeschickt anstellte. Er war gern mit Rieke zusammengewesen, sie hatte ihn nach Palästina begleiten wollen, war mitgekommen zum Landesjugendtreffen des Palästina-Amtes in Blankenese, 1934 mußte das gewesen sein oder 35. Sie hatte mit ihm Hebräisch gebüffelt und ihm geholfen, eine Karte von Palästina anzufertigen, die Orte und Landstriche einzutragen und darauf eine Drehscheibe anzubringen. In die Scheibe waren Fenster geschnitten, in denen beim Drehen die Namen auftauchten. Massada, Galiläa, Jerusalem. Auf Rieke war Verlaß gewesen. Wo mochte sie sein? Helma und Marleen hatten damals nicht aufgehört zu spotten. Nur die Mutter hatte ihn verteidigt, sie war schon krank gewesen und bald darauf gestorben, noch bevor Hitler ins Rheinland einmarschiert war.
Sollte er seinen Schwestern von Lissy schreiben? Ein Mädchen, würde er schreiben, das mein Herz bewegt, Lissy heißt sie, und ich hoffe, sie mag mich auch. Sie hat ein helles Gesicht und dunkle Augen und ist nicht schüchtern.
Er schüttelte den Kopf. Mochte sie ihn?
Er raffte sich auf, ging mit schnellen Schritten weiter. Ines und Gabriel, die auch zur Tischlergruppe gehörten, hatten ihn überholt; Gabriel war die Unlust von hinten anzusehen. Ines drängte ihn wohl, wie so oft, zur Eile. Eine Unruhe schien manchmal von Ines Besitz zu ergreifen, die sie auf und ab gehen, sich selbst und andere antreiben ließ. Dafür sprang sie bei, wenn einer nicht zurechtkam. Oder sie zwang sich mit einer Strickarbeit selbst zur Ruhe.
Ron hatte die Kuppe fast erreicht. Drüben im Tomatenberg, den man vom Jägerhaus nicht sah, arbeiteten die Mädchen der Wiener Gruppe und die von der Kwuzat Hechasit, der sie vorläufig zugeteilt waren, bis sie eine eigene Arbeitsgruppe

bilden würden, Kwuzat Vienna oder Tabor vielleicht. Die von der Kwuzat Hechasit, das waren die, die beim abendlichen Zusammensein regelmäßig Bücher vorstellten, zuletzt von Binding und Hesse und das Buch von Joachim Prinz über jüdisches Leben. Lauter Frauen waren in der Gruppe, die energische Greta, die gern etwas auf den Weg brachte, gehörte dazu und Ruth aus dem Fichtelgebirge, die eine Vorliebe für Pflanzen hatte.

Sie hörten die Stimmen der Mädchen, eine sang, das war deutlich zu hören.

Auf deinem Balkon hängen meine Augen,
sie sehen dich nicht!
Es welken die Blumen, die Tür ist geschlossen,
die Scheiben trüben das Licht.

Sogar Verwalter Krüger, der mit Samuel und Carl vorausgegangen war, hielt inne.

Wie ein Vogel fliegen meine Gedanken
und stoßen sich an den Zweigen.
Still klopfen sie bei dir an die Scheiben,
du willst dich nicht zeigen.

Sie lauschten, bis das Lied verklungen war. Carl wirkte wie verzaubert.

Im Jägerhaus packten sie das Werkzeug aus, Säge, Zangen und Hämmer. Verwalter Krüger zeigte die schadhaften Holzböden. Auch im Zimmer mit dem breiten Bett, das manchmal Gästen überlassen wurde, waren Bodenbretter zu ersetzen. Das Dach zeigte lecke Stellen, zerborstene Ziegel.

Nicht trödeln, wir haben viel zu tun.

Samuels Stimme klang freundlich, aber bestimmt.

Gabriel verschränkte die Arme. Samuel stieß ihn an.

Gilt auch für dich.

Ron zog ein Brett hervor.

Und sie da unten? Kam sie zurecht mit der Arbeit zwischen den Tomatenstauden, die an Pfählen emporwuchsen, mit Bast zu befestigen waren, dem Jäten im ausfransenden Grün, zwischen den rotglänzenden Früchten? Fremd und ungewohnt dieses Harken und Sich-Bücken nach dem Unkraut, die Finger im sandigen Grund.

Eindringlich klang die Glocke durchs Gelände, rief alle herbei, die an der Arbeit waren. Oben im Jägerhaus gab Samuel das Zeichen zum Aufbruch, fort aus dem Staub, der Hitze, hinunter zum Waschen, dann zum Lernen und zum Abendbrot.

Hinunter zu den Mädchen, dachte Ron und strahlte zum ersten Mal an diesem Tag. Die Sonne blinzelte hinter den Wipfeln des Kiefernwäldchens, das schräg einfallende Licht zeichnete die Landschaft hell und klar. Gestochen scharf waren die Fahnen am Flughafen drüben zu sehen. Sie liefen hinunter, das Werkzeug geschultert. Aus allen Richtungen kamen die Chawerim, hüpfend die einen, mit schwerem Gang die andern, die vom Acker hatten die Hände voller Erde, das Gesicht gerötet. Beim Waschhaus trafen sie aufeinander, wuschen sich, schüttelten sich. Verspätet und abgeschlagen, wie die versprengte Schar einer Wandergruppe, kamen die Mädchen aus Wien heran. Sie konnten kaum noch gehen, traten auf, als hätten sie Steine in den Schuhen oder Scherben.

Blasen, jammerte Edna, an den Fersen und Händen, und eine blutunterlaufene Zehe obendrein. Herta zeigte eine Wunde auf der Innenfläche der Hand, so könne sie keine Harke mehr halten; sie zog eine Grimasse und schüttelte den Kopf über ihre Empfindlichkeit. Frank, der sich nach der Stallarbeit wieder seinen Wiener Freunden angeschlossen hatte, stimmte in das Klagen ein: Ich habe Hunger.

Und Lissy? Sie zog die Schuhe aus, setzte sich, ließ den Kopf

vornüber sinken, schloß die Augen und stöhnte. Er spähte verstohlen hinüber, sah, wie Ines die Neuen tröstete, es gehe jedem so in den ersten Tagen. Fast alle seien wie sie aus der Stadt und die Arbeit auf dem Land nicht gewohnt. Aber jetzt komme der Abend, Geschichte und Sprache, Musik und Bücher, und nach dem Essen träfen sich alle oben auf dem Söller. Das wird lustig, versprach Ines, und heute abend werden auch noch Pakete mit Süßigkeiten geöffnet, vielleicht gibt es wieder einmal Schokolade.
Die Mädchen aus Wien lehnten sich aneinander. Noch nicht zu Ende, der Tag.

Nach dem Abendessen sollten sich die Neuen vorstellen, von den Eltern, den Geschwistern erzählen, von ihrer Stadt und wie sie da lebten. Da saßen sie, vorn auf den Stühlen, leicht angespannt, als sei das ein Verhör. Lissy, den Blick gesenkt, die Zwillinge, Edna und Herta, Frank und Paul, nur Carl fehlte, die Erschöpfung von der Tagesarbeit war ihm anzumerken gewesen. Der Madrich hatte sich nachsichtig gezeigt und ihm erlaubt, sich schlafen zu legen.
Die Madricha machte eine Handbewegung, die sie selbst und die an den Tischen Sitzenden einschloß.
Wir freuen uns, von euch zu hören.
Da ging die Tür auf. Gabriel trat ein. Alle Köpfe drehten sich ihm zu.
Schon wieder. Die Madricha trat einen Schritt vor, deutete mit strengem Blick auf das Gemälde mit dem Granatapfel an der Wand.
Ich weiß, sagte Gabriel mürrisch und fuhr im Tonfall eines Predigers fort: Die Kerne des Apfels stehen für die Pflichten, die uns die Tora auferlegt. Zu viele für mich.
Sie gelten für alle.

Die Madricha sagte es ruhig und gab Frank ein Zeichen.
In Wien hatten sie zuletzt gelebt, er selber, Frank sprach zögernd, war in Graz geboren, mit den Eltern nach Wien gekommen, schon mit drei, der Vater war Arzt, mit Praxis in der Viriotgasse, im 9. Bezirk, Spezialist für Hautkrankheiten, auch Geschlechtskrankheiten, fügte er, leicht errötend, an, schwieg.
Ihr Vater, begann Lissy nach einer kurzen Pause, hatte bei der Wiener Zeitung gearbeitet, als Kassier. Erst hatten sie an der Ecke Fleischmarkt/Bauernmarkt gewohnt, nicht weit vom Kornhäusl-Turm; später auf der andern Seite des Donaukanals, an der Großen Sperlgasse, gleich an der Ecke zur Karmelitergasse. Sie hatte das nahe Gymnasium besucht, bis sie nicht mehr zugelassen wurde, wie die andern auch, und gehen mußte, im März war das.
Paul lehnte sich im Stuhl zurück, verschränkte die Arme hinter dem Kopf, maß die Runde. Auch er war aufs Gymnasium gegangen. Dann hatte er auf Wunsch des Vaters, eines Burgschauspielers und Freundes von Hans Moser, am Reinhardt-Seminar vorgesprochen, im Februar dieses Jahres. Sie hatten gehofft, im Theater lasse man sie in Ruhe. Der Vater war es auch gewesen, der ihn schon früh, als Neunjährigen, zu den jüdischen Pfadfindern geschickt hatte, zum Makkabi Hazair, wo das Bild von Herzl im Korridor gehangen hatte.
Das gleiche, das auch hier hängt. Mit einer schwungvollen Geste durch die Luft wischend, deutete er auf das Bild hinter sich. Der Herzl hat schon recht, hatte der Vater gemeint, eine Sehnsucht haben wir alle. Es schadet nichts, wenn du da Bescheid weißt, auch wenn wir nicht auswandern wollen. Wir bleiben in Wien. Hier gehören wir hin.
Die Familie wohnte an der Stiegengasse, gleich beim Naschmarkt, in einem Haus mit hohen Räumen, einer breiten Wen-

deltreppe und einem Lift, der, eisenvergittert wie ein Vogelkäfig, unendlich langsam in die Höhe und himmelwärts schwebte; man hätte sich denken können, daß er übers Dach hinaus bis zu den Sternen weiterfuhr. Manchmal hatte ihn der Vater mitgenommen in den Stadttempel.

Unsere Eltern gehen nie in die Synagoge, warf Herta ein, und Edna nickte der Schwester zu. Aber ein anständiges Leben haben wir doch geführt, ergänzte sie leicht schnippisch, ohne irgendwelche Liebeleien.

Was heißt da Liebeleien, rief eine aus den hinteren Reihen. Dorothees Gesicht verriet Empörung. Edna warf ihr einen abschätzigen Blick zu.

Meine Eltern sind auch keine Synagogengänger, erzählte Lissy, aber Tante Debora gehört zur Gemeinde. Sie hatte Lissy zum Makkabi geschickt. Das war ein Glück, denn dank dem Makkabi waren sie hierher auf Hachschara gekommen, sie und Edna und Herta. Nachdem der Führer auf dem Heldenplatz den Anschluß ans Reich verkündet hatte, unter dem Jubel der Wiener, sei es zu Plünderungen gekommen, und ein Wort sei öfter zu hören gewesen: Arisierungen.

Das war kein Leben mehr für uns. Auch nicht für unsere Eltern –

Lissys Vater hatte seine Stelle bei der Zeitung verloren und zu Hause nur noch vor sich hin geschwiegen. Er ging auch nicht mehr aus dem Haus, nicht mal ins Café, ins Central schon gar nicht, und auch nicht ins Weidinger, wo er sich früher mit seinen Freunden zum Bridge getroffen hatte. Einmal war er ins Salettl gegangen, an der Hartäckerstraße, weil er dachte, im 19. wären vielleicht noch keine Nationalsozialisten. Doch auch hier hatte das Bild des Führers gehangen, zwei Parteigenossen tranken Bier und lachten laut. Da kehrte er gleich wieder um. Den Kaffee trinke er jetzt zu Hause, brummte er. Die Mutter versuchte ihn aufzumuntern, mit wenig Erfolg. Manchmal rief sie, wie zu früheren Zeiten, Freunde für einen Abend mit Hausmusik zusammen. Die Mutter sang gerne, ihr Mezzosopran klang gut; sie hatte im Wiener Opernchor mitgemacht. Der Vater liebte das Klavierspiel. Aber auch da kehrte keine Freude ein, nicht einmal bei den Schubertliedern, die immer zu ihren Lieblingsstükken gehört hatten. Einige der Musiker, wie der Chefpräparator des Naturhistorischen Museums, wollten nicht mehr kommen. Es war eine schwierige Zeit. Der Vater werde noch schwermütig, habe die Mutter geklagt und geweint.

Lissy schwieg einen Augenblick. Sie sei dann, fuhr sie fort, wie der Vater auch, zu Hause geblieben, habe jedoch gelegentlich in einem Parfümeriegeschäft aushelfen und etwas Geld verdienen können. Sie arbeitete, von niemandem gesehen, im Lagerraum, sortierte Puderdosen und Zerstäuber, füllte Fläschchen nach, machte Geschenkpackungen. Manchmal durfte sie auch Proben mitnehmen. Das sei ein kleiner Trost gewesen, ein willkommenes Geschenk für Freundinnen.

Sein Vater, nahm Paul den Faden auf, habe zunächst an der Burg weiterspielen können, aber er habe bald gemerkt, daß er für große Rollen nicht mehr erste Wahl war. Eines Tages sei er nach Hause gekommen und habe mitgeteilt, er sei aus dem Ensemble ausgeschieden und wolle versuchen, in die Schweiz zu gehen oder notfalls nach England.

Schon im April hatten die Eltern von der Möglichkeit gehört, daß Jugendliche auf Hachschara fahren könnten, nach Brandenburg, ins Reich, ein seltsamer Gedanke, aber eine Möglichkeit, um mit der Jugend-Alija auswandern zu können. Edna und Herta hatten sich gleich gemeldet. Auch ihm habe der Vater dringend zugeraten, er solle versuchen, nach

Palästina zu kommen. Hier in Europa sei er nicht mehr sicher.
Sie habe, sagte Lissy, zuerst gezögert, wegen der Eltern, die noch verlorener seien ohne sie. Aber dann habe Tante Debora ebenfalls geraten, zu fahren, möglichst schnell. Sie hatte am Franz-Josefs-Bahnhof beobachtet, wie jüdische Studenten gezwungen wurden, mit den Fingernägeln Schuschnigg-Plakate von den Wänden zu kratzen. Dabei wurden sie bespuckt und geschlagen. Das könnte dir auch zustoßen, habe Tante Debora voller Schreck gewarnt, und uns auch.
So waren sie gefahren, eine Gruppe von achtzehn, sie sechs nach Ahrensdorf, sieben nach Havelberg und fünf nach Gut Winkel. Es war ein schwieriger Abschied gewesen im Bahnhof am Praterstern, Eltern, Geschwister, Onkel und Tanten hatten sich eingefunden. Nie würde sie die Gesichter vergessen. Abschied nehmen müssen, für lange, vielleicht für immer. Die hilflosen Gesten. Stille Wut. Verzweiflung. Lissy verstummte.
Paul beugte sich vor. Sein Vater habe nicht geweint, aber geflucht, auf die Zeiten, die so übel seien, so ohne Hoffnung, und auf die Feindseligkeit, die sich überall breitmache. Er habe die Nationalsozialisten verwünscht und die Nachbarn, die den Soldaten der Wehrmacht Blumen auf den Weg streuten, als sie einmarschierten. Paul zog eine verächtliche Grimasse.
Nun schwiegen die Wiener, schauten sich an.
Aber da sei auch das andere Wien, begann Frank zögernd, das Wien, das sie liebten, der Naschmarkt und der Prater, und für ihn, der gern esse, der Kümmelbraten beim Silberwirt in der Schloßgasse und die belegten Brötchen in der Büffel-Bar.
Und das Naturhistorische Museum, ereiferte sich Lissy,

das mit seinen ausgestopften Tieren, Steinsammlungen und Skeletten zu ihrer Wiener Kindheit gehöre. Ihre Stimme stockte.
Die Madricha war aufgestanden und zur Gruppe getreten. Sie dankte und sagte, wie sehr sie hoffe, daß sich für all das Ungelöste noch Wege finden würden.
So, und nun die Eßpakete.
Die Madricha gab das Zeichen. Da stürzten sich alle hin zum Tisch, drängelten, konnten kaum warten. Aus der Küche kam Alina, die Köchin, brachte Tee, schaute sich um, als suche sie einen Liebhaber für die Nacht.
Langsam, langsam, besänftigte der Madrich, wir teilen, wie immer.
Dorothee löste die Schnur und wickelte das Papier auseinander. Nüsse, Schokolade, sogar Brustkaramellen aus Waiblingen und Lakritzen.
Und dann und wann ein weißer Elefant, spottete Samuel. Gabriel grinste.
Klemens öffnete das zweite Paket. Alles wurde auf dem langen Tisch ausgelegt. Jeder durfte etwas nehmen, trat dann zurück. Sie schwelgten in dem seltenen Genuß.

Die Arbeit falle ihr schwer, gestand Lissy, als sie neben Ron die Treppe zum Söller hochstieg; scheu und langsam gingen sie nebeneinander.
Sie hatte immer in der Stadt gewohnt, Gartenarbeit war ihr fremd, allen in der Familie. Und gerade sie hatte gleich in diesen ersten Tagen auf dem Tomatenberg arbeiten müssen. Sie spürte das Brennen auf den Handflächen, der Rücken schmerzte. Sie hatte geglaubt, sie schaffe das nicht. Auch Herta und Edna litten und machten doch weiter. Sie waren gewarnt worden. Hachschara, hatte der Herr auf dem Palä-

stina-Amt in Wien sie belehrt, das ist Schwerarbeit. Einsatz unter harten Bedingungen, kräfteraubend. Vorbereitung, körperlich und geistig, auf das Siedlerdasein. Gemeinschaft zählt, das Miteinander. Ohne Eltern im fremden Land sein. Pioniere in kargem Gelände, im steinigen Bergland oder mitten in einer Wüste, in Judäa oder im Negev. Sie hatte sich die Worte gemerkt.

Und jetzt schon dieser Anfang hier. Sie schob eine Strähne aus dem Gesicht. Bei der Arbeit hatte sie immerzu an die Eltern in Wien denken müssen. Ich habe Angst, hatte der Vater gesagt, kurz bevor sie abreiste, die sind zu allem fähig.

Die Bilder aus Palästina hatten sie beeindruckt. Sie hörte das alles zum ersten Mal. Wie sollte eine wie sie in diesem Land zurechtkommen, das sie nur aus der Bibel kannte, und auch das nicht gut. Und dann die Arbeit. Niemand in ihrer Familie war besonders geschickt in Handarbeit. Für das Essen hatten sie ein Hausmädchen gehabt. Und so eine muß auf den Tomatenberg.

Ist doch bisher einigermaßen gut gegangen, tröstete er und sagte es schon wieder so, als sei er der Lehrer, der Zuspruch zu spenden hätte. In Palästina-Kunde herrscht bei den meisten umfassende Unkenntnis. Aber das wird sich ändern.

Sie nickte.

Er habe immer nach Palästina gewollt, unbedingt, seit Jahren wolle er das, seit sie ihn aus der Heinrich-Hertz-Schule hinausgedrängt hatten, mit dreizehn Jahren: Gesetz gegen die Überfüllung deutscher Schulen. Zuerst waren sie noch geduldet gewesen, hatten mit den andern im Turnunterricht den Hitlergruß üben müssen. Dann wurden die jüdischen Kinder ausgeschlossen. In der ersten Zeit hatten ihn die Mitschüler abends noch besucht, wenn es dunkel war, aber bald hatten sie sich nicht mehr blicken lassen. Er hatte in die Hamburger Talmud-Tora-Schule eintreten können. Im selben Jahr war die Familie umgezogen, in die Isestraße, und im Tempel an der Oberstraße hatte er seine Bar-Mizwa bei Rabbi Italiener gefeiert. Von da an wollte er nach Palästina fahren. Deshalb war er auch dem Turnverein Bar Kochba beigetreten, der zum Makkabi gehörte.

Lissy und Ron blickten vom Söller aus auf den Teich und seine Schilfgürtel. Über ihnen wölbte sich der große Nachthimmel. Schwarz traten die in die Finsternis ausgreifenden Wipfel der Bäume hervor. Simon, der erst seit ein paar Wochen im Landwerk war und von dem sie wenig wußten, hatte zur Überraschung aller seinen Geigenkasten geöffnet und eine Violinsonate gespielt. Reger, hatte er in die fragenden Gesichter geflüstert, dritte B-Dur.

Fast alle waren noch auf die Terrasse gekommen an diesem Abend. Dorothee spielte auf dem Akkordeon, und Manuel stand hinter ihr, seine Hände lagen auf der Stuhllehne, seine Fingerspitzen berührten fast Dorothees Rücken.

Lissy und Ron stützten sich mit den Unterarmen auf den Sims, nebeneinander, nicht zu nah.

In ihrer Familie habe niemand auswandern wollen, sagte Lissy, der Vater schon gar nicht, der liebe Wien. Auch Tante Debora wollte erst nicht ausreisen, sie hing an ihrem Haus in Alt-Hietzing. Hier hatte sie ihre Freunde, vor allem Helene Berg. Sie war ein häufiger Gast im Haus des Musikers. Nach Alban Bergs frühem Tod hörte sie mit Helene jene Musik, die nicht mehr gespielt werden durfte, das *Violinkonzert*, die frühen Lieder. Nun wolle auch Tante Debora weg, hatte die Mutter geschrieben, am liebsten nach England oder in die USA. Sie hielt inne. Er legte seine Hand auf die ihre, zog sie aber rasch zurück. Die Madricha hatte den Söller betreten, grüßte alle, hinter ihr folgte der Madrich. Dorothee unterbrach ihr Spiel.

Auch er mache sich Sorgen um den Vater, gestand Ron, der Vater sei allein mit seiner Schwester Marleen in Hamburg, und seit dem Tod der Mutter vor zwei Jahren –

Na, ihr beiden, die Madricha lachte, drängte sich zwischen sie, wie läuft das Gespräch zwischen Hamburg und Wien?

Lissy errötete und spähte angestrengt in den Garten hinunter, als hätte sie dort etwas entdeckt. Ron dagegen wandte sich der Madricha zu. Leicht ist es nicht, in Iwrit schon gar nicht, grinste er, aber wir geben uns Mühe.

Der Garten Eden wird keinem geschenkt. Kommt, setzen wir uns zu den andern.

3 Allein war er auf dem Söller geblieben, nachdem alle in ihre Schlafräume verschwunden waren, die Madricha als letzte. Sie hatte ihm die Schlüssel gereicht, die Lampe, das Jagdhorn, hatte ihn auf Tee, Brot und Alinas Apfelzimmes unten in der Küche aufmerksam gemacht, ihn zur Vorsicht ermahnt.
Er blickte in die Nacht hinaus. Alles still, auf der nahen Chaussee kein Laut. Im Haus waren noch vereinzelte Stimmen zu hören, Mädchenstimmen; drüben in der Unterkunft der Jungen herrschte Ruhe, auch in den Ställen. Über allem die Kuppel des nachtblauen Himmels. Noch nirgends hatte er den Himmel so überwältigend hoch wahrgenommen wie hier, als wäre die Erde bloß eine Scheibe und über ihr dieses riesige Halbrund, mit Sternen gesprenkelt, ein sichelfeiner Mond, abnehmend. Seine Hand streifte den Sims der Brüstung. Das Mauerwerk war noch warm, er stellte sich vor, Lissys Hand hätte da gelegen und ein wenig Wärme für ihn zurückgelassen. Er preßte die Hand stärker auf den Sims. Am liebsten hätte er jetzt mit Lissy einen fliegenden Teppich bestiegen und wäre über die Wiesen und Kiefernwälder davongesegelt. Er lächelte. So hatte er in seinem Kinderzimmer in der Hirtenstraße vor dem Schlafengehen manchmal am Fenster gestanden und sich nach einem fliegenden Teppich gesehnt, der ihn forttragen würde, in langsamem Flug über Hamburg hinaus in die Welt.
Er schaute auf die Uhr. Kurz nach halb zehn. Um zehn würde wieder eine Runde zu machen sein. Aus der Mädchenunterkunft war nichts mehr zu hören. Hell schimmerte der Teich in der Dunkelheit. Rons Hand auf dem Sims schien mit dem Mauerwerk verwachsen.

Ein Geräusch ließ ihn aufhorchen. Ein gleichmäßiges Schaben. Langsam ging er über die Wendeltreppe nach unten, betrat die Küche, wo Licht brannte. Auf dem Tisch lagen einige übriggebliebene Schokoladenpuffer und eine Notiz. Eine gute Nacht – die Schriftzüge der Madricha. Er breitete seine Sachen aus, das Heft, den Stift, die Papierbogen. Lieber Vater, liebe Marleen. Auch den Ort, das Datum: Ahrensdorf bei Trebbin, Sommer 1938, schrieb er hin. Dann, auf einem Zettel: Dank für die Geschenke. Den Pullover.

An regnerischen Tagen hatte er ihn übergezogen, um nicht zu frösteln in den feuchten Räumen. Für die fünf Reichsmark hatte er Briefmarken und Seife gekauft und sich beim Frisör, der jeden Monat ins Landwerk kam, die Haare schneiden lassen. Für das Buch mit den jiddischen Geschichten von Leib Perez wollte er danken. Die Geschichte vom kranken Kind hatte Greta an einem Abend vorgelesen. Ihre Mutter, die aus Tarnów stammte, hatte ihr und den jüngeren Geschwistern diese und andere Geschichten von den Gerechten mit ihren manchmal sonderbaren Wundertaten erzählt.

Er trank ein Glas Tee, die ganze Nacht wachzubleiben fiel ihm nicht leicht. Dafür durfte er am Morgen ausschlafen, wenn die andern ausrücken mußten. Diesmal war seine Freude darüber nicht groß.

Sonderbar, die Mädchen über sich zu wissen, im gleichen Haus. Ihre Räume im oberen Stock waren über die Vordertreppe zu erreichen, der Zugang war den Jungen nicht erlaubt, außer für den Weckruf am Morgen.

Von der Feierlichkeit des Sabbats hier im Landwerk wollte er schreiben. Er setzte den Stift aufs Papier.

Alle feiern, und alle sind hell gekleidet, die Mädels tragen weiße Kopftücher statt bunte, und auf den Tischen sind mehr Blumen als alltags. So ist hier der jüdische Feiertag zu etwas Besonderem geworden, Gedenken und Andenken, wie es uns aufgetragen ist, eine Pflicht. Aber für mich ist es vor allem Ausruhen von der täglichen Arbeit, Sich-tragen-Lassen im Zusammensein.

Auch Helma müßte er antworten. Sie verzweifelte ob der Härte des Alltags im neuen Land. Sie hatte die Hitze, die Trockenheit, den täglichen Kampf beschrieben, das Gemeinschaftsleben im Kibbuz geschildert. Sie kam damit nicht zurecht. Alles gemeinsam, kaum ein Ort, um für sich zu sein. Sie vermißte den Vater, war in Sorge um Marleen und ihn, den kleinen Bruder. Sie fürchtete, die Ausbildung im Landwerk sei nicht gründlich genug, bereite nicht ausreichend auf das vor, was sie erwartete. Sie verulkte den deutschen Begriff Auswanderungslehrgut, indem sie ihn mit zwei e schrieb, und ließ sich zu der Prophezeiung hinreißen, Ron würden einmal die Kamele fressen oder die Klapperschlangen beißen. Wollte sie ihn vor Enttäuschungen bewahren? Welche Ängste plagten sie? Er schüttelte den Kopf. Sie hatte keine Ahnung, was sie hier im Landwerk lernten.

Wieder hörte er das sonderbare Geräusch von draußen und trat zum Fenster: ein Schaben dumpf wie Holz, das über Leder strich. Er hörte das Plätschern des Brunnens vor dem Haus, fröstelte leicht, kehrte zum Tisch zurück. Er würde Helma erzählen, wie strikt geregelt das Leben hier war: um halb sechs aufstehen, Gymnastik, dann ein straff organisierter Arbeitstag, am Spätnachmittag Unterricht. Von ihren Feldern würde er ihr erzählen, Roggen, Kartoffeln, Hafer, die Baumschule würde er erwähnen, die Gewächshäuser, den Tomatenberg mit der Lorenbahn. Sie würde staunen, wenn sie von der Milchwirtschaft mit Weißkäse und Schichtkäse las, mit einer Zentrifuge für eigene Butter. Und eine Tischle-

rei hatten sie, eine Schlosserwerkstatt. Wahrscheinlich würde Helma dennoch zweifeln. Für sie blieb er der jüngere Bruder, der Kleine mit den wirbelwirren Haaren.
Er legte den Stift hin, ergriff die Lampe und das Jagdhorn. Zuerst zu den Ställen, dann zu den Gewächshäusern. In gemächlichem Tempo ging er die Treppe hinunter. Die Nacht war noch warm. Er überquerte den Kiesplatz, sprang über die Schienen der Lorenbahn. Das Licht seiner Lampe spiegelte sich in den Scheiben der Gewächshäuser.
In der Hirtenstraße hatten sie einen kleinen Garten gehabt, die Mutter hatte Blumenbeete angelegt, ein paar Stauden mit Johannisbeeren und einen Kasten für die Bienenvölker. Das war Mutters ganzer Stolz gewesen: der eigene Honig. Sie war im pfälzischen Weinbaugebiet aufgewachsen, auf einem kleinen Bauerngut in der Unteren Haardt. Von ihren Besuchen brachte sie Wein, Traubengelee und Honig mit. Nach dem Tod der Mutter hatte niemand den Garten weitergepflegt. Helma hätte das machen wollen, aber sie hatte Papiere erhalten und ausreisen können. Sie war in Sicherheit.
Er betrat das vordere Gewächshaus, ein Wärmeschauder erfaßte ihn, aus Töpfen und Schalen strebten die Keimlinge hervor, die Ruth mit Liebe und Umsicht gepflanzt hatte. Eine Weile stand er zwischen den Gewächshäusern, spähte über den Zaun zur Landstraße, dann in die andere Richtung, hügelaufwärts, zu den Tomatenstauden. Davon würde er Helma auch berichten, daß sie hier fünfunddreißig Aussaatbeete hatten, viertausend Pflanzen.
Die Schienen der Lorenbahn glänzten. Alle waren stolz auf diese Bahn, die sie mit so viel Mühe gebaut hatten, besonders Samuel, der sich aufs Schweißen verstand, und Delv, der als Erfinder des Bähnchens galt und stolz darauf war: Delv Pajak, Bastler und Tüftler. Drüben standen die buntbemal-

ten Kästen für die Bienen. Er würde Helma schreiben, daß er die Bienen betreuen, Imker werden wollte. Der Madrich hatte noch nicht zugestimmt; in der Tischlerei waren sie zu wenige. Da jeder Neuankömmling seinen Holzkoffer für die Reise bekam, war viel Arbeit zu tun, die Koffer waren wichtig, damit jeder gleich packen konnte, wenn die Bescheinigung für die Alija eintraf. Sein Koffer stand bereit, oben auf dem Heuboden über ihrem Schlafraum. Noch wurde er in der Tischlerei gebraucht. Aber das konnte sich ändern. Er mußte Geduld haben, durfte nicht mehr nachfragen, das wäre aufdringlich. Er lehnte sich an den Stamm einer Kiefer, fühlte die rauhe Rinde an der Stirn. Er müßte Helma überzeugen, Satz für Satz, daß sie hier nicht im Sommerjugendlager waren, um Pfadfinder zu spielen, sondern nur ein Ziel kannten: ausreisen und neu anfangen. Ins Land wollten sie, koste es, was es wolle, Kraft, Ausdauer, vielleicht sogar Kampf. Er würde Helma klarmachen, daß sie sehr wohl wüßten, was sie erwartete, aber daß sie entschlossen seien, sich den Schwierigkeiten zu stellen. Die Schwester sollte erkennen, daß er nicht mehr der Kleine war, der mit Rieke am Isebek-Kanal flanierte, Kiefernzapfen sammelte und goldene Herzen auf Karton klebte. Er war einer, der wußte, was er wollte, wohin er gehörte.

Aus dem Wald hörte er ein Käuzchen rufen. Langsam ging er hinunter zu den Ställen, öffnete kurz die Tür, ließ den Schein der Lampe über die Tiere streifen. Nichts Auffälliges. Vor wenigen Wochen war ein Fuchs in den Hühnerstall eingebrochen. Jetzt hörte er es wieder, dieses schabende Geräusch, einem dumpfen Klopfen ähnlich.

Er lauschte. Das kam nicht von den Ställen, das war weiter entfernt, beim Wildgehege. Er tappte vorsichtig über den sandigen Weg, deutlich waren die Laute zu vernehmen. Dann sah er den Schatten, eine heftig zuckende Bewegung, er erschrak, griff zum Jagdhorn – und atmete auf. Ein Damhirsch, der sein Geweih gegen einen Baum stieß, ein unablässiges Schaben.

Er hatte einen nächtlichen Angriff vom Flughafen her befürchtet, Segelflugschüler oder gar ein Überfallkommando. Sie kamen selten, aber sie drohten öfter. »Juden nicht erwünscht.« Das hatte auf einem Karton gestanden, der mit einem Stein vor einigen Tagen aufs Gelände geworfen worden war. Auch die Landwerke Neuendorf und Havelberg hatten Übergriffe gemeldet, Beschädigungen an Gebäuden, im Garten. In Berlin hatten Kolonnen der Hitlerjugend in den Bezirken Spandau und Pankow jüdische Geschäfte geplündert. Davon hatte der Madrich erzählt.

Er spähte zwischen den Stämmen hindurch zum Schwanenteich hinüber, ein Glucksen, aber keine Bewegung. Nur die Nachtluft, noch immer warm. Er ging auf dem Sandweg weiter in den Wald hinein, bis zum Zaun, der das Landgut abgrenzte. Dreißig Hektar Land gehören dazu, würde er Helma schreiben, Ackerland, Weide und Wiesen, Wirsing und Teltower Rüben, die berühmter sind als der Beelitzer Spargel. Wir Chawerim arbeiten mit Spaten und Schaufel.

»Betreten verboten.« Das Schild leuchtete weiß in der Nacht. Seine Hände faßten in den Maschendrahtzaun; der Wald dehnte sich rechts und links weit aus, kleine Trampelpfade für Spaziergänger, für Liebespaare.

Auf dem Rückweg öffnete er die Tür zum Schlafraum der Jungen. Er schaute auf die Doppelstockbetten, da und dort wälzte sich einer unruhig auf seiner Strohmatte. Dann kehrte er zum Haupthaus zurück, das in der Nacht eher an das Jagdschlößchen denken ließ, das es einmal gewesen war, als am Tag, wenn die Sonne auf die maroden Fassaden schien.

In der Küche trug er das Nachtjournal nach, bevor er sich seinem Briefentwurf zuwandte. Sollte er Marleen von dem Mädchen am Brunnen berichten, oder doch Helma, die älter war und ihn vielleicht eher verstehen würde? Oder würde sie ihn bloß tadeln, weil er an ein Mädchen dachte statt an die Arbeit?

Er nahm ein Stück Brot, kaute. Für einen Augenblick kamen ihm die schlafenden Mädchen da oben in den Sinn; auch sie in Doppelstockbetten, aber in mehreren Zimmern, nicht alle in einem einzigen Schlafraum wie die Jungen. Er würde Lissy gerne wecken, sie zu sich in die Küche holen und ihr erzählen; von Helma, von Marleen, vom Vater, der ohne Arbeit war und sich jede Nacht fürchtete. Unsere Straße ist nicht mehr sicher. Wir haben Angst vor den Schlägertrupps, die durchs Grindel ziehen, sogar Kinder werden gehänselt, mit Prügeln bedroht wie der neunjährige Leopold an der Benekkestraße. Das hatte Marleen mitgeteilt. Und angefügt, daß Vaters Kontor geschlossen sei. Dort war auch ihr Klavier geblieben.

Mit dir sprechen, Lissy, flüsterte er vor sich hin. Und er stellte sich eine gemeinsame Reise vor, zuerst nach Wien, dann auf einem Schiff die Donau hinunter bis zum Schwarzen Meer und weiter über das Mittelmeer. Ankunft im Land, in das sie wollten. Das sie erwartete, sie aufnehmen würde, so wie Schaul und Ester, die zusammen an der Reling standen, auf dem Schiff, das sich der Küste näherte.

Von Schaul und Ester hatte er in seiner Geschichte geschrieben, die im *Familienblatt* erschienen war. Gedruckt. Darauf war er stolz. Er würde sie Lissy zeigen. Oder vorlesen.

Er stellte sich vor, wie es wäre, mit ihr an Land zu gehen, im Hafen von Haifa, die Steinplatten am Quai, eine Mauer, Felsblöcke, an denen die Wellen aufschlugen. Sie würden die

Schuhe ausziehen, langsam zusammen den Quai entlanggehen, die Füße auf den sandig-steinigen Grund aufsetzen, sie beide, eng umschlungen, im späten Nachmittagslicht, die Sonne im Gesicht, die blendete und wärmte, draußen der Leuchtturm, der in die Ferne wies, über das Meer, in dem Gischtkämme auf und ab wogten. Fern der Kontinent, von dem sie kamen. Und hier ein anderes, ein neues Land und Hoffnung.

So träumte er in die Nacht hinein. Helma würde ihn einen Schwärmer nennen, einen Phantasten. Werd endlich erwachsen.

Lissy und er würden sich ins Land hineinführen lassen, an Orte, die er auf seiner Drehscheibe längst markiert hatte, ins Huletal oder auf den Burgberg von Safed, mit dem Blick auf Galiläa, die Berge.

Auch Marleen hatte ihn einen Träumer genannt. Sie hatte an Helmas Einwanderung erinnert, an das entbehrungsreiche Leben, an die Trockenheit, den Wassermangel. Schaul in meiner Geschichte ist sechzehn, Ester fünfzehn, hatte er zu Marleen gesagt, laß sie doch träumen. Wer, wenn nicht sie, soll denn noch träumen in einer Zeit wie unserer.

Letzte Woche hatte der Madrich von Unruhen in Palästina berichtet. Von Überfällen, bei denen auch Pioniere getötet worden seien.

Er lehnte sich im Stuhl zurück, schloß die Augen. War da nicht ein Geräusch auf der Treppe? Er hielt den Atem an. Stille.

Er schaute auf die Uhr. Bald Zeit für den nächsten Rundgang.

Lieber Vater, liebe Marleen, schrieb er, ich sitze in der Küche, Nachtwächterdienst in dieser Sommernacht, meine Gedanken sind bei Euch, aber auch bei der Reise übers Meer –

Er mußte eingenickt sein, etwas ließ ihn hochschrecken.

Eine Erscheinung stand im Türrahmen. Er rieb sich die Augen.
Gibt es hier Tee? Ich habe solchen Durst.
Er sah auf die Gestalt, im weißen Schlafanzug, mit bloßen Füßen, nah beieinander. Das Gesicht bleich. Haar, das ihr tief in die Stirn fiel, die Augen verschattete.
Du, entfuhr es ihm, bist du das?
Sie schob sich das Haar aus dem Gesicht, ihre Blicke trafen sich.
Ich geh gleich wieder, ich will nur etwas trinken.
Als sie über die Schwelle trat, wich er zurück. Sie blieb verwundert stehen.
Ich tu dir nichts, ich will nur einen Schluck Tee.
Nächtliche Begegnungen seien nicht erlaubt, stammelte er, machte eine Pause, riß sich zusammen, er freue sich, sie zu sehen.
Er deutete auf den Teekrug, auf das Glas. Sie füllte es, setzte es an die Lippen, trank. Dann wandte sie sich ihm zu.
Ich habe lange wach gelegen, an die Eltern in Wien gedacht, mir Sorgen gemacht –
Sie trank noch einen Schluck und stellte das Glas hin.
Und du, kommst du zurecht?
Alles ruhig draußen, sogar die Gänse.
Keine Langeweile?
Ich habe genug zu tun, die Rundgänge, und ich schreibe, in mein Heft, Briefe. Er deutete auf die Papierbogen. An meine Schwestern, sagte er rasch, Helma und Marleen. Außerdem denke ich, er zauderte, an die Reise, an die kommenden Wochen –
Ich gehe wieder schlafen.
Sie reichte ihm die Hände, eine kurze Weile lagen sie in den seinen. Dann war er wieder allein in der Küche.

Er schaute auf seine Hände, noch immer waren die Finger leicht gekrümmt, als hielten sie etwas. Er griff nach dem leeren Glas, führte es zum Mund.
Ein dumpfer Knall im Hof riß ihn aus seiner Versunkenheit. Er eilte hinaus. Ein Ast war abgebrochen und auf den Vorplatz gefallen. Die Nachtluft machte ihn munter, und diesmal schnatterten die Gänse, als er an der Stalltür horchte. Er kehrte in die Küche zurück, fühlte sich beflügelt und leicht. Er nahm den angefangenen Brief auf, schrieb weiter: ... und aus Wien ist ein Mädchen angekommen, das mich angeht. Auch sie hofft, bald Papiere zu bekommen. Das hoffen wir alle.
Jetzt hätte er gern mit Marleen gesprochen, sich etwas von ihr auf dem Klavier vorspielen lassen, die *Kleine Romanze* aus dem Album *Für die Jugend* vielleicht. Das würde hierher passen, an diesen Ort, der ihnen eine Schonfrist gewährte, wenn auch niemand wußte, wie lange noch. Alle sprachen vom Krieg. Erst der Anschluß von Österreich. Und was dann?
Er schrieb und schrieb; ab und an warf er einen Blick hinüber zur Tür, sah im leeren Türrahmen eine weiße Gestalt, eine Erscheinung, die seinen Sätzen eine ungekannte Kraft gab, seiner Sprache Leben verlieh, Rhythmus und Klang. Gleichmäßig glitt der Stift übers Papier, Bilder und Gedanken schälten sich heraus. Stundenlang hätte er fortschreiben können, in den Morgen hinein, eine Geschichte, ein ganzes Buch.
Als ein graues Frühlicht sich an die Stämme und Hecken schmiegte, die Morgendämmerung das Wasser blinken ließ, legte er das Jagdhorn an den Mund, blies erst das Wecksignal ins Treppenhaus, damit es zu den Kammern der Mädchen schallte, dann in den Hof und in den Schlafraum der Jun-

gen. Während sie sich aus den Betten wälzten und zum Waschraum taumelten, legte er sich hin und schlief in den Nachmittag hinein.

An diesem Abend rief ihn die Glocke nicht zum Ende der Arbeit wie die andern, sondern zum Ende seiner Ruhezeit. Sie läutete das Zusammensein der Jugendlichen ein. Zuerst die Iwrit-Lektionen, Texte lesen für die Fortgeschrittenen, Wörter lernen für die Anfänger. Er bei den Fortgeschrittenen, Lissy bei den Anfängern. Keinen Dunst, hatte sie geklagt, keine hebräischen Bücher in der Bibliothek meiner Eltern, nur eine deutsche Ausgabe der Tora, nie aus dem Gestell geholt, bedeckt von Staub. Er hatte seinen ersten Hebräischunterricht in der Talmud-Tora-Schule erhalten, bei Lehrer Mandelbaum, der für die Schüler eine eigene Fibel geschaffen hatte. Und Rieke hatte mit ihm gelernt auf ihren Gängen am Kaiser-Friedrich-Ufer, hatte ihn abgefragt, ihm erklärt, was er nicht begriff. Nun konnte er mit Lissy üben.
Für das Thema jüdische Geschichte fanden sich alle in der Bibliothek ein. Da prangte der Auerbach im Regal: zwei dicke Bände. Eine Gruppe sollte jeweils ein Kapitel lesen und den andern vorstellen und deuten. Heute ging es um das Wunder vom Schilfmeer, die Rückkehr unter Mose aus Ägypten. Auf der Karte hatten sie den Weg gesucht, vom ägyptischen Gosen in den Sinai, hatten sich gestritten, ob es vielleicht der Golf von Akaba, der von Suez oder gar die Bitterseen gewesen waren, ein verlandeter Uferbereich, in dem Schilf gedieh, so daß das Wunder möglich wurde. Und überhaupt, was von Wundern zu halten sei, die Gott bewirkt haben solle oder der Zufall. War es bloß ein Wüstenwind, der Sumpfgewässer austrocknete? War das eine schön ausgedachte Geschichte oder eben doch das Wirken des einen

Gottes der Väter, von dem die Schriften berichteten? Wunder, hatte Henner gespottet, die gebe es nicht, das sei etwas für Kinder, die gern solche Geschichten hörten. Greta hatte ihm widersprochen, heftig und laut: Wunder sind einfach etwas Außerordentliches, nicht zu erklären. Aber sie geschehen!
Und noch ein Wunder: Mose empfing am Sinai die Gesetzestafeln. Ruth hatte das ruhig dargelegt, fast beiläufig.
Henner stöhnte auf, bezeugte seinen Unglauben mit einem auffälligen Husten, in seinem Elternhaus sei von solchen Dingen kaum je die Rede gewesen, überhaupt von Religion.
Klemens stimmte zu. Er hatte erlebt, wie seine Mutter in Saarbrücken aus dem Schuldienst entlassen, sein Vater als Teilhaber einer Metallwarenfabrik seinen Anteil hatte abtreten müssen; seither zweifelte er nicht nur an Wundern, sondern überhaupt an den Menschen.
Greta ließ sich nicht beirren.
Wer fähig ist zu staunen, dem tun sich Wunder auf, der erfährt sie, kleine und große; im Staunen und Warten öffnet sich eine andere Welt, die wunderbar sein kann. Greta legte, zum Ärger von Henner, Feierlichkeit in die Stimme, wir müssen dem, was ein Wunder sein könnte, ein klein wenig die offene Hand hinhalten wie einem Vogel, damit es eine Chance hat, uns zu erreichen.
Zauberei, Zauberei, rief Paul dazwischen und fügte spöttisch, mit dem Gestus des Schauspielers, an: Die Botschaft hör ich wohl, allein mir fehlt der Glaube; / Das Wunder ist des Glaubens liebstes Kind …
Frank stieß ihn an, legte ihm mahnend die Hand auf die Schulter. Doch Paul schüttelte sie ab, sprang auf und verneigte sich tief.
Eitler Lackaffe, schnaubte Greta, hier geht es nicht um Bühnenkunst.

Paul sah sie verblüfft an. Da werden Weiber zu Hyänen, erwiderte er dann lakonisch.
Das Gelächter war laut, die Stimme der Madricha, die Ordnung gebot und Höflichkeit, noch lauter.
Auch sie, versuchte Dorothee, die sich Mühe gab, ruhig und besonnen zu sprechen, das Gespräch weiterzuführen, wolle sich nicht auf Wunder verlassen, sondern auf das eigene Handeln. Und die Welt von Mose sei doch Vergangenheit, man lebe in der Gegenwart.
Mose gehöre nicht in den Bereich der Wundererzählungen, mischte sich Ines ein, Mose sei, im Gegensatz zu den Erzvätern, historisch verbürgt, in Texten und Zeugnissen, seine Reise zurück ins Land Kanaan sei ein schönes Beispiel, auch dafür, wie die einwandernden Stämme zusammenwüchsen zu einem geeinten Volk: vom Schilfmeer zur Oase Kades im Sinai, nicht weit vom Berg Tamar, wo im Zelt die Lade Jahwes stand. Immer mehr ereiferte sich Ines: Die Tafel mit den zehn Geboten sei eines der gewaltigsten Dokumente der Menschheitsgeschichte, mit den religiösen, rechtlich sittlichen Bestimmungen, die die Grundlage für die Entwicklung eines Staates seien. Der vielleicht einmal Judäa heißen werde oder Kanaan.
Diese Tafeln, nahm Hilde den Faden auf, sind für mich ein Wunder. Ihre sanfte Stimme sorgte für Aufmerksamkeit, ihr hörten sie gern zu. Alle wußten, daß sie aus Mannheim ganz allein angereist war, eine ohne Eltern, ohne Verwandte.
Gabriel widersprach, in seiner Stimme lag Bitterkeit. Gerade diese Tafeln enthielten doch nichts als Pflichten, granatapfelkernviele. Wo bleibt da das Leben, schimpfte er.
Gemach, gemach, besänftigte die Madricha, ohne Erfolg.
Die Stimmen drangen laut und voller Eifer durcheinander, Du und Aber-Du, ein leidenschaftlicher Streit.

Da erhob sich Dieter, der bisher noch gar nichts gesagt hatte, räusperte sich, umfaßte mit einer Hand das Kinn, wie es für ihn typisch war. In der biblischen Erzählung, begann er, würden die Wundererzählungen gegen die politische Realität gesetzt, im Vertrauen auf einen Gott, der diese Realität in den Händen habe.
Oh, der Mecklenburger macht den Mund auf, witzelte Henner.
Von mehreren Seiten wurde gezischt, er solle Dieter reden lassen. Der fuhr ungerührt fort. Genau das habe dem geschundenen, in Gefangenschaft und Exil weilenden Volk damals Hoffnung gegeben, und daraus habe es die Kraft gefunden zu handeln, etwas zu wagen. Und diese Hoffnung, die brauche es heute, um aus diesem Land, das sie verachte und verfolge, nach Palästina zu kommen.
Wieder rieb er sich das Kinn. So sind auch die Väter nach Kanaan gekommen. Daran müssen wir glauben; wenn wir zusammenhalten, allen Schikanen und Verfolgungen zum Trotz, dann schaffen wir es.
Einige applaudierten, jubelten gar, als sei das Wunder schon geschehen und sie in Haifa angekommen. Dieter errötete und setzte sich.
Das Thema Wunder wollten sie nochmals aufnehmen, an einem der nächsten Abende, hielt die Madricha fest und überließ Dorothee das Feld für die Wunder ihres Akkordeons und ihrer Stimme.
Dorothee hatte gerade angefangen zu spielen, als ein unbestimmter Lärm, der rasch anschwoll, sich in die Melodie hineindrängte, Dorothee in ihrem Singen unwillkürlich eine Spur lauter, in ihren Bewegungen mit dem Akkordeon heftiger werden ließ –

Sie lag da, regte sich nicht, hielt das Gesicht gegen die Erde gepreßt, die Hände umklammerten Grasbüschel.
Komm, Hilde, und du, Lissy, du auch.
Die Madricha kniete sich hin, streckte die Hand nach Hilde aus, dann nach Lissy. Sie strich Hilde über die Schläfe.
Noch immer war der Lärm in den Ohren, das Motorendröhnen, das sich gesteigert, den Hof ganz ausgefüllt hatte, Stimmen, ein Brüllen, Schläge gegen die Tür.
Die Madricha ergriff ein Tuch, tauchte es in die Schüssel, die Alina ihr reichte.
Man hatte sie barsch hinausbefohlen.
In die Reihen stellen. Kontrolle. Antreten.
Gestapo. Das Wort war der Madricha entfahren. Und alle waren in panischem Vorwärtsdrängen durchs Treppenhaus nach draußen gestürzt, um sich vor denen aufzustellen, die neben den Motorrädern gewartet hatten, aufrecht in ihren Jacken und Mänteln, hinter ihnen die Fahrer, über den Lenker gebeugt. Zwei, die kommandiert, die Reihen abgeschritten, den einen oder anderen besonders genau gemustert hatten, weitergegangen, stehen geblieben waren, sich von einigen die Papiere hatten zeigen lassen.
Die aus Wien, vortreten.
War das so gewesen?
Die Madricha wischte sich übers Gesicht.
Sie waren auf den Baum geklettert. Weil eine Stimme das befohlen hatte.
Die Madricha tupfte mit dem feuchten Tuch über die Schürfwunde an Hildes Bein.
Und du?
Sie wandte sich an Lissy, die sich aufgesetzt hatte.
Nur die Hand, eine kleine Schürfung, nicht der Rede wert.
Lissy räusperte sich; ihre Stimme klang ein wenig heiser vom

lauten Rufen. Über den Hof hinweg. Hatten sie wirklich geschrien, sie und Hilde, vom Baum hinab, weil die das so gewollt hatten?
Lissy klopfte den Staub aus dem Kleid, tippte Hilde an, die neben ihr gestanden, sich an ihr festgehalten hatte, als die Wiener Gruppe vorgerufen worden war. Hilde regte sich nicht.
War sie den Stamm hinuntergerutscht, gestürzt, auf dem Boden aufgeschlagen?
Lissy legte die Hand auf Hildes Rücken, entfernte ein Blatt, Kiefernnadeln, Brocken von Erde. Sie schluckte leer. Sie waren gerannt, den Hügel hinauf, zum Tomatenberg, und dann hinuntergerollt, über den sandig trockenen Grund, vor die Füße derer, die in ihren Mänteln neben den Motorrädern gestanden und auf sie hinabgesehen hatten.
Hilde hob leicht den Kopf.
Die Madricha strich ihr den Staub aus dem Haar.
Nicht fragen warum, Hilde, wir wissen, daß es immer geschehen kann, überall, wo wir sind, sogar im Landwerk.
Hilde spreizte die Finger.
Die Stiefelspitze, die auf ihre Hand getreten war, sehr langsam, das staubige Leder nah an ihrem Gesicht.
Lissy reichte ihr die Hand.
Komm, Hilde.
Langsam und zögernd rappelte sie sich auf, schlug mit den Händen gegen die Arbeitshose, ein Husten schüttelte sie.
Gehen wir ins Haus.
Die Madricha winkte alle herbei, die unschlüssig im Hof weilten, sich Staub von den Kleidern klopften; die Neuen aus Wien lehnten sich eng aneinander, hielten sich an den Händen, nahmen Hilde und Lissy in ihre Mitte.
Alina rief zum Tee.

Heute abend, sagte Dorothee, als sich später alle in der Bibliothek unter der Fahne in der Ecke eingefunden hatten, mußte ich an früher denken, an Köln, wo ich aufgewachsen bin, an die Schule, den Akkordeonunterricht. Und an damals, vor drei Jahren, als der Vater und meine Tante Gitte abgeführt wurden. Immer ist die Angst da, bei jedem Atemzug, in jeder Geste. Ich will fort, will nicht mehr die von damals sein, Dorothee, sondern an die denken, die ich hoffentlich bald sein werde, eine, die neu anfängt, in einem Land, in dem wir willkommen sind und aufgehoben. Und als eine, die neu anfängt, will ich einen neuen Namen haben.

Alle schauten zu ihr hin, keiner sagte etwas. Manuel winkte ihr aufmunternd zu.

Noëmi vielleicht oder Chana.

Chana ist schön, rief die Madricha, nenn dich Chana. Chana und Manuel, das ist schon beinah ein Gedicht.

Hilde trat vor. Ihre Stimme hatte das Sanfte, Melodische verloren, sie klang brüchig, aber entschlossen.

Dorothee hat recht, wir gehören nicht mehr dazu. Nennt mich Aviva. Aviv heißt Frühling, Neuanfang. Und so heißt auch die Stadt am Meer, in der ich einmal leben möchte: Tel Aviv.

4 Noch immer Sommer, der Abend lang, ein Summen im Grün, die düster glühenden Blüten, die stark duftenden Hecken – er atmete durch, lehnte die Stirn gegen den Zaun des Tiergeheges. Die Damhirsche standen nah beieinander.

Er wartete. Seine Hände lagen auf dem Holzgatter. Endlich hatte sie für einen Spaziergang zugesagt.

Es war nicht einfach gewesen, sie allein zu sprechen. Tagsüber verschwand sie mit ihrer Gruppe auf dem Tomatenberg, am Tisch saß sie im Kreis ihrer Wiener Freunde. Ein Glück, der Zwischenfall mit der Lorenbahn, mit der sie an diesem Tag Erde auf das Plateau über dem Tomatenberg hochgezogen hatten. Das Seil war gerissen, der Wagen nach unten gesaust und aus den Schienen gesprungen. Wie leicht hätte sich jemand verletzen können, auch sie, Lissy. Er hatte wie die andern in der Werkstatt die quietschenden Geräusche gehört, dann die Schreie und den Aufprall, als das Gefährt in die Mauer geschrammt war. Aus allen Richtungen waren sie herbeigeeilt und hatten erschrocken auf den zerschmetterten Wagen, die Schrunde in der Mauer gestarrt, den bröckelnden Putz und die erbleichten Gesichter jener, die am Seil gestanden und gezogen hatten.

Er hatte sich neben sie gestellt. Sie hatten beide Delv angesehen, der fassungslos mit dem gerissenen Seil in der Hand neben den Schienen kniete, zitterte und nicht zu begreifen schien, was geschehen war. Sein Bähnchen, seine Erfindung.

Niemand ist verletzt, zum Glück.

Lissy sagte es halblaut vor sich hin, wendete dabei kurz den

Kopf in seine Richtung. Das hätte schlimm ausgehen können.
Und diesmal, noch bevor die Zwillinge hinzutraten und sie in ihre Mitte nahmen, hatte er sie gefragt, ob sie nicht an einem Abend mit ihm spazierengehen würde.
Er spreizte seine Finger auf dem rauhen Holz auseinander. Vorsichtig zottelten die Damhirsche heran, blieben vor ihm stehen.
Lissy hatte erst geschwiegen, hatte auf Delv gestarrt, auf das Lorengefährt, den Freundinnen einen Blick zugeworfen, die sich näherten. Dann hatte sie rasch zugestimmt, mehr gehaucht als geflüstert. Aber er hatte das Ja verstanden.
Nach dem Abendbrot am Gehege.
Sie hatte es versprochen und sich nun doch verspätet. Carl hatte Besuch bekommen, Tante Margot aus den USA, die in eine Gegend von Wyoming, ins Shoshoni-Land mit Prärie und Pferden, ausgewandert war. Mit ihr reiste ihr Neffe Jakov. Carl hatte seine Wiener Gruppe vorgestellt, Lissy und die Zwillinge, Frank und Paul. Sie hatten rasch in ein Gespräch gefunden. Er hatte das beobachtet und sich darüber aufgehalten, daß sie ihn warten ließ.
Einer der Hirsche schwang sein Geweih, eine ruckhafte Bewegung, die ihn erschreckte. Er hörte Schritte, das Geräusch nackter Füße in Sandalen. Er drehte sich nicht um.
Du bist in Gesellschaft?
Sie lachte.
Auch sie legte die Hände auf das Holzgatter. Die Hirsche kamen noch näher. Eine Weile standen sie so da, den stummen Blicken der Tiere ausgesetzt, nebeneinander, verlegen.
Gehen wir? Er sah sie fragend an.
Der Trampelpfad führte am Gehege vorbei, in den Wald hinein, die Kiefernstämme glänzten rötlich in der Abendsonne,

ein aufzuckendes Geflacker, ein Blitzen manchmal, das für Sekunden die Augen blendete. Ihre Schritte waren langsam, schon beinah widerstrebend, als wüßten sie nicht so recht, ob sie überhaupt gehen oder gleich wieder umkehren sollten.

Du wolltest doch erzählen, sagte er, von der Stadt, von deiner Familie.

Nicht, bat sie, und ihre Stimme verriet Unwillen. Nicht heute, ein andermal vielleicht.

Schon gut, beschwichtigte er, hielt einen Ast zurück, bis sie vorbei war. Morgen abend ist Sabbat. Wir haben frei, wir feiern. Ziehen uns schön an, essen zusammen.

Den Sabbat hatten sie jeweils nur bei Verwandten gefeiert, erzählte Lissy, zu Hause nicht. Der Vater war selten in die Schiffgasse gegangen, und wenn, immer allein. Sie feierten keines der Feste, nicht mal Jom Kippur, zum Ärger seiner Schwester Debora. Die Eltern – sie brach ab. Ein andermal. Für den Sabbat muß ich noch lernen, was man tun und vor allem, was man nicht tun darf.

Hilde hatte die Liste verlesen, sie war lang, Verbote ohne Ende.

Man darf nicht mal Haare schneiden.

Halb so schlimm, beschwichtigte er, freu dich auf das Fest, die Lichter, die geschmückten Tische, das Singen.

Das gefällt dir wirklich?

Ich habe Feierlichkeit gern, gestand er, Einkehr, dieses Denken-an.

Bist du mit diesen Festen aufgewachsen?

Er blieb stehen, wandte sich ihr zu, auch seine Familie hatte sich wenig um die Tradition gekümmert. Aber das änderte sich 1933, als er und seine Schwester aus dem Gymnasium geworfen wurden. Von da an gingen die Eltern regelmäßig in

die Synagoge. Bei den Vorbereitungen auf seine Bar-Mizwa wurde ihm klar: Da gehörte er dazu. 1934 war er in den Sportverein Bar Kochba eingetreten und hatte angefangen, Iwrit zu lernen. Er lernte, um denen zu entkommen, die manchmal auftauchten und drohten und eines Abends nach dem Training auch zugeschlagen hatten, auf ihn einschlugen, mit den Fäusten, mit den Schuhen, dann unbehelligt verschwanden. Seit jenem Tag habe er ans Fortgehen gedacht, endgültig, und Helma auch. Sie habe schon 1936 Ausreisepapiere bekommen, lebe seitdem in Palästina. Sie tue sich schwer im neuen Land, aber sie sei in Sicherheit. Der Vater nicht und Marleen nicht. Und er nicht.
Er hatte Helmas Ausreise Heimkehr genannt. So hieß auch die erste Geschichte, die er geschrieben hatte: Die Heimkehr.
Du schreibst?
Er wehrte ab.
Nur Versuche. Er sagte es entschuldigend. Mein Journal ist ausführlicher als das der andern. Diese eine Geschichte wurde gedruckt, im *Israelitischen Familienblatt.* Ich habe sie dir mitgebracht. Er zog die eingerollte Zeitschrift aus der Tasche, streifte das Gummiband ab, entrollte das Heft und hielt es ihr hin. Ester und Schaul, reisen auf einem Schiff mit andern Jugendlichen nach Palästina. Alle ohne Eltern.
Errötend griff sie danach.
Schau, sagte sie und deutete mit der Hand zwischen den Stämmen hindurch auf die große Lichtung. Langsam staksten drei Kraniche im lichten Grau ihres Gefieders über den sandigen Grund mit seinen Grasnarben, den Büscheln von Wollgras. Immer wieder blieben die Vögel stehen, schwenkten die schwarze Schleppe ihrer Schwanzfedern, drehten sich, reckten ihre langen Hälse empor, öffneten die Schnäbel, als

schnappten sie nach dem Blau des Himmels, das noch hell war, ein faltiges Vorabendtuch. Ihr Gang hatte etwas Zögerndes.

Lissy und er folgten ihnen mit den Augen.

Als Lissy die Hand in die Richtung der Vögel gehoben hatte, hatte er mit seiner Hand rasch ihre Hand gestreift, eher eine Andeutung als eine Berührung.

Sie setzten sich auf einen der Stämme, die vor ihnen im Meer des Waldgrüns lagerten, moosbewachsen, die Rinde aufgesprungen.

Lissy fuhr mit den Fingern über das Titelblatt des Heftes.

Liest du mir vor?

Er nahm die Zeitschrift, las, wie Ester und Schaul an der Reling stehen, während das Schiff auf den Hafen zu gleitet: *Eine Ergriffenheit packte ihn, die nicht aus dem Augenblick entstand. Da war eine Sehnsucht, die in ihm wohnte …*

Er hielt kurz inne.

Lies weiter, bat sie, ich höre dir gerne zu.

Die Jugend wandert heim –

Er legte das Heft auf die Knie, seine Schulter berührte Lissys Schulter, etwas linkisch; sie bog sich leicht zur Seite, aber dann schaute sie ihm ins Gesicht.

Wie kommen sie an?

Als sie das Land endlich betreten, jubeln sie: *Bei der Ankunft des Schiffes im Hafen ergreift sie jugendlicher Enthusiasmus: Ja, wir kommen, wir leben noch.*

Vielleicht, sagte er zögernd, vielleicht erreichen wir, du und ich, zusammen das Land, suchen zusammen unsern Ort.

Sie gab keine Antwort. Dann legte sie ihre Hand auf die seine. Er spürte ihre Finger zwischen den seinen. Eine Weile schwiegen sie beide.

Meine Schwester Helma hat mich ausgelacht, sagte er, ver-

sponnen hat sie mich genannt, meine Erzählung hat sie als Märchen bezeichnet, fern von aller Realität. Dabei lernen und arbeiten wir doch, in den Ställen, in der Schlosserei und der Tischlerei, in der Nähstube und der Waschküche.
Buttern und Bohnern, das war die Kurzformel, die der Madrich manchmal brauchte.
Auch Strümpfe stopfen, warf sie ein. Wir wissen, daß uns dort nicht das Paradies erwartet, sondern Arbeit.
Und wenn auch. Wir schaffen das.
Rons Stimme verriet Entschlossenheit.
Und du glaubst, du wirst über die Grenze kommen, das Land erreichen, trotz all dem, was uns bedroht?
Ja, sagte er, ich glaube an dieses Wunder. Als Kind habe ich die Geschichten vom brennenden Dornbusch, vom Schilfmeer, vom Stillstand der Sonne gelesen. Die geben mir Mut.
Sie hob den Kopf.
Du sprichst wie ein Rabbi. Wo hast du das alles her? Ich weiß so wenig von dem, was du erzählst. Die Pflichten, die wir uns auferlegt haben, machen mir Angst. Sie sagte es zögernd. Ich habe meine Zweifel, ob ich all das schaffe.
Er rückte näher an sie heran, strich ihr, fast beiläufig, die Strähne aus dem Gesicht.
Du, sagte er, wie selbstverständlich, du bist ein Wunder.
Sie schüttelte heftig den Kopf, als wehrte sie seine Worte ab, doch ein Lächeln flog über ihr Gesicht.
Ich wünschte mir ein Wunder. Für meine Eltern, ich denke jeden Tag an sie.
Er faßte sie an der Hand, zog sie empor.
Erzählst du mir?
Nicht mehr heute. Bald. Komm.
Sie blieben vor dem Teich hinter dem Gehege stehen, es roch

nach Torf und Erde; das Wasser war völlig unbewegt, ein Spiegel in dunklem Schwarz, der ein Stück Himmel zu sich hereinholte.

Am liebsten würde ich mich hineinstürzen, diesen Spiegel zerteilen, Wellen auslösen, schwimmen. Er sah sie herausfordernd an.

Sie wandte sich schnell ab.

Es wird dunkel, wir müssen zurück, sonst sucht uns noch die Nachtwache. Oder die unerbittliche Madricha.

Ron schüttelte den Kopf.

Sieht nur so aus. Judith hat viel gelitten. Ihre Schwester ist als Kleinkind bei einem Unfall gestorben, vielleicht fürchtet sie deshalb überall eine Gefahr.

Ahnte ich nicht.

Lissy schlug die Augen nieder.

Sie standen unschlüssig.

Schau die Kraniche dort drüben, sie staksen so langsam daher, als hielte sie etwas an der Erde fest. Plötzlich fliegen sie auf und davon und scheinen federleicht.

Er hatte es ganz ruhig gesagt.

Du bist wirklich ein Träumer.

Das behaupten meine Schwestern auch, nur meine Mutter, die hat mich –

Er sprach den Satz nicht zu Ende.

Verzeih.

Schon gut.

Gibst du mir deine Geschichte zum Lesen mit?

Sie fragte schüchtern. Er übergab ihr das Heft. Sie eilte davon, ohne Gruß. Aber das Heft hielt sie mit festem Griff, das sah er noch.

Er wollte gerade die Tür zum Schlafraum öffnen, als er die Glocke hörte, mit wildem, hechelndem Klang, da schien

einer Sturm zu läuten. Und dann, durchdringend, ein Schrei in die einbrechende Dämmerung: Feuer, Feuer.
Aus allen Richtungen rannten sie zum Hauptgebäude. Der Madrich war auf eine Kiste gestiegen.
Da, rief er, beim Wäldchen, gleich hinter dem Teich, Richtung Dorf. Wir gehen löschen, alle.
Rauchwolken stiegen auf.
Jeder nimmt etwas, kommandierte der Madrich. Er wies auf die Spaten, die Spritzkannen, die Eimer, alte Kartoffelsäcke, all das hatte Krüger schon herangetragen.
Mir nach!
Verwalter Krüger hob die Hände, winkte heftig. Dann trabte er voraus, sie folgten ihm, den schmalen Trampelpfad am Schwanenteich entlang, durch die Hecken zum Wäldchen. Krüger öffnete das Tor, welches das Gelände des Landwerks zum Dorfwald hin abschloß. Die Flammen schossen an der Uferböschung des Baches hoch, der vom Dorf her in den Teich mündete, da brannten schon Bäume, Buschwerk. Krüger trat nah ans Wasser, erst die Kartoffelsäcke, befahl er, und drauftreten, aber vorsichtig, dann mit den Eimern Wasser nachgießen. Und drüben mit den Spaten eine Furche ziehen, abgraben. Auf Krügers Befehl warfen sie die Säcke auf das züngelnde Feuer an der Böschung, rannten mit den Eimern zum Wasser, trugen sie zurück, gossen sie aus auf die Stämme, die in Flammen standen, aufs Buschwerk, aufs Laub. Dichter Rauch, schwarz und grau; wieselflink die Jungen und Mädchen, Klemens schlug mit dem Spaten drein, Ines leerte den Eimer ins Feuer, Dorothee stampfte auf einem Sack herum. Sie öffneten Gräben, rückten den Flammen auf den Leib. Krüger hatte sich auf eine Erhebung auf der andern Seite des Baches gestellt, wies aus erhöhter Position an. Ron rutschte aus, fiel hin, Samuel sprang hinzu, half ihm auf die Beine. Immer kleiner wurde das Feld

mit den Flammen, umzingelt von eimertragenden Mädchen, von Jungen, die es mit Säcken und Spaten erstickten.
Da erscholl eine Sirene, schrillte heran und kündigte die an, die nun herbeistürmten, quer übers Feld, vom Dorf her die einen, vom Flughafen die andern. Sie schoben ein Gefährt vor sich her, den Spritzenwagen, eingerollte Schläuche. Sie kamen und staunten, wie die da den Brand schon fast gelöscht hatten, Eimer um Eimer, Spaten um Spaten, mit entschiedenen Bewegungen. Unentschlossen blieben sie mit ihrem Schlauchwagen stehen, etwas abseits, schoben die Mützen aus der Stirn. Gleich darauf traf Hauptwachtmeister Henike ein, hinter ihm Bürgermeister Zirske, das Hemd halb offen, einen Schuhriemen nicht gebunden. Er hatte die Leute von der freiwilligen Feuerwehr im Ort verständigt und der Hauptwachtmeister die Parteijugend. Die stand nun da, um eine Heldentat betrogen.
Der Bürgermeister war einer, der zu danken wußte. Und das tat er, mit einem Wort, das sich hören ließ, ein Dankeswort von Amtes wegen. Er lobte die Unerschrockenheit der Gruppe aus dem Landwerk, die Eile und das Geschick, die Schaden verhindert hätten und Unheil.
Quer über den Feldweg vom Dorf kam der Ortsgruppenleiter der Partei mit dem Rad gefahren und hörte gerade noch Zirskes Lobrede. Auch die beiden Besucher im Landwerk, die Amerikaner aus Wyoming, hatten jetzt hergefunden, lüfteten ihre Hüte, starrten auf den Brand, auf die Mädchen und Jungen in den dreckig verklebten Kleidern, auf die braunen Hemden.
Der Ortsgruppenleiter schwang sich vom Rad, rief den Parteigenossen ein HeilHitler zu, grüßte den Bürgermeister und den Hauptwachtmeister, auch Krüger. Dann stellte er das Rad an einen Baum, nahm Haltung an.

Schön gebrannt, was?
Der Bürgermeister bestätigte, der Hauptwachtmeister auch, Verwalter Krüger tat es ihnen nach.
Und ihr da, fragte der Ortsgruppenleiter, der sein Hemd straff zog und die zerzauste Schar musterte, die sich stumm an der Uferböschung zusammendrängte, seid ihr Preußen oder Juden?
Der Madrich trat vor, sagte mit ruhiger Stimme, das seien junge Menschen aus Deutschland, das ganze Landwerk sei hinausgeeilt, auch Verwalter Krüger, dem besonders zu danken sei.
So, so, gelöscht also? Schau mal her, schau.
Es hätte der ganze Wald abbrennen können, warf Henike ein.
Das wäre ein Schaden gewesen, auch für die Partei. Bürgermeister Zirske sah den Ortsgruppenleiter an, wandte sich dann nochmals an die Jungen und Mädchen.
Ich danke euch, das war ganze Arbeit.
So, stieß der Ortsgruppenleiter knapp hervor und liebkoste seine Mütze. Dann wieder ein Schweigen. Nur die Kamera des Amerikaners Jakov schnurrte. Über den angesengten Stämmen stand noch Rauch.
Dann gehen wir.
Bürgermeister Zirske und Hauptwachtmeister Henike wandten sich ab.
Der Ortsgruppenleiter machte ein paar Schritte auf die zu, die abseits warteten. Abtreten, befahl er, hob leicht die Hand. HeilHitler, erwiderten sie und salutierten. Zwei faßten die Deichsel der Spritze, zwei schoben sie von hinten an; die andern gaben dem Gerät das Geleit über den sandigen Feldweg zum Flughafen, wo die Fahne an der Turmspitze hing, Lichter am Pistenrand blinkten.

Die Mädchen und Jungen vom Landwerk sammelten die angesengten Säcke ein, faßten die Eimer, schulterten die Spaten und machten sich auf den Rückweg.

5 Vor dem Mittagessen wollte er noch schnell das Buch aus dem Gemeinschaftsraum holen, das er am Morgen liegengelassen hatte; er näherte sich der Treppe hinter dem Haus, die zur Küche und zum Gemeinschaftsraum hinaufführte. Aus der Küche hörte er die Mädchenstimmen, das Scheppern von Töpfen; und dann auf einmal aus der Bibliothek eine schnarrende Stimme.

Er blieb stehen, wagte es nicht, die Tür zu öffnen, als spräche der, den er da hörte, nicht aus dem Volksempfänger, sondern wäre mitten im Raum und ließe mit seiner Stimme die Scheiben erzittern, mit Sätzen, die sich spreizten wie aufgesperrte Mäuler. Die Silben kamen schnell, gepreßt, wie ausgespuckt. Die Stimme schmetterte, wenn sie vom unbeugsamen Willen sprach, von der ernsten Lage, die Wörter durch eine Pause ausrollen ließ, einem Ausholen gleich. Vom Ende der Geduld war die Rede. Von untragbaren Zuständen. Von der eisernen Entschlossenheit, das Sudetenland heimzuführen. Im heroischen Kampf Lebensraum zu schaffen.

Ron hielt den Atem an. Oft hatte er die Stimme nicht gehört, aber doch immer wieder. Zu Hause war der Volksempfänger stumm geblieben. Und hier im Landwerk wurde er nur in Ausnahmefällen eingeschaltet. Das hatten sie so ausgemacht. Er prangte neben dem Grammophon, ein Kasten aus Holz, leicht gerundet gegen oben hin, große Drehknöpfe zur Linken und zur Rechten, dazwischen die Skala, aufleuchtend. Ron hatte die Namen gelesen, grün im bleichen Schein: Bordeaux, Hilversum, Midland Reg, er las weiter, bis ans Ende der Skala, Triest, Wien. Der Madrich stellte den Kasten manchmal an und erzählte ihnen dann, was er gehört hatte:

Berichte über Aufmärsche, neue Gesetze, Verordnungen, die erlassen wurden. Viele betrafen sie. Davon schrieb auch Marleen.
Marleen Sarah heiße ich jetzt, stand in ihrem Brief. Vater hat Angst; er hat seine Ersparnisse melden müssen, Vermögensanmeldung heißt das; sie werden uns alles nehmen. Aber Vater will nicht ausreisen. Er kommt nicht zurecht. Was sollen wir tun?
Marleen klang ratloser mit jedem Brief.
Die Stimme in der Bibliothek drohte entschlossenes Handeln an, rief zu Unerbittlichkeit und notwendiger Härte auf.
Ron drehte sich um, sprang die Treppe hinunter, rannte vom Haus weg. Erst vor dem Hühnerstall blieb er stehen, beruhigte sich beim Gackern der Tiere. Schatten tanzten auf der sonnenbeschienenen Fassade des Jagdschlößchens; über dem Eingang wehte die Fahne, von den Gewächshäusern herüber hörte er die Mädchen, übermütig.
Er würde den Madrich nicht fragen, was da noch angedroht, ausgespuckt, in den Raum geworfen worden war. Es war besser, wenn der Volksempfänger stumm blieb. Das Grammophon spielte, was sie auflegten: ihre Musik.
Er hörte die Fahrradklingel des Postboten.
Post, rief Neuss, kletterte vom Rad, stellte es an den Zaun. Dorothee und Herta eilten herbei, Judith, die Madricha, trat aus der Küche. Sie reckte ihre schlanke Gestalt, blähte kurz die Backen auf, ehe sie mit der Hand durchs Haar strich und aufmerksam den Postboten musterte. Neuss nestelte an seiner Tasche aus speckig glänzendem, abgewetztem Leder und reichte der Madricha ein Briefbündel.
Keine Pakete? Sie sah ihn fragend an.
Nichts, brummte er.

Die Madricha zog Tomaten aus ihrer Schürzentasche und streckte sie dem Postboten schweigend entgegen.
Danke, knurrte der, packte die Tomaten in seine Tasche und schwang sich aufs Rad. Er winkte kurz, ohne sich nochmals umzudrehen, und bog in die Allee ein.
Die Madricha reichte Ron einen Brief. Helma, dachte er und strahlte. Gegen Dorothee und Herta hob Judith bedauernd die Hände. Nichts für euch. Dorothee wandte sich ab, Richtung Schwanenteich, doch plötzlich blieb sie stehen, schaute auf die Straße. Jetzt hörte Ron es auch, die Schritte der schweren Schuhe im Takt des Liedes.
... reihe dich ein, wir schreiten dem Sieg entgegen ...
Er wußte, sie würden vor dem Tor stehenbleiben und singen bis zur letzten Strophe.
Wir Jungen und Alten, Mann für Mann, umklammern das Hakenkreuzbanner.
Ob Bauer, ob Bürger, ob Arbeitsmann, sie schwingen das Schwert und den Hammer,
sie kämpfen für Hitler, für Arbeit und Brot.
Deutschland, erwache! Und Juda – den Tod.
Volk, ans Gewehr.
Erst dann würden sie weitermarschieren, in die Allee hinein und vielleicht von der Tante Klara und der Sahara weitersingen. Sie kamen nicht das erste Mal.
Er setzte sich auf die Bank, überflog rasch den Briefbogen, faltete ihn verwirrt zusammen. Es war nicht zu fassen. Helma hatte den Kibbuz verlassen. Und sie glaubte ihn warnen zu müssen vor den Schwierigkeiten im anderen Land. Wie konnte sie. Gleich aufgeben. Das durfte nicht sein. Da mußte man sich durchbeißen, um jeden Preis. Das würde er Helma schreiben, gleich nach dem Mittagessen. Von den Gewächshäusern her kam eine Gruppe von Mädchen herangeschlen-

dert. Die Zwillinge waren dabei; zuletzt trottete Greta daher, schwerfällig, als fiele sie gleich hin. Als sie seinen suchenden Blick sahen, lachten sie. Nur Ednas Gesicht blieb unbewegt, ihre Augen prüften ihn kurz und kühl.
Lissy ist noch im Tomatenberg, zwinkerte Herta ihm zu. Das Rot gefällt ihr.

Beim Essen kündigte der Madrich für den späten Nachmittag den Fotografen an, der aus Berlin komme, um die künftigen Pioniere festzuhalten. Der Madrich blickte in die Runde. Unsere Kulturnische, sagte er, und ein Anflug von Stolz lag in seiner Stimme, unser Tarbut ist heute Fotozeit.
Sie klatschten.
Da ist noch etwas. Der Madrich machte eine Pause. In diesem Herbst kann die erste Gruppe aus unserem Landwerk mit der Jugend-Alija ausreisen.
Ein Murmeln ging durch die Reihen.
Wir bekommen acht bis zehn Zertifikate. Die Namen werden in etwa einer Woche bekanntgegeben. Also Geduld.
Stille trat ein. Keiner aß weiter. Sie sahen sich an. Wer würde zu den Glücklichen gehören? Rons Augen suchten die von Lissy. Sie beide auf dem gleichen Schiff, wie Schaul und Ester? Oder bloß eines von ihnen? Trennung, Abschied, kaum hatten sie sich kennengelernt. Lissy beachtete ihn nicht. Sie löffelte ihre Suppe, hielt die Augen gesenkt. Er stellte sein Geschirr zurück, holte Journal und Stift, ging hinunter zum Teich.
Dort las er nochmals Helmas Brief, dann sah er den Schwänen zu, die auf dem Wasser schwammen, mit erhobenem Kopf, stolz und sicher; kleine Wellen glitten von ihnen weg, das Schilf wiegte sich leicht im Wind. Nein, von alldem, dieser Bank am Teich im Mittagslicht, würde er Helma nichts

schreiben, auch nichts von den Kranichen und den Schattenbildern auf dem Wasser, den wilden Rosen unter dem Söller, damit Helma ja nicht dächte, sie wären bloß auf Sommerfrische.

In ihrem Nest auf dem Stall richteten sich die beiden Störche auf, schüttelten sich; aus dem Haus strömten die Mädchen ins Freie.

Von Lissy würde er nichts schreiben, nichts von den Liebespaaren und ihren Spaziergängen und den kleinen Ausflügen mit dem Leiterwagen nach Trebbin und an die Ufer der Nuthe oder von der Frühlingswanderung an den Blankensee.

Helma, wir sind nie sicher. Es gibt Drohungen, Flugblätter, die sie über den Zaun werfen. Manchmal lassen sie ihre Motorräder vor dem Eingangstor aufheulen, um uns einzuschüchtern und die Angst vor einem Überfallkommando zu schüren.

Wieder schweiften seine Blicke über den Teich, verloren sich im Kräuseln des schimmernden Wassers, folgten den kleinen Wellen, die im Sand ausliefen; Libellen sirrten im Schilf.

Und manchmal, dachte er und wußte, daß er das Helma nicht schreiben würde, manchmal war da eine Zärtlichkeit, ein Händedruck, eine schüchterne Umarmung, ein flüchtiger Kuß, geahntes Glück. Selten genug.

Meist aber, und das schrieb er, plagt uns die Ungewißheit, was die Zukunft bringen wird. Werden wir Papiere für die Ausreise erhalten, einen Zug ans Meer erreichen, ein Schiff nach Palästina? Die ersten Ausreisezertifikate sind uns zugesichert, noch für diesen Herbst, Helma, vielleicht bin ich dabei, wer weiß, und wir umarmen uns im Hafen von Haifa. Du und ich und Marleen. Und Vater.

Unruhig stand er auf, schlenderte um die Bank herum. Vielleicht würde auch Lissy dabeisein. Er schnippte mit den Fingern, als wollte er nach dem Falter haschen, der vorüberflatterte. Noch zwei Stunden, dann war Zeit für den Fotografen.

Du?
Stör ich dich?
Er schüttelte den Kopf.
Hast du Post?
Meine Schwester Helma hat den Kibbuz verlassen. Sie hat es nicht ausgehalten.
Ich kann auch fast nicht mehr.
Sie strich sich das Haar aus dem Gesicht.
Komm schon, du schaffst es, wie die andern auch.
Auch Gabriel ist alles zu streng.
Ach der, bloß ein Spielverderber, ein Griesgram.
Mehr Realist als du.
Lissy. Er trat nah ans Wasser. Mach es wie die Kraniche, die über das Feld staksen und dann plötzlich auf und davon fliegen.
Ich kann nicht mehr, flüsterte sie, die Arbeit überfordert mich, die Regeln und dann noch Hebräisch, die Sabbat-Vorschriften und die acht Stufen der Wohltätigkeit; wie soll ich am Schluß die Prüfung bestehen.
Du wirst es schaffen, da bin ich mir ganz sicher.
Er drehte sich um; oben auf dem Söller entdeckte er Henner und hinter ihm die Madricha.
Komm, gehen wir an die Arbeit.

Als der Fotograf eintraf, rief die Madricha alle herbei. Sie versammelten sich erwartungsvoll auf der Wiese vor dem Jagdschlößchen. Zuerst wolle er versuchen, sie alle auf ein Bild zu

bringen, danach jeden an seinem Arbeitsplatz, und später einzelne Bilder machen, im Gelände. Der Fotograf ließ seinen Blick über die Gesichter schweifen. Neben ihm stand seine Frau, Leni, mit langem schwarzem Haar, einer Baskenmütze auf dem Kopf, eine Schönheit zweifellos.
So drängten sich alle auf der breiten Freitreppe am Vordereingang des Schlößchens zusammen. Ron stand ganz hinten, neben ihm Henner und der Madrich, vorn die Zwillinge, die an diesem Tag besonders auffielen, sie hatten ihre besten Kleider angezogen, dunkle Faltenröcke, knielang, und Strümpfe, fast wie Lissys Seidenstrümpfe am ersten Tag. Lissy stieg mit Hilde auf der anderen Seite nach oben, als wollte sie seine Nähe meiden; sie hatte das Haar streng zurückgekämmt, blickte über alle hinweg, in die Ferne; er hatte ihr vergeblich zugewinkt.
Der Fotograf hatte sich vor ihnen aufgebaut, gab Anweisungen, durchschnitt mit den Armen die Luft wie ein Dirigent; mal mußte einer nach rechts, eine weiter hinauf, alle sollten auf dem Bild zu erkennen sein, die Chawerim aus dem Landwerk Ahrensdorf, Spätsommer 1938, bevor die ersten reisen konnten, aufbrachen, übers Meer. Noch waren sie hier, eng zusammengerückt auf der Freitreppe, übermütig die Gesichter, da und dort ein Lachen, ein Schmunzeln, ein Scherz. Nur Gabriel hatte die Arme verschränkt und zeigte eine unbewegte Miene.
Das hielt die Kamera fest.
Dann strebten sie auseinander an ihre Arbeitsstätten. Ron ging zur Tischlerei. Lissy war auf dem Tomatenberg, Manuel bei den Hühnern, Simon und Henner bei den Pferden, Klemens gab den Kutscher auf dem Leiterwagen. Delv wollte auf die Lorenbahn.
Auf dem Gelände bleiben, bis wir kommen.

Die Stimme des Fotografen hatte etwas Flehendes, als fürchte er, sie entschwänden für immer seinen Blicken, bevor er sie auf den Film gebannt hatte. Seine Frau schulterte das Stativ, hängte die Tasche um. Später könne jeder ein Portrait bekommen, wo er wolle, oder ein Bild zu zweit oder zu dritt, in der Bibliothek, auf dem Söller.
Wo ihr es wünscht, selbst auf dem Kamin, im Brunnen oder am Teich; vielleicht mag ja einer auch übers Wasser gehen oder durchs Schilfmeer waten.
Der Fotograf lachte, folgte seiner Frau, die auf die Gewächshäuser zuging, wo ein paar Mädchen schon winkten, Edna und Ines Mädchenfreundschaft ins Bild bringen wollten, Paul Männereinsamkeit.
Ein Mann aus alten Zeiten, spottete Greta.
Ron saß längst auf seiner Bank am Teich, freute sich, daß er sich auch für ein Foto neben den Bienenkästen hatte aufstellen können. Dieses Bild würde er Vater und Marleen schikken, und das aus der Tischlerei wäre für Helma.
Er wartete und wünschte, sie käme bald. Käme allein. Sie beide, dachte er, sie beide auf einem Bild. Aber würde sie das überhaupt wollen? Sie war manchmal so zurückhaltend, abweisend, daß er schon Zweifel bekommen hatte. Bei Rieke war er sich sicher gewesen, Rieke ließ ihn nicht zweifeln, sie wäre ihm überallhin gefolgt.
Sieh mal. Er richtete sich auf seiner Bank auf. Eng umschlungen schlenderten zwei auf dem kleinen Trampelpfad, ohne Scheu, wie er sie nie zuvor gesehen hatte: Dorothee und Manuel, für das Foto sabbatfein angezogen. Sie trug ihre Bluse mit den Rüschen, er die Hose mit dem breiten Aufschlag. Sie strebten auf das Wildgehege zu. Wenn die beiden, der Gedanke durchschoß ihn, sich fotografieren ließen, dann würde vielleicht auch Lissy nicht nein sagen. Hatte sie ihn

gemeint, wenn sich in den letzten Tagen ihre Blicke gekreuzt hatten? Ihn und keinen andern? Oder waren es bloß Blicke gewesen, die nichts zu bedeuten hatten.

Wie ein Vogel fliegen meine Gedanken
und stoßen sich an den Zweigen.
Still klopfen sie bei dir an die Scheiben,
du willst dich nicht zeigen.

Wieder spähte er durchs Gehölz. Trat da nicht jemand von einem Bein aufs andere, unschlüssig, leicht sich mal nach rechts, mal nach links drehend?

Da war sie. Er sprang auf, eilte hin zu ihr, und sie lachte. Wehrte die Hand nicht ab, die über ihr Haar streifte, kurz auf ihrer Schulter ruhte, und wich nicht den Augen aus, die ihren Blick suchten, als wollten sie darin versinken. Er führte sie zur Bank.

Was schreibst du gerade?

Sie deutete auf das Journal, das dort lag.

Einfach nur, was ich sehe und höre. Vielleicht werde ich einmal über diesen Sommer in Brandenburg schreiben.

Eine Geschichte?

Wer weiß.

Über die beiden, die reisen?

Nicht mehr über Ester und Schaul, die sind ja angekommen, von Lissy und Ron vielleicht, die sich in einer ungewöhnlichen Zeit begegnen, an einem Brunnen vor dem Haus, die eine aus Wien, der andere aus Hamburg.

Sie ließ ihren kleinen Finger über seine Hand streifen, sehr langsam, als führe sie einen Zeichenstift.

Durch die Stämme, die in der Nachmittagssonne blinkten, sahen sie Manuel und Dorothee, nah am Wildgehege, unter den Blicken der Damhirsche. Lissy lachte.

Die beiden werden observiert, da wird alles beäugt.

Und schon kamen sie heran, der Fotograf und seine Frau, als suchten auch sie Abgeschiedenheit im Spätnachmittagslicht, das einen gelben Wolkensaum hoch über den Stämmen zeichnete. Dorothee und Manuel machten ein paar Schritte auf sie zu, deuteten auf den moosbewachsenen Baumstamm, auf den sie sich zusammen setzen wollten. So sollte er sie aufnehmen, Manuel und Dorothee, die alle im Landwerk das Paar nannten. Da durfte er den Arm um ihre Schultern legen, die Hand an ihrem Oberarm, sich festhalten ein wenig, sich ihr zuneigen –

Dem Fotografen gefallen diese Gesichter nah beieinander. Auch seine Frau freut sich. Ein Hirsch stolziert hinten ins Bild, mit Abstand.

Und der Wolkensaum spielt mit, fällt vom Gelb ins Rot, das ein Rosa wird und zum Hügel hin ein Violett, durchbrochen von einem Blau, das ganz hell sich dehnt, fast weiß, langsam dunkler wird.

Ron und Lissy nähern sich der Gruppe.

Wir möchten auch ein Bild, bittet Ron den Fotografen, aber ohne Hirsch, nur wir beide.

Da lächelt der Fotograf, ich weiß schon, sagt er, mustert ihn, du bist Ron, der diese Geschichte von der Heimkehr geschrieben hat, im *Israelitischen Familienblatt.*

Da errötet er, ist überrascht.

Das haben Sie gelesen?

Der Fotograf nickt. Ich kenne das Blatt, hab ab und an Fotos geliefert.

Nun aber das Bild, ruft seine Frau, schiebt die beiden zueinander, Lissy und Ron, der schaut nach oben, zu diesem Saum über den Stämmen. Die Hand legt er nicht um ihre Schulter. Ihr Gesicht kommt ihm nah, ihr Haar streift seine Wange,

ein Kitzeln, das er sich nicht anmerken läßt; ihre Augen wenden sich zum Fotografen hin, scheu; das Haar ist zurückgekämmt, fällt in Wellen übers Ohr, in den Nacken, weich. Ein Sonnenschimmer liegt auf ihrer Haut, der Nase. Können Sommersprossen so anziehend schön sein?
Es werden immer diese Augen sein, an die er später denkt, die so offen in die Welt blicken, suchend, kommt es ihm vor. Mit diesem zugeknöpften Kragen und dem festgezurrten Reißverschluß der Jacke. So wird sie ihm bleiben. So wird er sie lieben. Das Bild wird er behalten, das gibt er nicht mehr aus der Hand.
Seine eigenen Locken, das sieht er später, richten sich mal wieder himmelwärts, ein Kamm beinah.
Die Frau des Fotografen kann sich nicht lösen von den beiden, die so ganz bei sich und beieinander sind. Sie hält ihren Mann am Ärmel fest und flüstert ihm etwas zu. Und der schießt weitere Bilder, von Lissy, von Ron, von ihnen beiden, eine ganze Serie.

Genug jetzt, mahnte der Fotograf sich selbst und wollte schon das Stativ schultern.
Was bewegte sich da?
Noch zwei, die durchs dunkelschimmernde Grün herankamen, Hand in Hand. Ruth, die sich im Gewächshaus so sorgsam um die Keimlinge kümmerte, und Carl, der zart wirkte und immer noch als Neuankömmling galt. Die gehörten zu den Unauffälligen im Landwerk. Keiner hatte gewußt, daß die sich nahe waren. Aber jetzt waren sie da, zum Stelldichein unterm Wolkensaum, der noch hell war, das Blau schon im Spätlicht, bald Dämmerung. Verbunden in etwas, das sie zueinander zog, das sie den andern suchen ließ, seine Hand, sein Gesicht, seine Wange.

Der Fotograf umkreiste die beiden, wollte im letzten Licht aufnehmen, was er sah, hielt inne, ließ die Kamera stehen, blickte auf die, die sich an den Händen hielten, die Augen niederschlugen.
Schaut nicht so verschämt, lachte er, ihr seid nicht die einzigen, die sich mögen, die Leni und ich, wir lieben uns auch. Ungestüm umarmte er seine Frau, die noch kleiner wirkte unter den hohen Stämmen der Kiefern.
Es war, als hätten die eingefangenen Bilder und das Spätlicht das zusammengefügt, was getrennt war, so entschieden, so heftig, als müßte das für immer sein. Das schrieb Ron später in sein Journal.

Als er seine Kamera endlich weggelegt hatte, setzte sich der Fotograf mit seiner Frau zu ihnen, an einen der Tische in der Bibliothek. Gab Auskunft. In Berlin-Neukölln war er aufgewachsen, im Kurzwarenladen an der Hermannstraße. Später hatte er in einem Konfektionsgeschäft gearbeitet. 1931 geheiratet, die da: Leni. Er schmunzelte, und sie schlug ihm spielerisch auf den Arm. Dann ließ er sich die Fragen gefallen, welche die Chawerim stellten, schließlich war er da gewesen, wohin sie alle wollten: in Palästina. Ich bin hingereist, auf eigene Faust, schon 33. Einfach ist es nicht, Pionier zu sein, das Land ist nicht so, wie man das aus der Kinder-Haggada kennt.
Er solle doch erzählen. Sie waren neugierig. Carl fragte nach: Warum sind Sie nicht geblieben?
Der Fotograf wehrte ab. Er hatte sich nicht zurechtgefunden im Gelobten Land. Das stimmte. Das konnte er nicht leugnen. Und zwar nicht wegen der Stechmücken. Aber das war seine Sache, jeder mußte da seinen eigenen Weg gehen. Doch er hatte etwas anderes gefunden, das Fotografieren über-

haupt erst für sich entdeckt als Passion, als Beruf; zuvor hatte er für die Berliner Notrufgesellschaft Alarmanlagen verkauft, war entlassen worden, im März 33, fristlos.
Wir standen vor dem Nichts.
Leni sagte es laut.
Seither fotografierten sie zusammen: jüdische Menschen, wie sie lebten in diesem Reich. Nachts, erzählte Leni, richteten sie im Bad ihre Dunkelkammer ein, gossen die Flüssigkeiten in die Schalen. Da standen sie dann in der Dunkelheit, ihre Schultern berührten sich, sie starrten auf das Papier in der Flüssigkeit, warteten, bis die Konturen sich zeigten, Gestalten sich abhoben, Menschen aus dem Papier wuchsen, aus dem Schatten ins Licht. Leni strich mit der Hand flüchtig über die Kamera. Die Augen hätten eine eigene Sprache, aus ihnen spreche die Erinnerung, die auf ihrem Grund liege und sich in ihnen erzähle.
Fotos sind die Augen der Erinnerung. Das Auge des Fotografen, in dem seine eigenen Erinnerungen sich spiegeln, hält das Auge des Fotografierten mit der Kamera fest. Erinnerung spricht zu Erinnerung und trifft sich im Bild.
Leni schaute auf Herbert.
Wie eine Geburt ist es, wenn in der Dunkelkammer das Foto entsteht, ein Wunder, ein magischer Augenblick. Und dann ist es da, das Schwarzweißbild, das so viel enthält an Leben, an Geschichten von Menschen.
Sie, Leni, sei es, die das Bild mit der Pinzette fasse und ins Fixierbad tauche, damit es bleibe, vielleicht für immer. Das seien ihre Nächte, sie und Herbert in diesem Badezimmer, das zur Dunkelkammer geworden sei, und am Morgen hänge ihr Nachtwerk an der Wäscheleine.
Das ist unser Leben.
Wer weiß, für wie lange. Auch sie seien von zwei Gestapo-

Beamten aufgesucht worden, in ihrer Wohnung an der Joachimstaler Straße.

Ein paar Schritte noch, ein paar Minuten vor dem Schlafengehen.

Sie nickte. Aber pünktlich zurück, mahnte sie. Die Madricha besteht darauf, punkt halb zehn.

Sie gingen am Schwanenteich, am Wildgehege vorbei, in den Wald hinein, zum hinteren Teich, zum verborgenen. Er zog einen Stein aus der Tasche, legte ihn ihr auf die flache Hand.

Was ist damit?

Mirjams Stein. Ich habe dir schon mal davon erzählt. Der Brunnen Mirjams war in Stein eingeschlossen, wurde mit dem jüdischen Volk durchs Meer und die Wüste getragen und hat sich eines Tages in einen Teich verwandelt. Sein Wasser erfrischt und heilt. Die Wunden der Zeit.

Eine deiner Geschichten?

Laß uns schwimmen.

Sie schüttelte heftig den Kopf.

Es ist dunkel. Man sieht nicht mal sich selber.

Wieder schüttelte sie den Kopf.

Er hatte die Kleider schon abgelegt, ließ sich ins Wasser gleiten, schwamm ein paar Züge.

Am Ufer war das flappende Geräusch fallender Kleider zu vernehmen, er schaute sich nicht um. Hinter ihm klatschte etwas auf dem Wasser auf. Sie folgte ihm, holte auf; fast lautlos schwammen sie nebeneinander ins Dunkel. Er hörte ihr Atmen, die gleichmäßigen Züge ihrer Bewegungen, dann hielten beide inne, drehten sich einander zu, ihre Lippen trafen aufeinander.

Plötzlich gewahrten sie den Lichtkegel von drüben, der in den Himmel aufschoß, kreisend die Nacht abmaß.

Keine Angst, beschwichtigte er, das sind die Lichter vom Flughafen.
Ihre Finger berührten sich und einmal kurz nur ihre unter Wasser strampelnden Beine.
Komm.
Sie deutete zum Ufer hin und schwamm voran. Die Wellen des einen rollten zum andern, schlugen lautlos an.
Er wäre jetzt gern stundenlang neben ihr her geschwommen.
Sie erreichte vor ihm das Ufer, zögerte und stieg mit einer schnellen Bewegung aus dem Wasser. Er wartete einen Augenblick, folgte ihr dann, legte sein Hemd um sie, rieb den Stoff behutsam über ihre Haut. Er nahm wahr, wie sie kurz zusammenzuckte, ließ sie los und zog sich die Kleider über.
Eilig kehrten sie zurück, sprachen kein Wort, ihm war, sie glitten federleicht dahin.

6

Er stellte sich unter das Vordach des Gewächshauses, der erste Regen seit Wochen, und gleich heftig, in Striemen platzte er nieder, schon bildeten sich die ersten Lachen, der große Himmel wölbte sich zur grauen Kuppel. Auch an seinen Bienenkästen lief der Regen herunter. Imker, darauf war er stolz. Helma würde staunen. Er schlang die Arme um den Körper. Die Nässe machte ihn frösteln, das Grau hing herab, kalt und trüb, und so war ihm zumute an diesem Frühherbsttag.

Er war früher aufgewacht als die anderen, noch ehe der Regen eingesetzt hatte, war er hinausgeeilt. Im Vorraum hatte er kräftig auf den Sandsack eingedroschen, den sie dort aufgehängt hatten. Keiner von ihnen war dem Boxsport verbunden, aber manch einer schlug ab und an auf den Sandsack ein.

Was hast du?

Der sonst so fröhliche Manuel hatte plötzlich mit besorgter Miene hinter ihm gestanden und ihn fragend angesehen. Er hatte den Kopf geschüttelt.

Bloß zu viel Energie, die Bienen sind keine Schwerarbeit.

Manuel hatte sich nicht zufriedengegeben.

Machst du dir Sorgen wegen heute abend?

Er hatte kurz mit Boxen innegehalten und sich Manuel zugewandt.

Du weißt, ich glaube an ein Wunder, und wenn es nicht eintrifft, warte ich aufs nächste.

Du weichst aus. Manuel hatte sich neben den Sandsack gestellt. Ihr könntet getrennt werden, sagte er und sah Ron forschend an.

Ihr auch.

Manuel schlug eine Faust gegen den Sack. Ich habe Angst vor heute abend, gestand er, habe wenig geschlafen.
Ihr werdet es schaffen, du und Dorothee.
Er hatte Manuel kurz auf die Schulter geklopft und dem Sack noch einige Schläge versetzt, so heftig, daß die Knöchel schmerzten.
Der Regen prallte jetzt auf sein Gesicht, die Kleider, er hatte das schützende Vordach verlassen. Sie könnten getrennt werden. Daran dachte er seit Tagen. Alle fieberten auf den Abend hin, beim Essen fiel ihm das Stühlerücken auf, lautes Rufen, Manuel verschüttete Suppe, der stille Simon warf ein Glas um, Unruhe erfüllte den Saal. Wie ein aufgescheuchter Haufen waren ihm die andern vorgekommen, und er schwebte in einem Gefühl vager Erwartung, mal dem Bangen, mal dem Hoffen näher. Außer mit Manuel hatte er mit niemandem darüber gesprochen. Auch mit Lissy nicht.
Nach dem Mittagessen war er gleich aufgestanden. Er hätte jetzt gern bei Marleen Zuflucht gesucht. Seine Schwester hätte die richtigen Worte gefunden und die Schwere von ihm genommen. Auch wenn sie nur wenig älter war als er, war sie eine, die das Wort fand, das trug. Oder sie spielte ihm einfach etwas auf ihrem Klavier vor. Sie kannte Leichtes, Verspieltes, das tröstete. Gut, daß Marleen mit Vater war.
Er stand im strömenden Regen, wurde durch und durch naß, als könnte der Regen alles aus ihm herausspülen, was ihn ängstigte.
Die Bienen waren an diesem Tag kein Trost; ihr Summen war ihm wie die eigene Unruhe vorgekommen, auch in ihm selbst summten Bienenschwärme. Die Völker in den Kästen waren in den nächsten Tagen auf den Winter vorzubereiten. Alle Waben sollten kontrolliert, dunkle entfernt, Zanderwaben eingesetzt werden. Durchsicht nannte Krüger das.

Er blickte über den Zaun hinweg in die Landschaft hinaus, die in weißlich-gelbem Dunst versank; selbst die Eichen waren nur noch dunkle Silhouetten.
Er würde sich heute abend nicht neben Lissy setzen, da wäre er bloß noch aufgeregter. Er würde spät zum Vortrag kommen und ganz hinten bleiben. Eigentlich interessierte ihn das Thema, das die heutige Gastrednerin, Frau Manhard, ausgewählt hatte: Die Anfänge der jiddischen Dichtung im Wilnaer Kreis. Die Geschichten von Leib Perez las er gern. Und über den Dibbuk wollte er schon lange mehr wissen. Aber heute? Hoffentlich trug sie nicht zu lange vor, denn erst danach würden die beiden sich zu Wort melden, auf die es an diesem Abend eigentlich ankam, Alfred Selbiger, Vertreter von Makkabi Hazair und Mitarbeiter im Palästina-Amt, und einer von der Reichsvertretung, Otto Hirsch. Der wollte auch zum bevorstehenden Neujahrsfest, zu Rosch Ha-Schana, sprechen.
Wenn die bloß nicht zuviel redeten.
Wieder starrte er in den Regen. Graue Schwaden zogen um die Bäume. Er rollte die nassen Ärmel hoch. Auf der Landstraße glitt ein Radfahrer vorüber, in gemächlichem Tempo, als fahre er unter dem Regen hindurch, unbehelligt. Oder einfach gelassen. Er selbst wäre gern gelassener, besonders heute.
Und Lissy? Fürchtete sie sich auch? Er hatte nie etwas von Unruhe an ihr bemerkt.
Schon sechzehn Uhr. Er mußte sich waschen und umziehen.
Komm, sagte er, als säße der Dibbuk schon auf seinem Rükken, sei mein Freund und Begleiter.
Der Regen hatte aufgehört.
Er war nicht der letzte, der sich in den Raum schob, gleich

hinter ihm folgten zwei Mädchen, und als die Tür schon fast geschlossen war, schlüpfte auch noch Klemens herein. Der Madrich begrüßte die Herren der Reichsvertretung und des Makkabi Hazair und besonders herzlich die Referentin, Frau Agnes Manhard. Der Applaus war freundlich.

Frau Manhard schilderte zunächst die Ermordung des jüdischen Dichters A. Vayter in Wilna. Sie deutete seinen Tod im Jahr 1919, am Tag des Pessach-Festes, als vorläufiges Ende einer großen Epoche der jiddischen Dichtung, die sie an diesem Abend skizzieren wolle. Der Mord sei ein Fanal gewesen für einen fanatischen Kampf gegen die jüdische Kultur in Osteuropa, der sich ja bis in diese Tage fortsetze.

Die Frau schaute von einem zum andern, dann trat sie hinter ihrem kleinen Pult hervor und begann mit leiser Stimme zu singen, von einer, die sagt, daß ihre Haut dünn ist, das Herz zu klein für all das Weinen, das zu verbergen wäre:

Und mein Leben ist so schwer,
Die Schiffe auf der See
Und die Bahnen auf der Erd
Können mich nicht führen,
Wohin ich will,
Meine Liebe …

Alle lauschten der hellen Stimme der zerbrechlich wirkenden Frau. Mit der letzten Strophe bekam sie etwas auflehnend Trotziges, mit einem kräftigen *und doch* begann die Strophe, der Wille sich zu wehren, sich aufzulehnen.

Pfeil zu sein, der zielt, und ich werde kommen – meine Liebe.

Die Worte verklangen, sie saßen still da, bis schließlich, etwas zaghaft, dann aber mit großer Heftigkeit, alle im Raum applaudierten. Frau Manhard verneigte sich leicht und begann darzulegen, warum dieses Lied von Kadya Molodovsky an die Anfänge des Jiddischen erinnerte, an die ersten Geschichten, wie sie im altjiddischen Mayse Bukh von 1602 gesammelt seien, Geschichten, die zeigen, daß Erzählen hilft, wenn die Tora gebrochen, die Welt aus den Fugen ist, wie jetzt. Im Erzählen gelingt manchmal die Wiederherstellung, tikkun ha-olam. Sie setzte das letzte Wort in leisem Singsang hinzu und wiederholte es wie einen Refrain.

Und während sie sprach und darlegte, stellte Ron sich vor, wie er und Lissy zusammen die Reise antraten, mit dem Zug vom Landstädtchen Trebbin nach Berlin. Er sah sie dastehen auf dem schmalen Bahnsteig vor dem Bahnhofsgebäude, der Name Trebbin mit schwarzer Farbe auf den hellen Ziegelstein gemalt, und darunter der Hinweis auf den Segelflughafen. Und sie beide mit ihren Holzkoffern, mit diesem immer noch frischen Geruch von Lack und Leim, aus der Werkstatt im Landwerk. Soviel Ahrensdorf würden sie übers Meer und nach Palästina tragen, soviel Brandenburg.

Frau Manhard war inzwischen bei Baal Schem Tow und seiner Bewegung der Chassidim angelangt. Dieser Gerechte betone statt Traurigkeit und Sühne vielmehr Lebensfreude und die Liebe zu Menschen und Dingen, lade ein zum Staunen über die Wunder in der Welt. Auch Mendele Mojcher Sforim, Leib Perez und Scholem Alejchem hätten mit ihren Texten dazu beigetragen, daß das Jiddische 1908 in Czernowitz zur Sprache der Juden erklärt worden sei und eine große kulturelle Bewegung begründet habe.

Die Frau sprach frei, blickte nur dann und wann auf ihren Notizzettel.

Ron hörte die Signalglocke, die anschlug und den bald einfahrenden Zug der Reichsbahn ankündigte, der Lissy und ihn nach Berlin bringen würde und von dort in die Ferne. Er sah ihre Reisekoffer nebeneinanderstehen, sah die Tasche auf ihren Knien. Sie saßen im Zug, sie beide, draußen flog die

Landschaft vorüber, die langen Alleen mit alten Eichenbäumen oder Linden. Manchmal erhaschte er den Namen einer Haltestelle, Thyrow, Lichterfelde Ost, Lankwitz, und dann fuhren sie in die Stadt hinein, Papestraße, Ringbahnhof.

Als Frau Manhard von An-Ski und dem Dibbuk erzählte, kehrten seine Gedanken von der Zugfahrt zurück in den Bibliotheksraum, in dem sie saßen, zu diesen Gesichtern, die ihre Unruhe zu verbergen suchten. Wieder war die Frau hinter dem Pult hervorgetreten; mit leiser, aber eindringlicher Stimme, als wäre es ihre eigene Geschichte, sprach sie von Lea, die den Sohn eines Kaufmanns heiraten sollte, im Talmudstudenten Chanan ihre andere Seelenhälfte entdeckte und bei ihm bleiben wollte bis ans Ende der Zeit.

Da war Ron schon wieder auf seiner Reise mit Lissy, nun im Zug nach Wien. In diese Bilder drängten sich andere hinein. Ein früher Morgen, er stand am Tor des Landwerks, nicht weit vom Brunnen, und wartete, bis sie kamen, die Ausreisenden, zu denen Lissy gehörte und er nicht. Er versuchte, den aufsteigenden Schmerz zu unterdrücken, während Frau Manhard die Seelennöte von Lea und dem Talmudstudenten mehr nachlitt als nacherzählte. Wie Chanan zu ihrem Dibbuk wurde, um für immer und ewig bei ihr zu sein.

Rons Augen suchten verzweifelt Lissy, als wollte er sich gleich zu ihrem Dibbuk aufschwingen. Er rutschte auf dem Stuhl hin und her. Er sah das weite Feld vor dem Landwerk, die Straße, die sich darin verlor, die heckengesäumte Allee, in der sich Lissy weiter und weiter entfernte. Eine Weile war sie noch zu sehen, dann nur noch die Leere, staubige Grasbüschel am Rand der Straße, einzelne Glockenblumen darin.

Der Applaus schreckte ihn auf, er spähte nach vorn, wo Frau Manhard leicht den Kopf neigte. Sie bekam viel Beifall, und mit dem Beifall stieg die Aufregung, weil nun das folgen

würde, worauf alle warteten: die Liste mit den Namen derer, die das Land verlassen und ausreisen durften, die sich als Ausgewählte freuen und als Auserwählte fühlen konnten.
Die beiden Herren aus Berlin traten vor, jeder mit einem Zettel in der Hand. Sie wollten, sagte Alfred Selbiger, die Spannung nicht durch lange Reden steigern. Sie beide seien heute hier, um ihnen zu sagen, wie schwer es falle, nun diese beschränkte Anzahl von Einreisezertifikaten zu verteilen, heute acht Namen aus diesem Landwerk. Für eine weitere Gruppe sei Anfang des nächsten Jahres eine Ausreise nach Schweden geplant. Man wähle vorsichtig, erwäge die Gefährdung, aber auch Eignung für die Pionierarbeit, und vor allem fielen auch die Bedürfnisse der Kibbuzim ins Gewicht.
Er machte eine kurze Pause, ließ seinen Blick über die Gesichter schweifen.
Am liebsten würde man alle ausreisen lassen, aber die Wirklichkeit sei eine andere: Zertifikate für Palästina würden von den englischen Behörden nur sehr zurückhaltend ausgestellt, weit weniger, als nötig wären. Aber es geschehe, dafür sei man dankbar.
Er hielt noch einmal inne, sah seinen Begleiter von der Reichsvertretung fragend an. Otto Hirsch trat vor, entschuldigte sich, daß er vor der Verlesung der Namen noch hinweisen müsse auf den Aufruf der Reichsvertretung zum bevorstehenden Neujahrsfest Rosch Ha-Schana. Dieser Aufruf sei nötig, weil die Lage ernster sei als in den vergangenen Monaten. Das hätten sie in ihrer Botschaft festgehalten. Er wolle jetzt nur zwei kurze Abschnitte lesen, die Madrichim würden dann den gesamten Text mit ihnen besprechen. Er las mit fester Stimme:
Lastender noch als in früheren Jahren war jetzt Monat für

Monat die Schwere des Geschehens auf uns gelegt. Alles Äußere unseres Daseins wurde davon erfaßt und bedrückt, und immer wieder drohte es auch das Innere unseres Lebens zu ergreifen, unserer Seele den Atem zu nehmen.

Das Blatt in seiner Hand zitterte. Er schaute in die Runde, versuchte Ruhe in die Stimme zu legen: Dem allen, was wir sehen und nicht leugnen können, zum Trotz wollen wir unseren Blick dahin wenden, wo eine neue Heimat entsteht.

Und weiter las er von seinem Blatt:

Wir sollen unseren großen Glauben, den Glauben unseres Judentums, in uns wahren, in uns lebendig erhalten. In ihm wollen wir alle fest sein, in Schlichtheit und Geradheit, in Echtheit und Rechtschaffenheit.

Ron schaute auf Lissy. Sie saß vornübergebeugt da, angespannt und ohne Bewegung, wie festgegossen. Alle verharrten auf ihren Stühlen, konzentriert, wagten kaum zu atmen.

Und nun also, sagte Alfred Selbiger und hielt das Blatt in seiner Hand hoch, die Namen der jungen Frauen, sein Kollege habe die der jungen Männer. Fragen werde man später beantworten.

In alphabetischer Reihenfolge: Baum Hilde, dann Bauer Marianne, Flemming Inge, Goldmann Silke ... Er machte eine Pause.

H, dachte Ron. Der Mann las den nächsten Namen: Hübner Dorothee. Kein H für Harb. Ron schloß die Augen. Alfred Selbiger machte nochmals eine Pause. Landauer, fügte er an, Ruth.

Keine Regung, nur diese Glut in den Gesichtern. Lissy blieb in der weit vornübergeneigten Haltung.

Otto Hirsch hob sein Blatt, hielt es so nahe an die Augen, daß sein Gesicht davon halb verdeckt wurde. Mit B würde er, dachte Ron, ganz oben stehen. Noch bevor der erste Name

fiel, suchten seine Augen wieder Lissy. Sie hockte noch immer in der gleichen Stellung da.
Der erste Name fiel: Gertig Anselm.
Er schloß die Augen. Vorbei.
Weiß Manuel. Der letzte Name.
Carl legte die Hand an die Stirn.
Acht Auserwählte.
Die beiden Männer hatten die Blätter gesenkt. Kein Jubel. Keine Unmutsbezeugungen.
Ron hatte Mühe, seine Erleichterung zurückzuhalten, sie würden beide bleiben, kein gemeinsames Warten auf den einfahrenden Zug, das nicht, aber auch keine auf der Straße sich entfernende Lissy.
Langsam löste sich die Anspannung. Umarmungen, Händeschütteln für diejenigen, die aufbrechen durften. Dorothee rannen die Tränen über die Wangen. Sie und Manuel waren die Glücklichen des Abends: Sie durften zusammen reisen. Um sie herum entstand ein Gedränge, jeder wollte gratulieren, seine Freude ausdrücken.
Auch Hilde strahlte. Sie stand allein, wie so oft. Ihr Wunsch war in Erfüllung gegangen, dort würde sie vielleicht wieder eine Gemeinschaft finden und später selbst eine Familie gründen, mit vielen Kindern.
Lissy saß noch immer auf ihrem Stuhl. Er setzte sich neben sie.
Enttäuscht?
Sie schüttelte den Kopf, ihre Haare flogen. Für einen kurzen Augenblick legte sie ihre Hand auf die seine, dann verschränkte sie rasch die Arme.
Für mich wäre es zu früh gewesen, ich habe noch viel zu lernen.
Vielleicht schaffen wir es das nächste Mal zusammen.

Komm, gehen wir zu den andern.
Sie zog ihn hoch.

Der Regen hielt an, tagelang, graues Wolkengespinst, in den Räumen breitete sich die kühle Feuchtigkeit mehr und mehr aus. In den Nächten rollte Ron sich tiefer in die Decken ein, um nicht von der Kälte oder vom gleichmäßigen Pritscheln des Regens geweckt zu werden und dann dem Grübeln und Brüten ausgeliefert zu sein. Er war froh um die Tage, deren Gang durch die Arbeit bestimmt war. In der Bibliothek brannte abends ein Feuer im Ofen, hier wärmten sie sich auf, lasen. Frau Manhard hatte das Büchlein mit der Geschichte vom Dibbuk dagelassen. *Dramatische Legende in vier Akten*, lautete der Untertitel.
Tagelang sprach er nicht mit Lissy; sie liefen sich kaum über den Weg, und er suchte sie auch nicht.
Wer das Glück hatte, reisen zu dürfen, bekam seinen Koffer aus der Tischlerei, packte hinein, was unverzichtbar schien, verschenkte, was sich nicht für die Reise eignete. Dorothee übergab ihre Sammlung von kleinen Dosen an Ines. Ruth überließ ihr Album mit gepreßten Feldblumen und einen aus dem Elternhaus stammenden Kerzenleuchter ihrer Freundin Greta. Zu schwer und zu sperrig, klagte sie. Greta freute sich.
Ron vertiefte sich in das Leben der Bienen. Er erfuhr zum erstenmal, daß es auch Bienen gab, die ganz für sich lebten, als Einsiedler, kein Volk bildeten und im Verborgenen blieben. Der Gedanke gefiel ihm. Die Bienen sammelten Nektar, ob allein oder im Volk, und verwandelten ihn in Honig, der süß und dicht die verwandelte Welt enthielt, verwandelt nach eigenen Gesetzen: auch ein Wunder.
Lissy und er fanden in kein Gespräch, sie schien ganz in sich

gekehrt. Von Dorothee hatte er erfahren, daß sie die Ausreisegruppe nach Jüterbog begleitet hatte, wo sie sich auf der Polizeidienststelle die Ausreisestempel verschaffen mußten, eine lange Fahrt mit dem Rad, fast immer die Nuthe entlang. Auf dem Rückweg hatten sie das Kloster Zinna besucht, das am Fluß lag, im Grün alter Bäume. Dorothee überreichte ihm im Namen von Lissy ein kleines Glas Klostermarmelade.

Auch Dorothee war Lissy seltsam verschlossen vorgekommen, sie hatte kaum gesprochen auf der Fahrt. Sie waren schweigend durch das Kloster und am Ufer des Flusses entlanggeschlendert; lange blieben sie in dem abweisend wirkenden Kirchenraum, der sie mit seiner zisterziensischen Strenge frösteln machte.

Viele waren wortkarg in diesen Wochen, auch Ruth zeigte wenig Reiselust, schien noch blasser, als sie schon vorher gewesen war, flüchtete sich, sooft sich die Gelegenheit bot, in eine Strickarbeit. Edna ärgerte sich über jede Kleinigkeit; weil ein Ball nicht im Tor, sondern auf dem Asternbeet gelandet war, fauchte sie Frank, den fehlbaren Schützen, wütend an, hob die Hände, als wollte sie ihm das verdutzte Gesicht zerkratzen.

Der Madrich wurde zunehmend ernster und machte kein Hehl aus seinen Sorgen. Der Krieg rückt näher, sagte er, und wehe uns, wenn er ausbricht. Er reiste öfter nach Berlin, um an der Meinekestraße zu hören, wie die Lage stand, und nächste Schritte zu planen. Nach der Rückkehr schien sein Gesicht noch finsterer als zuvor; einmal berichtete er, daß ein baldiger Angriff auf Polen befürchtet werde, was die Möglichkeiten zur Ausreise noch erschweren würde. Dieter erhielt die Nachricht, daß er nach Schweden ausreisen könne. Als er sich sträubte, weil er unbedingt nach Palästina

wollte und nicht in den Norden, wurde der Madrich energisch.
Jeder, der kann, sollte gehen, und zwar rasch.
Dieter murmelte unwillig vor sich hin, gab sich unnachgiebig. Stimmte schließlich doch zu. Contre cœur, brummte er.
Der Madrich reagierte nicht.
Die Gruppe breche im Januar auf.
Der Regen dauerte an, weichte die Böden auf, bildete Pfützen und Lachen; sein Fortdauern schuf Gleichförmigkeit, auch Ungeduld und Langeweile. An regenfreien Tagen rief der Madrich zur Erntearbeit auf. Krüger kümmerte sich mit der Gruppe aus der Tischlerei um die Weinreben. Gelbe Seidentrauben und blaue Burgunder geerntet, Ron hielt Lissy die Trauben hin. Sie präsentierte Ontario und Bismarckäpfel. Gabriel fiel auf. Er trug Bücher aus der Bibliothek in den Hof und schichtete sie zu einem Turm, auf dessen Spitze er das Gemälde eines verschneiten Gebirges legte. Manche lernen, bis der Kopf zu stinken beginnt, orakelte er.
Das Eintreffen der Fotos führte aus dem gleichmäßigen Dahinrinnen der Tage hinaus. Achtundvierzig Bilder, auf Karton geklebt; der Fotograf hatte sie thematisch geordnet: Das Landwerk – Arbeit und Ausbildung – Lernen und Frohsinn – Gemeinschaft und Freundschaft. An der ersten Zusammenstellung schritt Ron rasch vorbei: Da waren die Gebäude, die Bäume, der Teich, sogar die Zimmer der Mädchen, der Waschraum der Jungen. Bild fünf zeigte den Brunnen mit dem Wasserstrahl, der aufstieg und niederfiel, die Bank, die leer war. Arbeit und Ausbildung, das waren viele Fotos. Bild fünfzehn: zwei Mädchen beim Kartoffelschälen, Dorothee und Hilde mit dem großen Emailbecken auf den Knien. Im Gewächshaus kauerte Ruth vor ihren Töpfen. Sie kümmerte

sich um die Aussaat und umsorgte die Keimlinge wie eine Schar von kleinen Kindern. Auf dem nächsten Foto: Klemens beim Holzhacken, dann Dieter beim Unkrautjäten. Greta wies vor dem Brüter auf die ausgeschlüpften Küken. Bild siebenundzwanzig hätte er am liebsten an sich genommen, Lissy mit den Zwillingen an der Lorenbahn. Seine Bienenhäuser waren auch gut eingefangen. Und Henner wirkte mit den Pferden schon fast wie ein Dressurreiter. In der Tischlerei ließen sie die Späne fliegen, in der Krankenfürsorge zeigte sich Carl, der einen verstauchten Arm verband. Ruth gab die geduldig leidende Patientin.
Diese Bilder von der Arbeit müßte er Helma zeigen, wie sie die Sense führten, das Feld pflügten, sogar die Mädchen: Sicher schritten Edna und Ines hinter dem Häufelpflug. Samuel band Roggen zu Garben. Und auch, wie sie beim Unterricht saßen, Iwrit lernten in der Bibliothek, über ihnen an der Wand, gerade noch eingefangen, das Bild mit dem streng dreinblickenden Herzl, auffällig der sorgsam gepflegte Bart, schwarz glänzend.
Er hörte Geräusche von draußen, Schritte über den Kies.
Gemeinschaft und Freundschaft hatte der Fotograf schwungvoll über die nächste Sequenz geschrieben. Das Bild von Dorothee und Manuel, vor dem Gehege, sein Arm, der ihre Schulter umfaßte, innig. Die gehörten zusammen. Sie würden zusammen reisen. Er schluckte. Schüttelte den Kopf. Trat zum Fenster. Regentropfen, Regenlachen, darin Wolken, Bäume.
Er wendete sich wieder den Fotos zu. Und die da, Carl und Ruth. Auch ein Paar. Oder nur noch ein Bild? Sie reisten nicht zusammen, Ruth ging, Carl mußte bleiben.
Immer wieder Einzelbilder. Edna auf einem Stein, das Gesicht gesenkt, die Hände verschränkt. Hilde allein hinter dem Gewächshaus, als sei sie da vergessen worden. Bild neun-

undzwanzig, der Söller am Abend. Der Fotograf hatte es vergrößert. Da las einer vor, Frank, und alle lauschten. Dorothees Akkordeon und Simons Violine lehnten an der Mauer: als wäre kein Übel in der Welt.
Und da ein Portrait von ihr, Lissy. Er betrachtete es genau. Sie schaute etwas streng, aber mit offenen Augen, und diese fein gezogenen Brauen, der schmale Mund –
Wie schön sie ist!
Er hob die Hand, fuhr mit der Fingerspitze über die Wange, am Kinn entlang zum Hals, den der Kragen der Bluse umschloß, die Jacke mit dem Reißverschluß bis oben zugezogen.
Dann stockte sein Atem: Da waren er und Lissy auf einem Bild. Er spürte die Glut, die in ihm aufstieg. Er schloß die Augen.
Sind die Fotos gelungen?
Er hörte die helle Stimme von Ruth.
Ihr seid gut getroffen, du und Carl.
Wirklich?
Sie ging auf das Bild zu, formte mit den Händen einen Rahmen, als müßte sie es beschützen. Er bemerkte, wie ihre Hände bebten.
Noch bevor er etwas sagen konnte, rannte sie davon. Durch das Fenster sah er sie am Gehege vorbeilaufen, in den Wald hinein. Noch einmal trat er nahe an das Bild von Lissy und ihm. Sie beide. Und doch jedes für sich. Er würde einen Abzug für sich bestellen. Und einen für Vater und Marleen. Für Helma nicht. Marleen würde sich freuen für ihn, den kleinen Bruder.
Er hörte Schritte, schlüpfte durch die Hintertür ins Freie, hörte noch Herta und Edna kichern. Sollten sie doch.
Noch während er über den schmalen Weg zwischen den Ge-

wächshäusern ging, um vor dem Abendbrot nach den Bienen zu schauen, sah er das Bild vor sich. Als er sich den Bienenkästen näherte, empfing ihn ein Summen, als wollten die Tiere mit ihm einstimmen in das, was diesen Tag so unverwechselbar machte.

Wir treffen uns um halb zwölf, aber nur kurz.
Die Madricha hatte den Satz beim Frühstück wiederholt. Alle wußten um den Abschied, alle dachten daran. Alle fürchteten ihn, diejenigen, die gehen konnten, und diejenigen, die bleiben mußten. Auch der Madricha bangte davor, sie spürte die Stimmung unter den Zurückbleibenden, ein Hadern bei den einen, eine lähmende Enttäuschung bei den andern. Sie kannte das. Aber sie konnte sie nicht einfach gehen lassen, ein Lebewohl mußte sein. Nur kurz sollte es sein. Noch viele Abschiede standen bevor.
Ron war zu früh da. Er wartete und beobachtete. Die Reisenden trafen ein, trugen ihre Holzkoffer heran. Einer nach dem andern wurde auf den Pferdewagen gestapelt. Der Madrich selbst würde das Gepäck zum Bahnhof bringen. Die Gruppe sollte zu Fuß gehen, eine gute Dreiviertelstunde dauerte der Weg, ein langsames Hinausgehen aus dem Land. Vier der Mädchen trödelten um den Brunnen, wo sie sich so viele Male aufgehalten hatten. Dorothee spielte mit einem Zweig am Boden, tippte ihn leicht mit dem Fuß an. Die andern schauten ihr zu. Am Teich, von den andern entfernt, unterhielt sich Manuel mit der Köchin Alina. Hilde saß auf dem Baumstrunk beim Gänsestall neben Ruth, die den Kopf in die Hände gestützt hatte.
Nun zog die Madricha am Strick der Glocke, der helle Klang rief die Arbeitenden herbei, sie rannten nicht, sie trotteten, schon fast widerstrebend, auf die Reisenden zu, als zögerten

sie hinaus, was unvermeidbar und schmerzhaft war. Die Mädchen, die vom Tomatenberg kamen, reichten jedem eine Tomate. Hände wurden geschüttelt, da und dort eine Umarmung.

Ruth war aufgestanden, sie schien zu warten.

Wo war Carl? Ron blickte suchend über den Vorplatz. Lissy stand mit den Zwillingen bei Dorothee, die jetzt ihr Akkordeon umgehängt hatte. Etwas abseits entdeckte er Hauptwachtmeister Henike, er beobachtete mit Verwalter Krüger die Szene.

Die Madricha klatschte in die Hände.

Wir machen uns auf den Weg.

Sie deutete zur Chaussee, auf der der Pferdewagen mit dem Madrich auf dem Bock bereits verschwunden war, und ging voran. So trat die Gruppe durch das Tor auf die Straße hinaus. Als letzte schloß sich Ruth an. Die Zurückbleibenden winkten, einige Mädchen schwenkten Taschentücher. Sogar Henike salutierte, was dazu führte, daß auch Krüger den Hut lüftete.

Da kam Carl angerannt, hielt Ruth an, schloß sie in die Arme und reichte ihr ein kleines Päckchen. Die Reisenden blieben stehen und schauten auf die beiden, die sich aneinanderklammerten, bis Ruth sich löste, das Päckchen in die Tasche steckte und sich der Straße zuwandte. Da setzten sich auch die anderen wieder in Bewegung, bogen in die Allee ein. Die Zurückbleibenden stellten sich ans Tor und an den Zaun. Ihre Blicke folgten denen, die auf der staubigen Straße voranschritten in das mittäglich gleißende Licht und ins flimmernde Grün hinein, fort aus dem gemeinsamen Leben.

Markus, der vor wenigen Tagen aus Berlin eingetroffen war, um sich mit der Leitung einer Hachschara vertraut zu ma-

chen, und der die abwesenden Madrichim vertrat, rief zum Essen. Schon bei seinen ersten Sätzen war er durch seine kratzig klingende Stimme und seine Heiterkeit aufgefallen.
Bei diesem Mittagessen wurde kaum gesprochen. Schneller als sonst wurden die Teller zusammengeschoben und in die Küche zurückgetragen. Einer nach dem andern verschwand; zurück blieb nur die Gruppe, die Küchendienst hatte. Delv trug die Teller in die Spüle, Henner ließ Wasser einlaufen.

Noch vor dem Abendbrot kehrte Ron in die Fotoausstellung zurück. Mit einem Blick überflog er die Bilder, entdeckte erst jetzt eine zusätzliche Überschrift: Gefahren und Ängste. Ein Foto fing den Flughafen mit der Fahne am Turm ein, sie hing herab, auf dem Betonplatz standen zweimotorige Propellerflugzeuge und Segelfluggeräte. Ein weiteres Foto zeigte einen Aufmarsch der Hitlerjugend in Trebbin, mit fliegenden Beinen schritten sie durchs Stadttor, an den Fenstern winkten Zuschauer den jungen Kämpfern zu.
Er trat einen Schritt zurück, erschrak. Da saß Carl auf einem Hocker in der Ecke, den Kopf in die Hände gestützt, das Haar durcheinander. Er setzte sich zu ihm.
Sie fährt, stammelte Carl, ich kann es nicht begreifen. Ich möchte sie zurückholen. Und kann doch nicht. Ein Zittern lief durch seinen Körper. Was soll ich bloß tun?
Ron legte ihm den Arm um die Schulter.
Wir werden einen Weg finden, die einen früher, die andern später, wir schaffen es, das Land braucht uns.
Carl hob den Kopf.
Uns bleibt nicht mehr viel Zeit. Sie drohen immer öfter mit Krieg. Wollen das Großdeutsche Reich, Lebensraum im Osten. So nennen sie das. Und wenn es losgeht, dann –
Carl schlug die Hände auf die Oberschenkel.

Ein Foto hatte sich vom Karton gelöst, segelte durch die Luft, fiel zu Boden. Carl hob es auf.
Die schreiben es auf die Fassaden, überallhin, was sie von uns denken.
Auf dem Foto war das Schaufenster eines Ladens in Trebbin zu sehen, »Juden sind hier nicht erwünscht« stand da.
Wir schaffen es, ich glaube daran.
Ron sagte es in beiläufigem Ton.
Ich nicht.
Carl schrie es fast. Er hängte das Foto wieder an die Wand, mit fahrigen Bewegungen.
Der Madrich plant eine illegale Ausreise, eine Sonder-Ausreise, Alija-Bet, ich melde mich, ich habe nichts zu verlieren.
Bist du sicher? Ron sah ihn skeptisch an.
Carl machte einen schnellen Schritt auf ihn zu, dann schien er es sich anders zu überlegen und eilte davon.
Ron suchte nach dem Bild, ihrem Bild. Mit den Gesichtern nah beieinander, so nah, daß keine Trennlinie gezogen werden konnte.
Wir bleiben zusammen.
Er flüsterte es vor sich hin.
Eine Melodie setzte ein, jemand spielte draußen auf der Violine. Simon, dachte er verwundert und lauschte. Ein Solo, hitzig erregt und etwas exotisch, morgenländisch, heiter. Ungetrübt wie ein spätsommerlicher Sonnentag. Die Melodie trug ihn fort. Leicht und vergnügt, das müßte Mozart sein. Wäre Marleen da, er könnte summend zu ihr gehen und sie fragen.
Schritte waren zu hören, bevor er den Raum verlassen konnte, trat Judith neben ihn, die Madricha, die nachmittags mit dem Madrich vom Bahnhof zurückgekommen war.

Gefällt dir das Bild?
Er nickte. Sah sie nicht an.
Mir gefällt es auch.
Dir, fragte er, wirklich?
Freut mich doch, wenn zwei sich mögen, dafür hat der Fotograf ein Auge, und seine Frau auch. Die sind selber eng verbunden, seit Jahren schon, in der Arbeit vor allem, mit der gleichen Passion. Mir gefällt das. Die Zärtlichkeit für die Menschen, die sie fotografieren.
Sie traten ins Freie. Auf der Treppe hielt ihn die Madricha zurück. Dämmerung fiel in grauen Fetzen durch die Bäume, da und dort segelte ein Blatt durch die Luft; feucht glänzten die schon dunkelbraun gefärbten Blätter der Eschen beim Gewächshaus. Unter dem Vordach zum Stall entdeckten sie Simon, versunken in sein Spiel.
Ich werde mir einen Abzug bestellen.
Du? fragte er. Warum?
Die Madricha lächelte.
Ich hoffe, wir werden uns einmal aus einer andern Zeit an das hier zurückerinnern. In diesem Bild ist soviel, was zu diesem Sommer gehört, vielleicht alles.

Nacherzählen 1

Das Licht blitzt weiß aus einem weißen Himmel, fällt durch die Lamellenvorhänge, ein Sommertag des Jahres 2012. Das Bild liegt da: der Erstabzug. Ron und Lissy.

Das Museum des jüdischen Volkes, Beth Hatefutsoth, ist Teil des Universitätscampus von Tel Aviv. Die Fotografen Herbert und Leni Sonnenfeld haben 1933 das damalige Palästina, das britisches Mandatsgebiet war, kurz besucht, sind dann nach Deutschland zurückgekehrt bis zur endgültigen Ausreise in die USA, im Herbst 1939. Sie ließen sich in Manhattan nieder, wo Herbert 1972 starb, während Leni bis 2004 lebte. Leni hat die Fotos dem Museum Beth Hatefutsoth vermacht.

Die Direktorin hat die Bilder aus Brandenburg hervorgeholt und ausgelegt, die Aufnahmen jenes Sommertages 1938, mittendrin das Portrait von Ron und Lissy. Und auch die andern Paare, Manuel und Dorothee, Carl und Ruth.

Das Landwerk war die erste Station meiner Spurensuche gewesen. Ich hatte für eine Schrift, die ich über Jugendliche in der Kriegszeit verfaßte, Bilder aus den dreißiger Jahren gesucht. Der Grafiker war auf dieses Foto gestoßen. Die Bildlegende war schlicht: ein Liebespaar. Das Bild hatte mich auch deshalb angesprochen, weil es mich an ein Foto aus der Sammlung meiner verstorbenen Mutter erinnerte und an ihre kurze Liebesgeschichte mit einem Flüchtling aus dem Baltikum, den sie Simon nannte. Durch einen Brief aus Hamburg erfuhr ich, wer der Mann auf dem Bild war: Ron Berend, im Landwerk Ahrensdorf bei Trebbin 1938, einer Hachschara-Stätte. Der Name der Frau sei unbekannt. Meine Neugier war geweckt.

In der Kleinstadt Trebbin fand ich in einer Ausstellung Dokumente und Fotos aus der Zeit von 1936 bis 1941. Am nahen Marktplatz bot die Bäckerei Trebbiner Krapfen an, und eine Eisdiele stellte an Sonnentagen zwei Tische auf den Gehsteig. Die Kleinstadt tat sich schwer, aus dem Schlaf der Jahre, den schon Fontane in seinen Wanderungen durch die Mark beklagt hatte, zu erwachen. Vom Bahnhof aus gelbem Ziegelstein mit den schwarz aufgemalten Buchstaben Trebbin fuhr stündlich ein Zug nach Berlin. Die Nuthe glitt ruhig in ihrem Bett dahin, ein stiller Spiegel für die hohen Pappeln, die das Ufer säumten, vorbei am Schilf, das den Rohrdommeln Unterschlupf bot.

Ein älterer Herr aus dem nahen Luckenwalde, der in derselben Zeit wie Ron und Lissy geboren war, hatte mich in der Ausstellung, die nur auf Anfrage besucht werden konnte, empfangen. Er hatte noch in der DDR-Zeit begonnen, Spuren der Jugendhachschara in Ahrensdorf zusammenzutragen, hatte die Ausstellung nach der Wende eingerichtet und öffentlich zugänglich gemacht. Der Bau aus der späteren Gründerzeit wirkte eigenwillig herb und streng durch die Fassade aus großen Bruchsteinen, die aus nahen Steinbrüchen stammten. Der Chronist, leidenschaftlicher Sammler und Augenzeuge zugleich, wurde zu meinem Navigator, durch Akten und Zeiten, er präsentierte seinen Gästen, gerade auch solchen aus Israel, die Ausstellung als kundiger Begleiter. Was ihn antrieb, erfuhr ich erst später.

Er verwies auf Geländeskizzen, Tagespläne und Fotos an der Wand, auf Dinge im Raum: einen Reisekoffer aus der Tischlerei, einzelne Werkzeuge, sogar einen Strohsack. Und da hing das Bild von Ron und Lissy. Die ehemalige Madricha Judith hatte es dem Chronisten bei dessen Besuch in Shadmot Devora in den neunziger Jahren überlassen. Es war ein Abzug, der die handschriftliche Zeile *A Letter to my Mother* trug. Die Schrift einer Verschollenen? Eine, die abgereist und nie angekommen war? Das war die Vermutung des Chronisten. Da er selbst nicht mehr klären konnte, was es damit und mit Ron und Lissy auf sich hatte, schickte er mich, der ich eben ein ruhiges Dasein als früh in Pension gegangener Büchermensch angefangen hatte, an seiner Stelle auf Spurensuche. Eine Tätigkeit, der ich schon als Bibliothekar ausgiebig nachgegangen war. Nun wurde ich zum Chronisten des Chronisten.

Die Reise führte mich in das Archiv des Fotografenpaares, ins Museum Beth Hatefutsoth in Tel Aviv. Während im Schulhaus von Trebbin nur einige wenige Bilder den Sommer 1938 dokumentierten, in dem junge Menschen im Landwerk Ahrensdorf auf die Ausreise nach Palästina hofften, waren sie hier vollständig vorhanden. Rastlos hatte das Ehepaar Sonnenfeld in jenen Jahren jüdisches Leben festgehalten, in den schmalen Freiräumen, in denen es noch gelebt werden konnte, Gesichter, von Hoffnung erfüllt, von Angst gezeichnet. Da war auch die Arbeit auf dem Tomatenberg, in Feld und Stall, im Gewächshaus und in der Tischlerei aufgenommen worden, selbst die Lorenbahn war zu erkennen, die Bienenkästen.

Licht und Schatten werfen Muster auf Tisch und Wände; eine Sirene heult über den Universitätscampus. Wir schauen auf den weiten Vorplatz, wo die eilenden Menschen stehengeblieben sind und sich besorgt umsehen. Die Direktorin beruhigt, ein Probealarm, und führt mich in den Raum, in dem der gesamte Nachlaß des Fotografenehepaares aufbewahrt wird. Schachtel um Schachtel mit Erstabzügen. In einem Glaskasten liegt eine Kamera aus dem Besitz von Herbert Sonnenfeld. Ein Stativ ist da und eine der Schalen, die jene Flüssigkeiten enthalten hatten, die aus Papier Bilder wachsen lassen. Auf der Rückseite eines der Fotos sind Verse der aus Czernowitz stammenden Lyrikerin Rose Ausländer hingekritzelt:

Ich habe nichts als den Flügel / Ich habe nichts als die Schöpfung / Ich habe nichts als den Moment.

Die Bilder und die Dinge weisen über sich hinaus, sagt die Direktorin, sie geben Zeugnis von denen, die nicht mehr sind.
Das Licht aus dem weißen Sommerhimmel des Jahres 2012 verleiht den Bildern aus dem Gestern eine jähe Gegenwart und Lebendigkeit, die sich erzählen und nacherzählen läßt, nicht, was wirklich gewesen ist, aber was gewesen sein könnte, damals im Sommer 1938.

7 Seine Hände lagen auf dem Küchentisch, Stift und Journal daneben. Vor dem Fenster eine dunkle Nacht, alles still. Keine Nachricht von Vater und Marleen, keine von Helma. Darum hatte er sich zu Carl, der Nachtdienst hatte, gesetzt, er wollte schreiben, wenigstens bis Mitternacht. Wenn die Briefe nur ankamen.

Im Krankenzimmer hinter der Küche erholte sich Dieter von einem Sturz vom Baum, ein gebrochener Arm, der schmerzte und ihn ans Bett fesselte. Schlimm für einen, der gern draußen mit den Pferden war und nun zum Nichtstun gezwungen. Aber er hielt sich daran, ein strenger Protestant mit jüdischen Wurzeln und von mecklenburgischer Herkunft. Sie würden nach ihm sehen, wenn Carl von seiner Nachtwächterrunde zurückkehrte. Carl hatte sich gefreut, daß Ron sich in der Küche eingefunden hatte; das Alleinsein fiel ihm schwer, seit Ruth gereist war, und erst recht seit diese Karte aus Triest mit der Piazza Grande eingetroffen war: *Der Platz öffnet sich zum Meer, nach Süden, unser Ziel ist nah.*

Auf der Karte fehlten die Unterschriften. Gab es Probleme? Niemand wußte es, alle fragten sich, Carl unablässig. Niemand sonst hatte eine Nachricht von der Gruppe erhalten.

Ron nahm sein Journal, schon das zweite. Er hatte viel geschrieben, seit er hier war, besonders seit der Ankunft von Lissy.

Draußen waren Schritte zu hören, ein Stampfen. Carl klopfte die Schuhe aus, dann trat er ein.

Schon geschrieben? fragte er.

Keine Zeile.

Die Musen fehlen?

Kann sein.
Laß dich nicht entmutigen. Und nicht stören.
Carl setzte sich an den Tisch, schenkte sich Tee ein, schlürfte langsam.
Und draußen?
Kein Laut, keine Bewegung, tiefste Ruhe, kaum zu glauben. Wir sind im Schonraum, mitten in dieser Zeit, in der alle fürchten, daß der Krieg ausbricht.
Oder daß sie ihn herbeiführen, ganz bewußt.
Sie hörten Schritte über sich.
Die Mädchen sind noch auf den Beinen, Schlafwandlerinnen.
Eher Siebenschläfer, knurrte Carl, regen sich in der Nacht und dösen am Tag.
Komm schon. Sei nicht griesgrämig.
Ron nahm das Kartenspiel, teilte aus.
Du wolltest doch schreiben.
Spielen wir erst einmal.
Kaum hatten sie die Karten aufgenommen, schreckte Lärm sie auf. Motoren. Kettenrasseln. Stimmen. Schläge ans Haupttor.
Ich gehe.
Carl war aufgesprungen, um zu öffnen.
Ich hole den Madrich.
Während Ron an Hannes' Zimmertür klopfte, sah er sie in den Hof hineinfahren, die Motorräder, einen Kleinlaster, der mit einer Plane bedeckt war. In Zivil gekleidete Polizeibeamte rannten über den Hof, drangen in den Schlafraum der Jungen ein, andere stampften über die Freitreppe, polterten in die Räume, wo die Mädchen schliefen. Er hörte die Stimme des Madrich, schlaftrunken, dann Schreie von oben.
Nicht in die Schlafräume.

Das war die Stimme der Madricha.
Er blieb im Korridor stehen, sah den Madrich an ihm vorbeihasten, hörte den Lärm vor den Mädchenräumen. Sie schrien Namen: Seidel.
Die Madricha wiederholte den Namen, den Befehl.
Minuten später wurde ein Mädchen, Greta, über die Freitreppe in den Hof hinuntergeführt und in den Wagen gestoßen.
Mitkommen, aber rasch: Pajak, Piecek, Wrobel.
Aus dem Schuppen drüben wurden die drei Jungen geschoben, nur notdürftig bekleidet und ohne Gepäck. Er erkannte Delv, Klemens, Gabriel. Mit harten Stößen wurden sie in den Wagen gezwungen. Die zwei Gestapo-Beamten, die kurz ihre Marken vorgewiesen hatten, setzten sich in den Kleinlaster, gaben dem Fahrer ein Zeichen. Er wendete und folgte den Motorrädern. So rasten sie davon.
Ängstlich kamen die Mädchen über die große Freitreppe hinunter in den Hof, in Schlafanzügen, bleich, ratlos. Aus dem Gebäude gegenüber drängten die Jungen heran, auf den stumm dastehenden Madrich zu. Die Madricha trat an den Madrich heran, tippte ihn an.
Es ist vorbei, flüsterte sie.
Der Madrich antwortete nicht. Aus dem Halbdunkel beim Tor löste sich eine Gestalt. Hauptwachtmeister Henike trat zum Madrich.
Die Madricha schaute zu den Mädchen, dann zu den Jungen.
Es ist kühl, sagte sie, wir wollen uns nicht erkälten, geht schlafen, morgen sehen wir weiter.
Sie winkte leicht mit der Hand, stieß nochmals den Madrich an. Der folgte ihr in die Bibliothek, Henike schloß sich nach kurzem Zögern an.

Ron blieb bei Carl in der Küche. Stumm saßen sie nebeneinander. Oben hörten sie die Mädchen umhergehen. Auch bei den Jungen drüben brannte noch Licht. Aus dem Krankenzimmer rief Dieter nach ihnen. Sie setzten sich zu ihm ans Bett.

Vorbei, fragte er. Was geschieht mit ihnen?

Wir wissen es nicht.

Carl sagte es scheinbar beiläufig, fügte dann aber an: Die Schikanen nehmen zu. Lange werden wir nicht mehr im Land werk bleiben.

Der Krieg steht bevor; das fürchtet auch der Madrich.

Wir müssen fort.

Verzweiflung sprach aus Carls Stimme.

Du kannst wenigstens nach Schweden ausreisen, wandte sich Ron an Dieter.

Ich reise ungern.

Dieter sagte es mit Bestimmtheit.

Du bist verrückt.

Ich wollte nach Palästina, nicht nach Schweden. Aber der Madrich drängt. Ich reise.

Das Geräusch von Schritten im Korridor ließ Dieter verstummen. Die Schritte kamen rasch näher. Der Madrich trat ein, er wirkte müde, stellte sich ans Bett. Eine Weile schwiegen sie alle. Dann sprach er, verhalten, als müsse er sich gewaltsam zur Ruhe zwingen.

Jüdische Menschen mit polnischer Staatsangehörigkeit, sogenannte Nichtreichsdeutsche, seien, das habe er eben von Henike gehört, in einer Massenaktion im ganzen Reich festgenommen worden. Sie sollten nach Polen ausgewiesen werden. Greta sei wie Gabriel und Delv polnische Staatsbürgerin, bei Klemens sei der Vater polnischer Herkunft. Gemäß Henike sei in den nächsten Wochen mit weiteren Aktionen zu rech-

nen. Er werde, fuhr der Madrich nach einer kurzen Pause fort, morgen nach Berlin reisen, um sich zu erkundigen, welche Vorkehrungen zu treffen seien.
Der Madrich wandte sich zur Tür, drehte sich nochmals um, man müsse noch stärker auf der Hut sein. Und alles unterlassen, was ein Vorwand für Aktionen sein könne. Er schloß die Tür hinter sich.
Ich muß zum Rundgang.
Carl ergriff die Lampe.
Ron blieb bei Dieter sitzen. Er nahm das Buch, das auf dem Tisch lag: Mendele Mojcher Sforims *Fischke der Krumme*. Versuchte zu lesen, vergeblich. Die Nöte des Buchhändlers Reb Mendele, die Heiterkeit, die von ihm ausging, prallten an ihm ab.
Dieter richtete sich im Bett auf.
Was können wir tun?
Sie haben nichts einpacken können, keine Kleider, keine Schuhe, nicht einmal eine Zahnbürste oder einen Schlafanzug. In Rons Stimme schwang Entrüstung mit.
Plötzlich stand Lissy im Raum, schaute auf Ron.
Gehst du ein Stück mit mir?
Er blickte zu Dieter, der ihm zunickte, und folgte Lissy über die Treppe hinaus ins Freie. Nach wenigen Schritten blieb sie stehen.
Halt mich fest.
Er hielt sie in seinen Armen, bis sie ruhiger wurde.
Verzeih, flüsterte sie, aber ich konnte nicht schlafen. Ich habe neben Greta geschlafen, jetzt ist sie weg.
Er küßte sie sacht auf die Schläfe.
Niemand kann in dieser Nacht schlafen.
Aus unserer Insel ist ein ziemlich wackeliges Boot geworden.

Komm, laufen wir zur Silberpappel.
Sie rannte los, er folgte ihr, versuchte sie einzuholen. Bei der Silberpappel hielten sie abrupt an, klatschten ihre Hände gegen den Stamm. Beide atmeten schwer. Er beugte sich nach vorn, ließ die Arme baumeln, sie tat es ihm nach. Dann richteten sie sich auf, schauten auf den dunklen Teich, faßten sich bei den Händen.
Mir ist kalt.
Der Winter kommt, vielleicht wird es bald schneien.
Er setzte sich auf einen der am Ufer liegenden Stämme, zog sie zu sich auf den Schoß, legte die Arme um sie, und so blieben sie, bis auch er vor Kälte zitterte.
Auf dem Rückweg nahm sie seine Hand, hob sie an die Lippen, dann riß sie sich los. Er sah, wie sie die Freitreppe hocheilte, die Tür aufstieß; durch das Fenster erkannte er auf der Wendeltreppe ihre huschende Gestalt.
Ihm war nicht danach, in den Schlafraum zu gehen. Er kehrte in die Küche zurück, sann selbstvergessen vor sich hin. Sie beide in dieser Nacht. Sich nah und in der Sorge vereint. Sonderbar. Würde das, was zwischen ihnen war, sein können in dieser Zeit, ein wenig halten? Er hob den Kopf. In ihm stieg eine Melodie auf, leise, leicht, kaum ein Beginnen. Langsam setzte sie ein, etwas Träumerisches, kindlich Reines war darin, etwas Tänzelndes; und er wünschte sich, sie würde nie enden, würde dauern, noch ein wenig.
Als Marleen die Melodie zum erstenmal gespielt hatte, waren alle berührt gewesen. Noch einmal bitte, hatte der Vater geflüstert, laß sie uns noch einmal hören. Alle in der Familie liebten diese Melodie, das Adagio von Haydns Klaviersonate 38. Auch wenn Marleen manchmal das vergnügte Finale anfügte, ihre Faszination gehörte dem Adagio. Im Haus an der Hirtenstraße hatten sie in Marleens Spiel zusammenge-

funden, in der Eingangshalle mit den gesprenkelten Fliesen, einem mattglänzenden ausgetretenen Stein, der zu Ornamenten gefügt war, und mit dem Bechstein-Klavier in der Eingangshalle. Über ihnen der Kronleuchter mit seinen blitzenden Glasperlen.

Die Melodie hatte Marleen oft gespielt, sie gehörte zum Haus in der Hirtenstraße. Schon mit vier hatte die Schwester zu spielen angefangen, in der Wohnung der Nachbarin, wo ein Klavier gestanden hatte, das sie magisch anzog. An ihrem sechsten Geburtstag hatte ihr der Vater ein eigenes Instrument geschenkt. Jeden Tag bat sie, sich daran setzen zu dürfen, so daß sich die Eltern entschlossen, ihr Stunden bei einer Lehrerin zu ermöglichen. Marleen übte, ihr Spiel trug die Musik in jedes einzelne Zimmer. Meist spielte sie am späten Nachmittag nach der Schule. Der Vater kam aus dem Kontor, manchmal schritt er um das Klavier herum, berührte mit den Händen das schwarz glänzende Holz, das den Leuchter spiegelte. Die Mutter kam aus dem Nähzimmer, sie hatte aus dem pfälzischen Elternhaus keine Musik mitgebracht, sie spielte wie der Vater kein Instrument, auch Helma nicht, der das Turnen und das Basketballspiel am nächsten waren. Ihm selbst war damals das Rudern wichtiger als die Welt der Sprache und der Musik. Marleen spielte für alle. Schon die ersten volksliedhaften Stücke erreichten die Familie. Sie folgten dem Grundkurs in Musik, mit kleinen Stükken von Bach, dann Schumanns *Album für die Jugend.* Vor allem die Mutter und Helma summten mit. Und manchmal spendeten sie begeistert Applaus. Nie würde er vergessen, wie Marleen an ihrem neunten Geburtstag Chopin gespielt hatte, *Valse* in a-Moll. Das war Vaters Lieblingsstück geworden.

Und alle liebten dieses Stück von Haydn, waren davon bezaubert. Sie standen um das Klavier, den geheimen Mittelpunkt des Hauses, folgten Marleens Fingern, lauschten, nickten einander zu und wurden fortgetragen. Er selbst saß meist auf der Treppe zum oberen Stock, schaute auf die Eltern und die Schwestern. Geborgen hatte er sich gefühlt, geborgen in der Musik.

Ron zog die Knie an, ein kühler Luftzug wehte; er hörte die Melodie; ganz nah waren die Gesichter der Eltern, von Helma und Marleen, die frühen Kindheitstage.

An seltenen Abenden, meist zu Purim, kam Henry zu ihnen nach Hause, der Sohn eines Geschäftspartners des Vaters, ein schon anerkannter Cellist, der im Philharmonischen Orchester spielte, bis er ausgeschlossen wurde. Mit Marleen trug er Stücke für Klavier und Cello vor. Nachbarn, Freunde stießen dazu, in Festtagskleidung. Marleens Spiel war der ernste Auftakt zum Purimfest, das mit dem Auftreten der Kinder, ihren Tuten, Rasseln und Ratschen in ein ausgelassenes Narrenfest überging und dem Haus an der Hirtenstraße eine seltene Fröhlichkeit brachte. Zu diesem Fest gehörten die Hamantaschen, die Mutter nach altem Rezept backte; schon am Vortag duftete es nach der gestoßenen Vanille, mit der sie den Teig abschmeckte. Marleen und er schnappten sich löffelweise von der Honig-Mohn-Füllung, wenn sie diese in die Teigquadrate betten mußten.

Später, als sie in die Isestraße umgezogen waren, hatte das Klavier in Marleens Zimmer gestanden, da es keine Halle mehr gab. Die Musik war durch den Korridor in die Räume gedrungen; jeder lauschte für sich, und Marleen spielte allein.

Im Korridor hingen Marleens Skizzen, sie verstand sich auf das Zeichnen, obwohl sie ihr Talent herunterspielte. Sie ist eine Künstlerin, war die Meinung der Mutter gewesen, die selbst gern zeichnete. Dem Vater genügte es, wenn einer sich in einer Sache bewährte und sich um so mehr darin vertiefte, wie er es tat in seinem Teehandelsgeschäft. Marleen lebte in zwei Welten, studierte Musik und Modezeichnung und war im Kulturbund tätig. Als sie nach dem Tod der Mutter und Helmas Ausreise nochmals in eine kleinere Wohnung in der Klosterallee umzogen, hatte das Klavier keinen Platz mehr und kam in Vaters Kontor, das außerhalb der Wohnung zugemietet wurde. Da spielte sie, ohne daß jemand zuhörte.

Er lauschte der Melodie nach, die so leicht und leise fortklang, wie sie eingesetzt hatte, und er wünschte sich, Lissy könnte sie hören, eintreten in das Haus in der Hirtenstraße, als gehörte sie dazu.

Als er den noch immer gegen alle Regeln des Hauses erleuchteten Schlafraum betrat, kroch er rasch unter die Bettdecke; er fühlte sich ruhig, obwohl die Stimmen um ihn besorgt und ängstlich klangen. In ihm klang die Melodie fort und trug ihn in den Schlaf.

Der Madrich bekam nach wenigen Tagen, zur Überraschung aller, eine Nachricht über den Verbleib von Delv und Gabriel. Delv hatte aus Krakau im Büro des Palästina-Amtes in Berlin angerufen. Gabriel war bei ihm. Nach der Gefängnishaft in Potsdam waren sie, zusammen mit anderen Juden, nach Polen gebracht worden. Der Transport hatte sie über Breslau nach Krakau geführt, mit ständigen Unterbrechungen, viele waren gar nicht über die Grenze gelassen worden. Er und Gabriel hatten beim polnischen Hechaluz, der Organisation für Hachscharaausbildung, ein Unterkommen gefunden. Sie kannten niemanden in Polen und wollten nach Deutschland zurück, ins Landwerk, auf welchem Weg auch immer.

Greta war nach kurzer Zeit zu ihnen gestoßen. Sie hofften, auch Klemens würde noch zu ihnen finden.
Alle wollen zurückkehren, hielt der Madrich mit Genugtuung fest, sogar Gabriel. Drücken wir ihnen die Daumen, daß sie es schaffen und ihnen nichts geschieht.
Kaum einer äußerte ein Wort, einige gingen auf und ab.
Schreiben wir ihnen einen Brief, jeder ein paar Zeilen.
Frank machte den Vorschlag.
Die Zwillinge eilten herbei, auch die Madricha.
Wir schreiben, daß wir in Gedanken bei ihnen sind. Das gleiche Boot, wir sitzen alle im gleichen Boot.
Ines war begeistert von der Idee.
Keine Floskeln, das ist zu billig, rief Samuel heftig dazwischen.
Wir meinen, was wir schreiben, verteidigte sich Ines. Nicht unterkriegen lassen, schob sie nach, standhaft bleiben.
Paul schwang erst den einen Arm über seine Schulter nach hinten, dann den andern und deklamierte: Sieh vorwärts, Samuel, und nicht hinter dich.
Eure Sachen, rief Herta, Eure Sachen sind alle noch da – sie warten auf Euch, und wir warten auch.
Sie lauschten Hertas heller Stimme, fast andächtig. Rons Stift huschte über das Papier, er schrieb, was ihm zugeworfen wurde.
Ihr fehlt uns, Ihr gehört zu uns.
Es wurde ein langer Brief. Alle setzten die Namen darunter. Herta tat es besonders schwungvoll: Rebekka schrieb sie, das »Herta« stand klein darunter. So heiße ich jetzt. Sie bildeten einen Halbkreis um den kleinen Tisch. Ines hielt den Stift eine Weile über dem Blatt. Als sie zu schreiben begann, folgten die Augenpaare der Bewegung: Dinah. Sie drehte sich um und schaute die anderen an: Ich bin Dinah. Da trat auch Carl

vor, setzte entschlossen die Buchstaben auf das Blatt: David. Alle klatschten in die Hände.
Ron dachte daran, wie er einmal als kleiner Junge mit seinem Vater den jüdischen Friedhof von Ohlsdorf und das Grab des Großvaters besucht hatte. Langsam waren sie zwischen den aufrecht stehenden, manchmal schiefen Steinen gegangen. Sie waren mit Moos bewachsen, die Schriften verwittert, ausgewaschen. Kleine Trampelpfade führten durchs Gelände. Sein Vater war mit ihm ab und zu stehengeblieben, hatte auf einer der zerspellten, brüchigen Steintafeln eine Schrift zu entziffern versucht, einen Namen vorgelesen, der fremd und trotzdem vertraut klang.
Da und dort lagen Zettel auf den Gräbern, mit Kieseln beschwert; oft war das Papier zerfleddert, verwaschen, die Schrift verwischt. Sein Vater hatte von den Wegen gesprochen, die die Vorfahren, die Großeltern und Eltern gegangen waren, und was sie auf diesen Wegen ereilt hatte. Gefangenschaft, Hunger und Dürre, die Sintflut. Sein Vater war keiner, der die Tora las und in die Synagoge ging, aber auf diesem Friedhof hatte er erzählt, wie die Vorfahren durch all die Zeiten am Bund und der Verheißung, die Mose ihnen übermittelt hatte, festhielten. Zum erstenmal hatte Ron eine Art Verbundenheit mit dieser Geschichte gefühlt, mit diesen Namen auf den Steinen im Grün. Er hatte einen Zettel auf das Grab des Großvaters gelegt und ihn mit einem Stein beschwert. Rafael hatte der Großvater geheißen. Der Vater hatte ihn umarmt, und sie hatten den Friedhof sonderbar heiter verlassen.
Wie würde er sich im neuen Land nennen? Rafael vielleicht. Er wußte es noch nicht. Er mochte seinen Namen, der Kindheit war und Erinnerung.
Davon sprach auch die Madricha. Wir denken uns Namen aus, die wir einmal tragen werden, wenn wir nicht mehr hier sind,

sondern in dem Land, in das wir gehen wollen, gehen müssen. Einen neuen Namen auszusuchen ist ein Teil des Abschieds von unserer Kindheit, von den Orten, an denen wir aufgewachsen sind, von Menschen, die wir gekannt und geliebt haben. Aber noch sind wir hier. Noch gelten unsere Kennkarten, sie müssen immer mit dabeisein, egal wohin wir gehen.
Das schon, erwiderte Herta trotzig, aber in Gedanken bin ich Rebekka.
Simon griff nach seiner Geige und strich über die Saiten, spielte, als wollte er mit der Musik die Namen besiegeln. Die Jugendlichen faßten sich an den Händen, bildeten einen Kreis und wiegten sich im Takt der Töne. Eines der Mädchen fing an mitzusingen; unangestrengt und leicht segelten die Worte in den Raum, über die Tanzenden hin.
Die letzte Strophe traf einen, der nicht mittanzte:
Bald werd' ich dich verlassen,
Fremd in der Fremde geh'n,
Auf buntbewegten Gassen
Des Lebens Schauspiel sehn …
Und der eine, der sich vornübergeneigt hatte, versteckte sein Gesicht in den Händen. Da legte sich eine Hand auf seine Schulter.
Carl, sprach eine Stimme nah an seinem Ohr, das wird schon werden, du wirst sie wiederfinden, deine Ruth.

'n Abend, Herr Hauptwachtmeister!
Henike tauchte häufiger auf als früher, fast jeden Tag, manchmal gar zweimal, stand am Tor, schaute sich um, streifte durch das Gelände. Suchte den Madrich, fragte nach. Und empfahl jeden Tag neu, was sie alle schon wußten: wachsam zu sein.
Daß der öfter komme, müsse nichts bedeuten, hatte der Madrich beschwichtigt, aber man dürfe nicht mißachten, was

er sage. Gleich zwei wurden der Nachtwache zugeteilt, horchten, notierten, meldeten: die Geräusche, die Sterne, das Meckern der Ziegen, das Wiehern der Pferde.

An diesem Abend saß Ron mit Samuel in der Küche, sie begrüßten den Hauptwachtmeister, riefen den Madrich, der noch in der Bibliothek las, übers Papier gebeugt. Der Hauptwachtmeister bat den Madrich nach draußen. Die beiden in der Küche beobachteten sie. Sie hörten das Flüstern unter dem Vordach, ohne etwas zu verstehen. Ihre Gesten im Lichtschein waren heftig, ein Schattenboxen.

Sie werden sich doch nicht schlagen!

Ron und Samuel blickten verstohlen durchs Fenster.

Nichts dergleichen. Der Madrich reichte dem Hauptwachtmeister die Hand.

Sieht aus, als wären sie gute Bekannte.

Samuel grinste.

Das wohl nicht. Aber sie haben Respekt. Auch das gibt es.

Henike stapfte davon, bedächtig, schon fast zögerlich, der Madrich blieb an seinem Platz, schaute ihm nach. Bevor Henike auf sein Rad stieg, salutierte er noch einmal und fuhr davon.

Ron polierte einen Apfel, hielt ihn hoch, als wäre der Glanz zu prüfen. Apfel? fragte er und hielt ihn Samuel entgegen. Der griff danach, biß hinein. Ron nahm einen andern aus der Tasche, rieb auch diesen an seinem Pullover ab. Äpfel, er hatte noch immer diese Äpfel bei sich, seit dem späten Nachmittag. Erst hatte er geglaubt, er sähe nicht recht. Sie war den Berg heruntergekommen, hüpfte und eilte den schmalen Fußpfad entlang, eine zierliche Gestalt. Das Kopftuch faßte ihr Gesicht ein, ließ die von der Herbstluft geröteten Wangen leuchten; eine Haarsträhne glitt über Stirn und Augen.

Zunächst tat sie so, als hätte sie ihn nicht bemerkt. Mit einem Sprung stellte er sich ihr in den Weg. Sie lachte. Der Henkelkorb baumelte an ihrem Arm.
Wohin des Wegs, Mademoiselle?
Ich habe Äpfel, lachte sie. Sie nahm eine der Früchte aus dem Korb, biß hinein.
Du bist nicht Eva!
Ich bin Lissy, aber meine Äpfel sind auch schön.
Er umarmte sie.
Ich muß gehen. Ich bin zu spät.
Sie schob ihn leicht von sich.
Und ich habe Hunger.
Da, nimm dir Äpfel.
Sie hatte ihm drei in die Hand gelegt, war weitergegangen, ins Abenddunkel hinein, ohne sich noch einmal umzudrehen.
Samuel hieb genüßlich die Zähne in den Apfel, hielt ihn sich vor die Augen und biß wieder hinein.
Der Madrich betrat die Küche, schlug die Tür hinter sich zu. Sie hielten augenblicklich mit Kauen inne.
Am nächsten Wochenende drohe eine große Aktion, sie müßten mit allem rechnen. Selbst Henike sei besorgt. Der Madrich setzte sich an den Tisch.
Hier können wir nicht mehr lange bleiben.
Er musterte die angebissenen Äpfel auf dem Tisch. Dann hob er erschrocken den Kopf. Das Klopfen war sanft, aber deutlich zu hören. Sie rannten zur Tür. Der Madrich öffnete, spähte hinaus. Drei vermummte Gestalten schlüpften herein.
Delv! Gabriel! Greta!
Sie umarmten sich. Delv taumelte und wischte sich über das Gesicht, Gabriel schwieg. Greta löste das Halstuch.
Wie seid ihr hergekommen?

Delv sah auf. Eine lange Reise. Ein Zug mit vielen Rückkehrern. Erst bis Breslau, dann bis Leipzig. Endlich sind wir da.
Er lehnte sich erschöpft gegen die Wand.
Und Klemens? Was wißt ihr von Klemens?
Keine Nachrichten.
Wir machen euch etwas zu essen. Ruht euch aus. Eure Sachen sind alle noch da. Ich bringe euch hinüber.
Ron faßte Delv und Gabriel am Arm.
Kommt.

8 Er atmete die feuchtkalte Luft ein, Herbstluft, dicht und schwer. Er fröstelte, schüttelte sich, blieb stehen. Keine Menschenseele weit und breit, nicht einmal Carl, der öfter allein aufbrach, allein unterwegs war, um nicht reden zu müssen. Zwischen den Tomatenstauden glitzerten die wasserüberschlagenen Spinnweben.

Keine Nachricht von Vater und Marleen.

Wieder schüttelte er sich. Er hatte das Gefühl, der Himmel drücke auf die Landschaft, ein graues Gespinst. Rasch kehrte er um.

In der Bibliothek war Stille. Die meisten hatten ein Buch in den Händen, die Zwillinge Herta und Edna spielten mit Dieter, der wieder aufstehen durfte, Karten. Ines hatte sich einmal mehr zu einer Strickarbeit gezwungen. Delv löste ein Kreuzworträtsel. Lissy war nicht da. Kaum hatte sich Ron gesetzt, meldete sich der Madrich zu Wort. Henike habe ihn wissen lassen, man möge sich vorsehen für die kommenden Tage, da sei es möglich, daß sich etwas ereigne. Er sei unbestimmt geblieben, aber unüberhörbar der besorgte Unterton, als fürchte er Schlimmes. Wieweit Henike informiert sei, lasse sich nicht genau sagen, ein Ortspolizist wisse nicht über alles Bescheid. Er selbst habe in Berlin gehört, daß nach dem Attentat von Herschel Grynszpan mit Aktionen zu rechnen sei. Man höre das Wort Vergeltung. Henike habe so eindringlich gesprochen, als würde es mehr sein als nur einer der üblichen Überfälle, mehr als einige Steine gegen die Gewächshäuser und die Ställe.

Was haben wir zu befürchten?

Die Stimme schlug laut durch den Raum, ängstlich.

Der Madrich zögerte. Er wisse es nicht, aber er bitte alle, ruhig zu bleiben und Geduld zu haben, mit sich und miteinander.
Er machte eine Pause.
Wir werden sehen.
Er wiederholte den Satz, darum bemüht, ihn beiläufig klingen zu lassen. Sein Gesicht blieb angespannt. Dann stellte er die zwei Chawerim vor, die am Morgen eingetroffen waren.
Sie haben ihre Strohsäcke gestopft und die erste Kürbissuppe geschlürft, sie sind also angekommen, beide auf langen Wegen und Umwegen. Bertold, oder einfach Bert, aus Neuruppin, hat in Berlin das Humboldt-Gymnasium besucht, solange es ging, dann in einem Modesalon an der Tauentzienstraße gearbeitet, bis da kein Platz mehr für ihn war. Das führte ihn an die Meinekestraße. Alfred Selbiger hat ihm einen Hachscharaplatz in Havelberg zuweisen können, dort ist er Gärtner geworden, weiß viel über Aussaat und Pflanzen. Als einer aus Neuruppin ist er auch ein guter Ruderer.
Mit ihm sei Minna vorzustellen, sie komme von weit her, aus Pommern, Zollbrück im Landkreis Stolp. Dann mit neun nach Berlin. Der Vater sei im Konfektionshandel tätig gewesen. Sie habe schon früh zu singen angefangen, sei in ihrer Ausbildung weit vorangekommen, eine Sängerin mit schöner Altstimme. Aber das werde sie selber erzählen oder vielleicht gar hören lassen.
Eine wie Marleen. Ron freute sich. Ihm gefiel der schalkhafte Blick des zierlichen Mädchens.
Die Ankunft der Neuen schien den Madrich zu beflügeln. Er sagte mehr über sie als üblich. Und dann, sein Gesicht hellte sich auf, eine Nachricht von Klemens, immerhin eine Nachricht, er bleibe vorläufig in einer Hachschara bei Krakau.

Auch von dort sind Ausreisen möglich. Vielleicht sehen wir ihn wieder.
Seine Worte besänftigten die Gemüter. Lissy und Ines fanden sich ein, setzten sich zu den Spielern, die noch immer die Karten in den Händen hielten, ohne eine auszuspielen, unschlüssig, ob überhaupt weiterzuspielen sei. Rons Augen suchten Lissy.
Der Madrich klaubte eine Postkarte hervor.
Ich habe noch eine gute Nachricht, von Dorothee.
Er hielt die Karte hoch, sie konnten das Schwarzweißbild erkennen, eine Lehmhütte vor sanft geschwungenen Hügeln.
Manuel und ich sind mit einer Siedlergruppe angekommen, im unteren Galiläa, am Berg Tabor. Wir sind verheiratet. Sehr glücklich. Eure Dorothee-Chana.
Darunter in einer anderen Schrift: *Grüße von Eurer Ruth.*
Carl schien sich kaum zu freuen, daß auch seine Ruth gut angekommen war.
Ich geh auch. Auf welchem Weg auch immer.
Trotzige Auflehnung war in seiner Stimme zu hören, Verzweiflung. Er starrte unentwegt auf die Karte, die der Madrich ihm gereicht hatte. Ruths Schriftzüge, schwungvoll, kräftig, fast gemalt. Kein persönliches Wort an ihn. Unverbindliche Grüße an alle. Hatte sie ihn schon vergessen? Noch immer hielt Carl die Karte mit beiden Händen fest.
Der Madrich erläuterte noch einmal die Vorkehrungen für die kommenden Nächte und wiederholte den Satz, beschwörend: Alle sollten ruhig bleiben, wachsam; vielleicht ereigne sich auch gar nichts. Also an die Arbeit –
Der Madrich drehte sich um, als er bemerkte, daß alle zum Fenster hinausstarrten. Eine Gestalt stand auf dem Vorplatz, die Kleider zerlumpt, das Haar wirr. Der Madrich verließ die Bibliothek, dann sahen sie ihn aus dem Haus treten und auf

die Gestalt zugehen, die unruhig schien und sich immer wieder nach der Straße umdrehte. Der Madrich begann mit dem Fremden zu sprechen.

Das könnte der Marek sein. Delv hatte von einem Fluchtgefährten aus Krakau berichtet.

An die Arbeit.

Die Madricha wurde nun laut, klatschte in die Hände. Wir bleiben in dieser Nacht zusammen, auch die Madrichim. Die Mädchen müssen zusammenrücken und für die Strohsäcke einiger Jungen Platz schaffen.

Es würde eng werden im Jagdschlößchen, so viele Menschen auf der gleichen Etage. Die Madricha machte klar, daß alle die Schuhe anbehalten, Reisekleider tragen sollten. Langsam trollten sich die Jungen davon, holten aus ihrem Schlafraum die Strohsäcke, brachten sie ins Haus. Nur einer blieb sitzen, hielt noch immer die Karte in den Händen.

Mach vorwärts, Carl.

Simon stieß ihn an. Ron setzte sich zu ihm. Carl sah auf.

Wenn eine nicht mehr da ist, fehlt etwas; alles ist so leer, ohne Sinn, sogar der Mond.

Simon und Ron schauten sich an, dann faßten sie ihn unter und zogen ihn mit sich fort, hinaus zu den andern, die draußen säumten, in Mänteln und Mützen. Lissy war mit den Zwillingen in ein Gespräch vertieft, auch Frank stand dabei. Ron näherte sich, bemüht, unauffällig zu sein. In Lissys Augen glaubte er jenes wortlose Einverständnis zu finden, das ihm bedeutete, daß seine Nähe willkommen war.

Herta sprach von der Sorge, nichts von den Eltern gehört zu haben, keine Nachricht seit Wochen. Auch Franks und Lissys Briefe an die Eltern waren ohne Antwort geblieben. Wir wissen nicht, was mit uns geschieht, hatte Lissys Mutter noch vor einigen Wochen geschrieben, wir leben zurückgezogen, fast nur in den eigenen Wänden, wie unter Hausarrest.

Seither keine Nachricht.

Hören wir auf, wir machen uns nur verrückt!

Franks Stimme hatte etwas Flehendes. Er hob einen Stein auf und warf ihn in den Teich.

Edna seufzte.

Kommt, werfen wir noch ein paar Bälle in den Korb.

Herta faßte nach dem Ball, die anderen folgten ihr.

Als sie ins Haus zurückkamen, hatte Marek saubere Kleider erhalten, mit dem sorgsam gekämmten Haar sah er schon fast wie ein Talmudschüler aus. Die Madricha hatte ihn vorgestellt, Marek Hensel, aus Krakau, Deutscher mit polnischem Paß.

Deutsch-Polacke, scherzte er, mit Tanten aus der Bukowina und einem Onkel aus Krems. Er hatte von Delv die Adresse bekommen und sich bis ins Landwerk durchgeschlagen.

Nun, richtet euch für die Nacht ein.

Die energische Stimme der Madricha rüttelte sie auf.

Marek solle auf den Heuboden, mit Delv, Gabriel und Greta, ein besonderes Versteck für die heimlich Zurückgekehrten.

Ich gehe mit, brummte Carl.

Weit entfernt donnerten Motorräder über die Chaussee.

Sind wir schon im Krieg? spottete Henner.

Hört auf.

Diesmal war es Edna, die einen beschwörenden Ton anschlug. Henner verstummte augenblicklich, als er die weinende Herta entdeckte, die am Fenster stand. Die Madricha schloß sie in die Arme.

Jeder suchte für seinen Strohsack einen Platz und stellte seine Reisetasche daneben, darin verwahrt jene wenigen Dinge, die er dabeihaben wollte, wohin es auch gehen mochte. Die hatten sie still für sich ausgewählt, entschieden die einen, unschlüssig erwägend die andern. Die Zwillinge tauschten mit Lissy Fotos. Simon hatte eine Haarlocke zwischen die Seiten eines Liederbuchs gelegt, Carl trug einen Armreif der Mutter mit sich.

Vielleicht übertreiben wir mit unsern Vorkehrungen, hatte die Madricha gesagt, als sie die Stofftaschen der Mädchen betrachtete, aber lieber zuviel Vorsicht als zuwenig.

Einige hatten ihre Taschen umgehängt, kramten drin, saßen bei den andern auf den Decken. Niemand mochte sich hinlegen. Kein Buch schien packend genug. Vielleicht Musik vom Grammophon? Henner und Paul hatten jede einzelne Platte in die Hand genommen und bei allen den Kopf geschüttelt. Niemand wollte den Volksempfänger anstellen.

Zur Dämmerung gingen fast alle noch einmal nach draußen. Die Zwillinge und Lissy versuchten ein Ratespiel: Was hast du in deiner Tasche für die Reise? Die Dinge waren durch Fragen zu erraten. Doch schon beim ersten Gegenstand, einem Brief, errötete Herta, als sie den Namen des Absenders nennen sollte.

Da krachten Motorräder durch die Allee, die Luft zitterte. Sie lauschten. Sie sahen sich an. Der dröhnende Lärm fegte über das Gelände hinweg, entfernte sich Richtung Trebbin. Dann Stille. Dämmerung. Die Madrichim riefen zur Nachtruhe auf.

Sie liegen da. Die Jungen, die Mädchen. Auf den Strohsäcken. In Reisekleidung. Mit den Schuhen an den Füßen. Dunkelheit im Raum. Nachtgeräusche.

Ein Räuspern. Einer dreht sich, wälzt sich, wirft sich auf dem Lager hin und her. Ein Rascheln. Schritte, die über den Bo-

den tapsen. Jemand hustet. Danach wieder Stille. Von draußen der Schrei eines Vogels. Ein Murmeln im Traum.
Dann Klirren, Glas, das splittert. Einige schnellen auf, halten den Atem an. Die Gewächshäuser, flüstert einer. Steine auf die Gewächshäuser. Wieder Lärm. Motoren, die aufheulen. Sich wieder entfernen.
Ein sich wiederholendes Geräusch. Ein Schleifen? Tappt da jemand über den Kies? Einer huscht zum Fenster, öffnet es. Ein Windstoß fahrt in den Raum. Draußen schlägt immer wieder ein Ast gegen die Mauer. Und da ein Weinen, fast lautlos. Schritte im Raum. Das Knistern von Stroh. Eine leise Stimme. Ein Wispern. Lissy?
Wieder das Splittern von Glas draußen, einmal, zweimal, ein Krachen. Stimmen, verhalten. Kein Rufen, kein Johlen. Keine Befehle. Das Scheppern von Blech. Geht das so weiter? Stundenlang, nachtlang?
Kein Licht!
Ein Flehen mit dünner Stimme.
Kein Licht machen.
Leise Schritte zwischen den Betten. Eine sanfte Stimme, beruhigend. Eine Hand, die da und dort über ein Kissen streicht. Die Madricha. Rückt eine Decke zurecht. Berührt eine Stirn.
Draußen Stille.
Und dann, fast unwirklich, ein Hellerwerden, Licht, noch grau, aber Licht. Der Schimmer fällt in das Dunkel, dringt herein durch die Scheiben in den Raum. Unter den Decken liegen sie, mit geschlossenen Augen die einen, mit offenen die andern, die Schlafenden und die unruhig Ängstlichen, die keine Ruhe gefunden haben in dieser Nacht.
Ron geht ans Fenster, späht durch die Scheibe. Ein neuer Tag. Die Bäume, der Teich, noch nachtgrau, die Schwäne mit ein-

gezogenen Hälsen und die noch schwache Sonne, eine Scheibe, die aus dem Grau auftaucht.
Morgen, ruft Ines, es ist Morgen.
Da recken sie die Glieder, streichen das Haar aus dem Gesicht, rappeln sich auf. Auch Edna tritt ans Fenster. Die andern folgen, die Jungen auch. Herta und Lissy fallen sich in die Arme, andere schütteln sich, als sei die Angst abzuschütteln.
Licht fließt durch das Astwerk.
Da beginnt Herta zu summen, eine alte Melodie vom anbrechenden Tag: *Am Tag, an dem die Tiefen des Meeres zu Festland wurden, erschallte ein neues Lied, preiset die Erlösung …*
Jom le-ja-ba-scha, fällt mit dunklem Baß der Madrich ein, *ne-hef-chu …*
Als das Singen ausgeklungen ist, klatscht die Madricha in die Hände. Frühstück, ruft sie, in einer halben Stunde gibt es Frühstück.
Da laufen sie, greifen nach Kämmen, nach Lappen, legen ab, was durchgeschwitzt ist von der nächtlichen Angst. Suchen nach einem frischen Hemd, nach einer Hose, einer Schürze, einer Bluse. Eilen zu Tisch. Schmeckt Brot wirklich so gut? Dampft der Kaffee nicht feiner als je zuvor, auch wenn er mit Zichorie versetzt ist? Das allererste, das allerschmackhafteste Frühstück?
Marek kommt, der die Nacht auf dem Boden verbracht hat, unter Heu. Und hinter ihm Delv, Gabriel, Greta, Carl. Die Gesichter gerötet, die Augen verquollen. Stickig und staubig ist es da oben, hüstelt Delv, da könnte einer sterben.
Aber gewiß nicht schlafen.
Gabriel gähnt. Und schon blicken alle auf ihn. Doch er lacht. Ich freue mich, wieder da zu sein.
Die Madricha streicht ihm über den Arm.
Trinkt Kaffee!

Doch was Erleichterung im anbrechenden Tag war, Leichtigkeit, kehrte sich rasch wieder ins Schwere.
Es war nicht der frühe Besuch des Hauptwachtmeisters, der um die Gewächshäuser schritt, da und dort mit dem Fuß eine Scherbe zur Seite stieß, undeutlich vor sich hin murmelte, sich aber doch sonderbar zufrieden zeigte, daß nichts weiter geschehen war. Es waren nicht die Scherben und die Flugblätter, auch nicht die Steine beim Tor und die Schmähworte am Eingangspfeiler, es war nicht das, was das Grau zurückbrachte.
Es waren die Nachrichten, die der Madrich beim Antreten mitteilte, eine knappe Bilanz der Nacht: im ganzen Reich Anschläge auf Synagogen und jüdische Geschäfte, Verfolgungen und Verhaftungen. Sie würden später mehr erfahren, morgen oder übermorgen. Für den Moment blieb das Aufatmen, selbst davongekommen zu sein, doch was war mit den Eltern, den Geschwistern, den Freunden? Die Ungewißheit gab dem Tag sein Grau zurück, nahm ihm das Licht, dunkelte ihn ein.
Samuel stöhnte, folgte den andern, die über den Hof zu den Gewächshäusern strömten. Ein Saum von Scherben stak zwischen den Metalleisten. Scherben auch im feuchten Braun der Erde. Carl begann sie aufzulesen, ließ sie in einen Kessel fallen. Da lagen Pflanzen, zerschlagene Töpfe. Welkes Grün. Carl ergriff eine Pflanze, hob sie hoch, den andern entgegen, die dastanden und auf die Verwüstung starrten.
Winterastern, stammelte Carl, Ruth hat sie gepflanzt.
Auch Edna und Lissy sammelten die Pflanzen zusammen, betteten sie in eine Kiste; Minna tat es ihnen nach. Bert hielt sich abseits, schaute auf die Szene. Dann streckte er die Arme aus und begann mit Kniebeugen.
Es gibt jetzt nichts zu rudern, schnaubte Samuel, hier bist du Gärtner und kannst dich beteiligen wie die andern auch.

Minna faßte den erschrockenen Bert am Arm und führte ihn zu den andern, wo er sich hinkauerte und half.

Ron kniete neben Lissy; wenn sie beide gleichzeitig eine Pflanze in die Kiste gleiten ließen, berührten sich ihre Hände.

Keiner sagte ein Wort. Das Tor zur Straße hin blieb geschlossen.

Wenn einer ins Haus ging, zum Hörer griff, die Nummer wählte, lauschte, um die Stimme von der Mutter in Breslau zu hören, dem Onkel in Wien, der Schwester in Hamburg, war da kein Klingeln, kein Rauschen, nur die stumme, tote Leitung. Keiner, der antwortete.

9 In der Tischlerei ließen Paul und Samuel den Hobel gleichmäßig über das Brett gleiten, wischten die Späne weg. Minna lehnte sich an die Werkbank, summte vor sich hin, fiel ins Singen.
Eine schöne Altstimme, lobte Herta, die Schrauben suchte.
Ja, schön, brummte Samuel, aber unsere Arbeit ist es auch.
Kurz grinsten sich Herta und Minna an, dann knieten sie sich hin. Minna ergriff den Schraubenzieher, Herta reichte ihr eine Schraube nach der andern, und jetzt summten und sangen sie zu zweit.
Die Telefonleitung im Haus sei wieder in Ordnung, hatte die Madricha beim Frühstück mitgeteilt. Ron hatte versucht, zu Hause anzurufen, wieder und wieder. Auch Herta hatte beim Telefon gestanden und es lange klingeln lassen. Selbst wenn der Vater oben wäre, müßte die Mutter das Klingeln doch hören, in der Küche, im Salon, sogar im Bad.
Wo sind die bloß?
Hertas Frage erreichte jeden in der Tischlerei.
Die melden sich schon.
Samuels Stimme klang beschwichtigend. Er hatte gut reden. Seine Eltern waren ausgereist, in Sicherheit.
Bei mir nicht einmal ein Klingeln. Tote Leitung.
Ron stockte. Er hatte in der Klosterallee angerufen, da sollten sie noch bleiben können bis Ende Februar und dann umziehen in ein den Juden zugewiesenes Haus in der Heinrich-Barth-Straße. Der Wohnungswechsel stand bevor, eine unmißverständliche Aufforderung, hatte Marleen geschrieben. Ein Umzugsverzeichnis, das alles enthielt, was zu ihrem

Haushalt gehörte, hatten sie bereits abliefern müssen. Sie würden wenig mitnehmen können. Es ist eng dort, man ist so nah beieinander.

Sollte er Riekes Eltern anrufen? Jemand mußte doch antworten. Die Nummer stand in dem kleinen Büchlein, das er einmal von Rieke geschenkt bekommen hatte.

Darf ich nochmals telefonieren?

Er sah Samuel fragend an. Der nickte, winkte ihn hinaus.

Ich komme mit.

Herta schloß sich ihm an.

In Wien wird doch nichts geschehen sein.

Und Lissy, fragte er, hat sie die Eltern erreicht?

Herta schüttelte den Kopf.

Auch Paul ist nicht durchgekommen, auch nicht zu seinem Onkel in Innsbruck. Überall unterbrochene Leitungen.

Eine Tür öffnete sich, und Carl rannte an ihnen vorbei ins Freie.

Hat Ruth endlich geschrieben?

Herta nickte. Einen Brief aus Kfar Yehezkel. Da bin ich fürs erste, hatte Ruth geschrieben, in der Jezreel-Ebene, ich helfe den Pionieren und kann mich eingewöhnen. Ich bin hier das Mädchen für alles. Wir sind wenige, etwa zehn Familien. Später kann ich einen andern Kibbuz wählen, vielleicht gehe ich nach Merchavia, nicht weit von hier, wo viele Einwanderer aus Galizien Zuflucht gefunden haben. Oder ein Grenzkibbuz, da werden Leute besonders gebraucht, Degania oder Sha'ar HaGolan.

Ruth schrieb von der Quelle, die zur Gründung der Siedlung geführt hatte. Sie macht die Ebene fruchtbar. Wir haben Wasser. Wir haben einen Brunnen. Ein Segen. Wir pflanzen und wir bauen auf. Und wir leben. Dorothee und Manuel wohnen in der Nähe, am Berg Tabor, in Shadmot Devora.

Später zeigte Carl auch Ron den Brief. Er erwähnte die illegale Ausreisegruppe, die Alija-Bet, mit der sich Samuel, im Auftrag des Madrich, näher befaßte. Gabriel und Delv wollten dabeisein.
Ich fürchte die Reise, Carl sagte es bekümmert, aber ich möchte zu Ruth.
Und du, Ron?
Carl stieß ihn an. Er zuckte mit den Schultern, dachte daran, wie er den Hörer ans Ohr gepreßt hatte, an das schwache Rumpeln, das in der Leitung zu hören gewesen war. Sonst nichts.
Zu unsicher, denke ich; der Weg führt über Kiew oder Odessa nach Varna, dann über Istanbul und Beirut nach Palästina, und zuletzt heimlich durch die englischen Sperren. Zu gefährlich. Und außerdem: Nicht ohne Lissy!
Warten wir ab, vielleicht schaffen wir es auf legalem Weg, du und Lissy und ich.
Sie schlugen sich auf die Schultern.

Nach dem Mittagessen teilte die Madricha mit, was sie aus Berlin gehört hatte. Sie tat es mit einer Stimme, die ruhig klingen sollte, sanft wie immer, und in der doch ein leises Zittern war. Das Klappern der Teller hörte augenblicklich auf. Tote in dieser Nacht. Tausende verhafteter jüdischer Menschen. Niedergebrannte Synagogen, geplünderte Geschäfte, in Brand gesteckte Wohnhäuser. Ihre Stimme stockte, rasch strich sie über das Papier, das sie in der Hand hielt. Weitere Maßnahmen der Reichsregierung würden folgen. Eine Kontribution von einer Milliarde Reichsmark ans Deutsche Reich sei den Juden deutscher Staatszugehörigkeit auferlegt. Die Madricha schluckte leer. Es sei ihre Pflicht, ihnen das bekanntzumachen, auch die Anordnung des Präsiden-

ten der Reichskulturkammer, daß Juden der Zutritt zu Theatern, Kinos, Konzerten, Vorträgen, Zirkusveranstaltungen untersagt sei.
Die Madricha faltete das Blatt zusammen.
Ihr habt es gehört.
Sie ließ ihre Blicke in die Runde schweifen.
Wie soll das weitergehen?
Die Stimme von Frank schallte durch den Raum.
Nicht aufgeben.
Die Hände der Madricha ballten sich für einen Augenblick zu Fäusten, dann ließ sie die Arme sinken.
Noch gibt es Wege. Unser Madrich ist in Berlin, um sich zu beraten. Markus vertritt ihn wieder.
Alle blickten auf sie, die nicht mehr sprach, aber noch immer vor ihnen stand, gerade und fest.
Man solle, begann sie dann nochmals, versuchen, an die Tagesarbeit zu gehen. Grübeln helfe keinem, man werde gewiß bald mehr wissen. Wer telefonieren wolle, dürfe das tun. Wenn sie etwas höre, von Angehörigen, Freunden oder Bekannten, werde sie umgehend Bescheid geben, und der Madrich bringe sicher Nachrichten aus Berlin.
Die Madricha zögerte, als wollte sie noch etwas nachtragen.
Vom Fenster her war ein leises Schluchzen zu hören.
Macht Mittagspause und versucht dann zu arbeiten.
Die Madricha wandte sich ab und verschwand im Korridor.
Ron suchte Lissy. Vergeblich.
Als er am Nachmittag seine Schleifarbeit in der Tischlerei wieder aufgenommen hatte, erschien die Madricha und zog ihn nach draußen. Sie reichte ihm einen Zettel, auf dem sie notiert hatte, was ihn anging. In Hamburg Verhaftungen.

Marleen mit neuer Anschrift: Heinrich-Barth-Straße 8, bei Jankowski. Den Vater hatten sie mitgenommen. Sachsenhausen.
Die Madricha hielt ihn am Oberarm fest.
Den Mut nicht verlieren, flüsterte sie, schluckte, verwies auf die anderen Zettel in ihrer Hand.
Kommst du zurecht?
Geht schon.
Er stützte sich mit der Hand gegen den Türrahmen.
Vater hatte sich schon lange gefürchtet. Marleen hatte von Verhaftungen gehört, von Bekannten, die ins Polizeigefängnis Fuhlsbüttel gebracht wurden, wie der Augenarzt von der Dillstraße.
Ron lehnte sich an die Wand. Sie hatten den Vater geholt. Was bedeutete das? Und was war mit der Schwester? Liebe Marleen, wollte er rufen, liebe Marleen, verlier nicht den Mut. Wir finden einen Weg.
Glaubte er daran? War es schon zu spät, für sie alle? Mit der Hand schlug er gegen die Tür. Er mußte Marleen sprechen.
Als er die Tür zur Werkstatt öffnete, sah er, daß die Arbeit ruhte. Ratlos standen Samuel, Herta, Paul und Carl da. Minna war genau wie Ron von der Madricha nach draußen gerufen worden und noch nicht zurückgekommen. Auch Carls Vater war abgeführt worden, auch in Wien hatte es Verhaftungen, Zerstörungen und Plünderungen gegeben.
Sie werden uns holen, diese Nacht, die nächste, irgendwann.
Hör schon auf!
Samuel schüttelte Carl.
Tut mir leid.
Samuel legte ihm die Hand auf die Schulter, wir müssen versuchen, ruhig zu bleiben. Man werde, fügte er an, die Planung für die Alija-Bet, über Wien, Pressburg, donauabwärts,

beschleunigen. Wer sich interessiere, solle sich melden, bei ihm oder beim Madrich. Möglichst bald.
Sie schauten sich an. Was war mit den andern? Pauls Vater hatte Glück gehabt, er hatte nach Zürich fliehen können.
Und Lissy?
Ron stieß Herta an.
Frag sie selber.

Er tat, was er noch nie getan hatte: Er stieg nach der Arbeit langsam die Treppe hinauf zu den Räumen der Mädchen. Zögernd stand er vor der halbgeöffneten Tür, klopfte. Ines sah ihn überrascht an.
Ich suche Lissy.
Ich hole sie.
Ines stieß die Tür leicht zu. Ihm schien, es daure unendlich lang. Erst trat er von einem Fuß auf den andern, dann kauerte er sich auf der Treppe zusammen, Spinnweben zogen sich über die Zierleisten an der Decke.
Aus dem Schlafraum der Mädchen war ein Tuscheln zu hören; er erkannte Ednas Stimme, ein Stakkato der Empörung. Ron holte Luft. Nun vernahm er auch von unten im Treppenhaus Stimmen, sehr leise, ein hastiges Flüstern. Er versuchte die Wörter zu verstehen. Wer sprach da? Die Madricha und Markus? Oder Krüger? Warum sprachen sie so leise? Eine Tür schlug zu.
Gerade wollte er sich abwenden, als er leise Tritte vernahm und ihre Gestalt im Halbdunkel des Türrahmens erschien.
Vater ist in Dachau.
Und meiner in Sachsenhausen. Und der von Minna auch. Komm!
Er zog sie mit sich fort, hinaus auf den Hof, hinüber zu den Schienen der Lorenbahn, hügelaufwärts, an den Tomaten-

stauden vorbei, auf das kleine Holzhaus zu, unter das Vordach, das ihnen Zuflucht bot, eine Schattenhöhle aus Grün und Dämmerung. Er nahm ihre Hand in die seine, ihre Finger verklammerten sich.
Sie hatte Tante Debora erreicht, die seit ein paar Monaten bei den Eltern wohnte. In der Nacht waren sie gekommen und hatten den Vater geholt. Ihren Vater abgeführt. Der keiner Mücke etwas antun konnte.
Und dein Vater?
Ich weiß nicht viel, ich habe nicht mit Marleen sprechen können. Ich werde nach Hause fahren.
Entschlossenheit war in seiner Stimme, auch Trotz.
Hast du keine Angst?
Ich muß es versuchen.
Mein Vater wird das nicht überleben. Und was wird aus uns?
Wir kommen durch, Lissy, wir kommen durch.
Er hielt sie fest.
Ich fahre für ein paar Tage, dann komme ich zurück.
Ich habe Angst, flüsterte sie. Angst vor allem.
Er umarmte sie.

10 Ron staunte, wie reibungslos er zum Zug gelangt war. Sie patrouillierten und kontrollierten. Ihn hatte keiner angehalten. Der Zug brauchte bloß noch abzufahren. Marleen würde sich freuen. Hoffentlich hatte sie Nachricht vom Vater.

Sich unauffällig bewegen und die Kennkarte griffbereit halten.

Der Madrich war mit ihm nach Berlin gefahren und hatte ihn zum Lehrter Bahnhof gebracht. Er wollte in der Reichsvertretung die Lage beraten, die Auswirkungen all der neuen Verordnungen, die Möglichkeiten, die ihnen im Landwerk noch bleiben würden. Der Madrich war beunruhigt.

Ron zog die Jacke aus, legte sie ins Gepäcknetz. Die Tasche hielt er zwischen den Beinen. Wieder beobachtete er den Bahnsteig; Menschen in Eile, von der Kälte gerötete Gesichter, ausholend die Schritte. Niemand schaute hinter sich.

Die Plünderungen hätten zugenommen, hatte der Madrich erzählt. So seien Leute von der Straße in das Schuhgeschäft Levy an der Frankfurter Allee eingedrungen, hätten Schuhe anprobiert und mitgenommen. Aufpassen, hatte der Madrich nochmals gemahnt, die Situation ist gefährlich. Vor dem Bahnhof hatte er sich verabschiedet, war schnell im Gedränge der Stadt verschwunden.

Ron hörte das Abfahrtssignal. Rasch sprang noch einer auf, hinter ihm folgte ein zweiter. Eine Frau hatte sich mitten auf dem Bahnsteig auf ihren Koffer gesetzt. Ron lehnte sich zurück.

Er würde gleich in die Heinrich-Barth-Straße fahren. War die Wohnung an der Klosterallee schon leer geräumt? Und seine Sachen? Die Bücher, die alte Eisenbahn, Riekes Briefe, die Auszeichnungen aus dem Sportverein. Das Fotoalbum, das ihm die Mutter angelegt hatte: Momente aus seinen ersten Lebensjahren. Die Spuren der Kindheit vernichtet? Er dachte an das Haus in der Hirtenstraße damals, mit dem Dachzimmer, das die Schwestern ihm überlassen hatten, seinem ersten eigenen Zimmer.

Langsam setzte sich der Zug in Bewegung. Auf dem Bahnsteig lief eine junge Frau neben dem ausfahrenden Zug her und blickte irritierenderweise in seine Richtung. Sie winkte mit heftigen Gesten, rannte, blieb zurück, winkte weiter, als hätte sie ihn gemeint.

Eine Woche wollte er bleiben. Was Lissy in diesen Tagen wohl tun würde? Doch noch nach Wien fahren? An einem Abend hatte sie von ihrem Vater erzählt. Wie sie ihn, kurz vor ihrer Abreise, zufällig beobachtet hatte. Sie war am späten Nachmittag in der Elektrischen vom Schottentor an den Franz-Josefs-Kai gefahren; dicht gedrängt standen die Menschen in der Straßenbahn. Auf einmal, sie war erschrocken, hatte sie ihren Vater entdeckt, er mußte eben eingestiegen sein, sie wollte schon auf ihn zueilen, da sah sie, wie er sich langsam, fast taumelnd durch das Gedränge zwängte, mit unsicherem Gang und hilfesuchendem Blick, seine Hände zitterten. Er ließ sich schubsen; ein Ellenbogen schlug gegen seine Rippen. Er schaute auf. Sie las etwas Flehendes in seinen Zügen. Wie erstarrt stand sie im hinteren Teil der Bahn, brachte es nicht über sich hinzugehen, sich an seine Seite zu stellen. War das ihr Vater, neben dem sie sich immer so sicher gefühlt hatte, dieser Mann, der sich da wie ein Verlorener bewegte, nicht zurechtkam, den man einfach stieß und wegschob. Zum ersten Mal in ihrem Leben hatte sie den Eindruck, daß sie den Vater beschützen müsse. Sie ließ ihn an der Schweden-

brücke aussteigen, fuhr zwei Stationen weiter. Der Schmerz, ihren Vater so gesehen zu haben, war geblieben. Lissy hatte leer geschluckt.
Ich hänge sehr an meinem Vater, gestand sie, wir waren viel zusammen unterwegs.

Die Bahn tuckerte dahin. Gleichmäßig schlugen die Räder. Der Banknachbar war eingeschlafen. Draußen fegte der Wind über die Schneefelder, griff in die einsamen Bäume und Sträucher. Spandau las er, Stüdenitz, er bemerkte Militärfahrzeuge, an einem Bahnhof Soldaten, die Zivilpersonen umringten, vielleicht fünf oder sechs, Männer und Frauen. Gefangene, fragte er sich, die weggebracht wurden? Was war wohl mit dem Vater, hatte er warme Kleider mitnehmen können? Früher war es stets die Mutter gewesen, die seine Sachen eingepackt hatte, weil er immer etwas vergaß, wenn er zu einer Reise aufbrach.
Lissy hatte ihm von den Fahrten mit ihrem Vater erzählt, nach Nußdorf, auf den Kahlenberg und den Semmering, in die Wachau. Ihr Vater liebte die Gänge die Donau entlang, mit dem Blick auf die Rebberge, die Auenwälder, die Kornfelder und Rübenäcker. In der Wachau kaufte er Wein, einen Wachauer Weißen, kaufte ihn aus Liebe zur Landschaft. Einmal waren sie sogar zusammen ans Meer gefahren, ohne die Mutter, mit der Südbahn nach Abbazia und dann mit der Straßenbahn am Meer entlang nach Lovran. Das ist die Riviera von Alt-Österreich, hatte der Vater erklärt und auf die Villen gewiesen, die Residenzen. Das Meer hatte er ihr zeigen wollen, die Kvarner-Bucht mit den Lorbeerbäumen, den Palmen und den Bananenstauden, mit dem blühenden Oleander und dem Federgras, das im Wind wogte. Und der Vater deutete hinauf, über die rissigen Felsen zum Karstpla-

teau, spröde und karg in einem dunklen Grau, zur wasserlosen Hochebene, zum Land der Tschitschen.
Er hatte sie überallhin mitgenommen, schon als kleines Mädchen. Sie hatten das Naturhistorische Museum besucht. Immer wollte sie die Tiere sehen, die See-Elefanten, Saurier und Bären. Von Saal zu Saal waren sie gegangen, der Vater und sie. Sie hatte sich gefürchtet und war doch fasziniert, von den Riesenechsen und Lurchen, von den Präparaten in Spiritus, den Würmern im Glas. Der Vater hielt sie an der Hand, nannte die Namen und die Länder, wo die Tiere herkamen, erzählte, wie sie lebten. Ohne den Vater wäre das gar nicht so interessant gewesen, hatte Lissy gesagt, aber mit ihm zusammen etwas ganz Besonderes.
Ihr Vater wußte Bescheid, er kannte die Wege, er ging voran – keiner, der zögerte, aufschob, unschlüssig war, nein, einer, der immer sicher wirkte, bestimmt in seinem Tun, nie stur, oft verspielt und leicht. So erlebte sie ihn auch bei der Hausmusik mit seinen Freunden, er saß am Klavier und war der heimliche Dirigent, der mit seinem Spiel die andern trug, er gab das Zeichen zum Einsatz.
Jener Vater, den sie in der Straßenbahn beobachtet hatte, war ein Fremder. Als sie abreiste ins Landwerk, hatte er im Bahnhof am Praterstern geweint; nie zuvor hatte sie ihn weinen sehen.
Lissy hatte tief Luft geholt. Selbst wenn sie ausgewählt würde, sie würde nicht nach Palästina fahren, wenn dieser Vater nicht in Sicherheit wäre, wenn sie ihn hier zurücklassen müßte. Nun hatten sie den Vater verhaftet und weggebracht.
Lissy war aufgesprungen, hatte mit dem Fuß auf den Boden gestampft. Dann nur noch geschluchzt.

Draußen zog die Landschaft vorüber, eine bleiche Sonne drückte durch das Wintergrau. Ihm schien, der Zug ruckele zögernd dahin, werde langsamer, drohe anzuhalten. Die Landschaft wirkte verlassen; Schneefelder, darin Baumgruppen, ein Wäldchen, Gehöfte, eine verschneite Allee ohne Fahrspur, ein Bach, der sich ins Feld schnitt. Immer wieder einsame Bahnwärterhäuschen die Strecke entlang, kein Bahnmeister, Eiszapfen, die übers Vordach hinauswuchsen. Dann und wann las er den Namen einer Station, Klein Warnow, Ludwigslust, Schwanheide. Würde er, dachte Ron, reisen ohne Vater und Marleen?
Hamburg empfing ihn mit Schneeregen. Im Bahnhof ein Gedränge, ungeduldig bahnte er sich seinen Weg durch die Halle. Er nahm die Straßenbahn bis zur Universität, stieg aus, schlenderte die Grindelhof hinunter, übertrieben langsam. Die Tore der Talmud-Tora-Schule waren geschlossen, kein Mensch zu sehen. Eilig ging er vorüber, erreichte rasch die Heinrich-Barth-Straße.

Eine Woche später überquerte er wieder den Bahnhofsplatz und stieg in den Zug, der ihn zurück nach Berlin bringen sollte. Derjenige, der vor Tagen hier angekommen war, schien ihm jetzt fremd. Vor sich sah er Marleen. Marleen bei seiner Ankunft. Ihr Gesicht fast durchsichtig, in den Augen ein glanzloser Schleier von Müdigkeit. Als wären es die Augen einer alten Frau. Und später ihre Stimme, tonlos, als sie zu erzählen begann, bruchstückhaft, von diesem Abend im November, in der Klosterallee, wo sie damals noch wohnten –
Die Stimmen im Treppenhaus, die Tritte schwerer Schuhe, weit nach Mitternacht, die Schläge gegen die Tür. Der Name des Vaters wurde gerufen, der stand im Korridor im Schlafrock, mit bloßen Füßen, als sie hereinstürzten, ihn packten,

der schwer atmete mit seinem Asthma. Ein paar Dinge hatte sie ihm noch reichen können, eine warme Jacke, eine Hose, hatte ihm die Schuhe vor die Füße geschoben, damit er hineinschlüpfen konnte. Dann stießen sie ihn hinaus, durchs Treppenhaus, durch den Vorgarten, auf die Ladefläche des Wagens, wo schon andere Männer saßen, auch einige Jungen waren darunter.

Immer wieder von neuem hatte Marleen angefangen, mit dem Treppenhaus, dem Poltern, dem Zuschlagen. Sie wiederholte sich, erzählte weiter: wie sie allein in der Wohnung geblieben war, im Dunkeln am Fenster, unten auf der Straße der Wagenkonvoi, Schreie, und drüben am Himmel ein roter Widerschein; das konnte das Lehrhaus oder gar die Synagoge am Bornplatz sein. Marleen hatte frierend dagestanden, als der Lärm verklungen war; erst hinterher war sie erstaunt, daß ihr nichts geschehen war, keiner sie angefaßt oder geschlagen hatte.

Am nächsten Morgen erfuhr sie von der Nachbarin, daß die Verhafteten zum Hannoverschen Bahnhof gebracht und dort mit dem Zug ins Lager transportiert worden seien, in Schutzhaft.

Manchmal schwieg sie lange, dann brachen die Worte wieder aus Marleen hervor, hastig sprach sie, sprach von einem Mann, der Grüße vom Vater ausgerichtet habe, ein Mann, der entlassen worden sei aus dem Lager.

Bist du sicher?

Vielleicht wird auch der Vater entlassen.

Sie solle ausziehen, hatte die Nachbarin gesagt, möglichst bald, die Anordnung sei schon erlassen, die Wohnung werde geräumt, das ganze Haus, sie solle lieber gleich packen, bevor sie kommen und alles durcheinanderwerfen und an sich reißen würden, wie sie es im Haus gegenüber getan hätten.

Da sei richtiggehend geplündert worden. Die würden nicht lange warten. Sie müsse schnell fort, in die Häuser für jüdische Familien in der Heinrich-Barth-Straße.
Marleen hatte die wichtigsten Sachen zusammengepackt, für sich und Vater. Sie hatte überlegt, was in den zwei Zimmern der zugewiesenen Wohnung Platz finden würde und was zu transportieren war, ein Tisch, zwei Betten, eine Kommode für sie und den Vater, wenn er zurückkäme. Kein Klavier. Küche und Bad gemeinsam mit Frau Jankowski und ihrem Sohn.

Er setzte sich in ein Abteil, schob die Tasche unter den Sitz.
Marleen war mitgekommen in ihre alte Wohnung in der Klosterallee. Der Küchentisch stand noch da, auf dem Boden Scherben, aufgeschlagene Bücher, Staub. Eines seiner Fotoalben hatte er gefunden. Ein Challadeckchen hatte noch dagelegen. Oben auf dem Dachboden war ein Schrank unangetastet geblieben mit Kleidern und Spielsachen.
Schau, hatte er Marleen zugerufen, eine Figur von Tante Hennis Marionettenspiel. Er hatte sie aus dem Tuch gewickelt, die Arme und Beine baumelten lose an Schnüren. Marleen hatte nicht reagiert.
Geräumt hätten sie, sagte die Nachbarin, von unten bis oben, hätten mitgenommen, was sich tragen ließ.
Langsam waren sie nebeneinander gegangen, Marleen und er. Schweigend standen sie vor der geschändeten Synagoge. Abfallhaufen türmten sich, Schutt, Scherben. Sie lehnte sich an ihn.
Auch in die Hirtenstraße hatte sie ihn begleitet. Alle drei Geschwister waren in diesem Haus geboren.
Für mich ist es das Haus meiner Kindheit, sagte Marleen. Hier in der Eingangshalle hat mein Klavier gestanden.

Sie hatte nie umziehen wollen; in der Isestraße war sie nicht heimisch geworden.
Riekes Eltern wohnten noch immer in der Isestraße. Und Rieke? Marleen wußte nur, daß sie nicht mehr in Hamburg war. Vielleicht war auch sie auf Hachschara.
Er wollte mit Marleen zu Doktor Boger gehen, dem Hausarzt der Familie, aber die Praxis war geschlossen. Gemäß Reichsbürgergesetz von Juli 38. Frau Jankowski sagte es knapp, nannte andere Ärzte, die auch hatten schließen müssen. Wir kurieren uns jetzt selbst, fügte sie trocken an, denn kaum einer ist mehr da.
Nicht nur die Ärzte sind nicht mehr da, auch Musiker verschwinden, sagte Marleen. Der Eibenschütz sei als Dirigent beim Rundfunk schon lange entlassen worden.
Auch Henry, der Cellist, ist arbeitslos.
Marleen wandte schnell das Gesicht ab.
Sie hatte neben ihm gesessen, als er an Helma geschrieben hatte, über die Sorge um den Vater, die dringende Bitte, sie möge versuchen, wegen der Ausreise etwas zu tun, ob sie nicht jemanden kenne, dort im neuen Land.
Marleen hatte an ihm vorbeigeschaut. Dieses Gesicht war geblieben, wie hinter Glas, weit weg.
Was ist mit dir, Marleen?
Er hatte gefragt. Sie hatte unmerklich den Kopf geschüttelt, sich in ihr Schweigen verkrochen, wie so oft in dieser Woche.
An einem Abend hatte sie überraschend von einem Musiker zu erzählen begonnen. Er habe sie nach Amsterdam eingeladen. Sie hatte ihn bei einem Gastspiel kennengelernt, einen Klarinettisten. Sie könnte zu ihm nach Amsterdam, einen Paß habe sie beantragt.
Du magst ihn?
Marleen war errötet und hatte abgewinkt. Sie wollte nicht

weiter darüber reden. Liebte sie ihn? Oder suchte sie nach einer Fluchtmöglichkeit? Er wußte wenig von Marleens Liebesdingen.

Zum Bahnhof hatte Marleen ihn nicht begleiten wollen. Sie war in der Tür zu ihrem Zimmer stehengeblieben, im Halbdunkel, die eine Hand an den Türpfosten gestützt, die andere zu einem scheuen Winken erhoben.

Am See Genezareth, rief er ihr zu, wir sehen uns am See Genezareth. Und Papa auch. Helma wird uns alles zeigen. Im Treppenhaus hatte er sich umgedreht, zurückgeblickt, war dann nochmals die Treppe hochgerannt und hatte Marleen in die Arme genommen.

Er hörte das Schlagen der Räder, sah die Landschaft vorübergleiten. Schneegestöber, Bäume, kahl; die Kälte würde andauern, auch im Landwerk würde es kalt sein in den ungeheizten Schlafräumen. Und Vater? Hatte er Winterkleider? Er öffnete die Tasche, tastete nach der Marionette, die er wieder in ihr Tuch gewickelt hatte. Da entdeckte er das Blatt, eine Zeichnung, ein seltsam verzerrtes Selbstportrait von Marleen. Sie hatte den Kopf leicht geneigt, eine Strähne ihres kurzgeschnittenen Haares fiel ihr über die Stirn; ihre Augen schauten zu Boden, als schäme sie sich. Und sie trug diese Scham wie eine Bürde, die auf ihr lastete. Unten standen die Worte: Vergiß uns nicht, Marleen.

Langsam schob er das Blatt in seine Tasche zurück. Ihm gegenüber saß eine Frau mit Kopftuch, einen Korb auf den Knien, die Augen blicklos.

Er zog das Paket mit der Marionette heraus und dröselte die Schnüre auseinander. Seine Finger glitten über das struppige Haar, dicht, schwarz, über Ohren und Stirn quellend. Wie Mutters Haar.

Marleen hatte nicht auf den Friedhof gewollt. Nicht nach Ohlsdorf, bat sie und gab keine Begründung. Die Heftigkeit ihrer Abwehr hatte ihn erstaunt. Sie wollte auch nicht nachsehen, was aus Vaters Kontor geworden war. Und dein Klavier, Marleen, du könntest mir etwas vorspielen, das Adagio vielleicht. Er hatte ein Lachen versucht. Doch Marleens Gesicht war reglos geblieben.

Der Mund der Puppe war schmal, die Lippen von einem verblaßten Rot. Ein schwarzes Seidentuch, mit Goldfäden durchwirkt, war um ihren Hals geschlungen.

Mit dem Taschentuch wischte er über die beschlagene Scheibe. Schnee, nichts als Schnee. Er kuschelte sich in seine dicke Jacke. Die hatte er noch vorgefunden, im Schrank auf dem Dachboden in der Klosterallee. Nicht an Hamburg, nicht an Marleen denken.

Weiß und weit und sehr verlassen wirkte das Land, geduckt die Häuser, verloren die Alleen, mit den Stämmen im weißen Morgenlicht. Die Madricha hatte am 25. Tag des Monats Kislew das erste Licht am Chanukkaleuchter entzündet und das Ölwunder erwähnt. Sie hatte einen Satz von Rabbi Pinchas von Koretz vorgelesen: An jedem Chanukka-Fest, zur Stunde, da man Lichter anzündet, wird das verborgene Licht offenbar, und dies ist das Licht des Königs Messias. Für den Vater hatten die Chanukkalichter in diese Tage gehört; er hatte die Familie zum abendlichen Lichtanzünden zusammengerufen. Marleen spielte am achten Tag, wenn alle Lichter entzündet waren, und die Familie summte mit.

Je mehr er sich Berlin näherte, desto dichter wurde der Schneefall. Ob der Schwanenteich im Landwerk schon zugefroren war? Es schneit unablässig, hatte die Madricha am Telefon gesagt und in Aussicht gestellt, daß Verwalter Krüger ihn abholen würde. Sonst müsse er zu Fuß durch den Schnee.

In Hamburg hatten sie Weihnachten nie als großes Fest gefeiert, das hatte der Vater nicht gewollt. Weihnachten bedeutete ihm nicht viel. Dennoch hatten sie sich Geschenke gemacht. Auch der Vater ließ sich gern etwas schenken. Mutter hatte nicht auf den Weihnachtsbaum verzichten wollen, Marleen und Helma auch nicht.

Ein Geschenk für Lissy. Das hatte er gleich gewußt, als er die Marionette gefunden hatte. Vielleicht würde sie eines Tages ein Marionettenspiel aufführen, kleine Geschichten, die er für sie schreiben würde, für Kinder und für Erwachsene. Der Gedanke gefiel ihm.

In Berlin war alles weiß und kalt, vor dem Bahnhof hohe Wälle von Schnee. Vermummte Gestalten säumten den Bahnsteig, die meisten mit Gepäck.

Zwei Uniformierte stiegen in den vorderen Waggon des Zugs nach Trebbin ein, Gendarmen. Er schaute aus dem Fenster, wie zuvor. Endlos schien die Ebene. Rußland, dachte er, die Weiten hinter dem Ural. Anna Karenina auf dem verschneiten Bahnsteig, das Pfeifsignal zur Abfahrt.

Beim Anfahren des Zuges wirbelte Schnee auf; mitten im Feld ein Windrad, das stillstand, ein Hauch von Schnee auf den Flügeln. Er drückte seine Beine gegen die Tasche. Wenn er die öffnen müßte – der Gedanke erschreckte ihn. Nicht wegen der Marionette für Lissy, sondern wegen der kleinen Dinge, die er aus der Wohnung gerettet hatte: das Psalmenbuch der Mutter, das Challadeckchen, Fotos.

Gefährlich, das alles mitzunehmen. Marleen hatte ihn gewarnt.

Wieder hielt der Zug an. Ludwigsfelde. Er las mechanisch die Ortstafel, schaute am Bahnhofsvorsteher vorbei; die nächste Station war Thyrow, dann endlich Trebbin. Er schloß seine Jacke, zog die Handschuhe über, auch sie hatten im Schrank auf dem Dachboden gelegen, eine Strickarbeit der Mutter. Die beiden Gendarmen standen im Vorraum, kehrten ihm den Rücken zu. Nur noch ein paar Minuten. Als der Zug vor Trebbin verlangsamte, ergriff er seine Tasche und stand auf; die beiden Gendarmen schickten sich ebenfalls zum Aussteigen an.

11

Als der Zug in Trebbin anhielt, erkannte Ron Verwalter Krüger unter dem kleinen Vordach beim Bahnhof. Daneben, und sein Atem ging schneller, eine Gestalt, auf dem Kopf eine Strickmütze mit einem Bommel. Die Wintermütze der Wiener Vorstadtmädchen, hatte Lissy spöttisch vermerkt, die Nannerlmütze.

Er mußte sich zwingen, nicht loszurennen, und blieb auf dem Bahnsteig, bis die beiden Gendarmen im Bahnhofsgebäude verschwunden waren. Scheinbar ungerührt blickte er über die Geleise hinweg. Sogar die schwarz auf die Ziegelsteinfassade hingepinselte Schrift »Trebbin« war schneeverweht. Dort, an den Vordachpfeiler gelehnt, wartete das Mädchen mit der Mütze, die Wangen gerötet.

Er griff nach Lissys Hand. Verwalter Krüger hieß sie schnell aufsteigen, tätschelte das Pferd, das schon unruhig wieherte, und brachte sie zur Bäckerei Stöber beim Schulhaus. Da sollten sie warten, bis er seine Besorgungen gemacht habe.

Die drei Tische in der Bäckerei waren frei. Sie setzten sich nah zueinander. Frau Stöber musterte sie, fragte aber nichts und brachte Kaffee und Trebbiner Krapfen.

Lissy hatte Nachrichten aus Wien. Tante Debora hatte von Vater ein Lebenszeichen erhalten. Er sei gut »aufbewahrt«. Genau diese Worte.

Nichts weiter? Was soll das heißen?

Lissy senkte ratlos den Kopf.

Sie starrte in die leere Tasse, tupfte mit den Fingerkuppen Brosamen auf und führte sie an die Lippen. Als Frau Stöber nach weiteren Wünschen fragte, zahlten sie, erhoben sich,

machten ein paar Schritte über den Marktplatz. Krüger blieb aus.
Sie folgten ein Stück der Straße. Wie gerne, sagte er in das Schweigen hinein, würde ich mit dir durch fremde Städte ziehen, Rom oder Paris, an der Seine entlang, in Rom über die Spanische Treppe. Oder durch Jerusalem: durchs Jaffator in die Altstadt hinein, zur Klagemauer, ich hätte viele Knittelchen in die Mauerritzen zu stecken.
Träumen darf man immer, gab sie zurück, ich wäre schon zufrieden, wenn ich ohne Sorgen sein könnte, heute und in den nächsten Tagen.
Sie verfiel in Schweigen. Vor dem Stadttor kehrten sie um.
Sie waren beide erleichtert, als Verwalter Krüger mit dem Pferdeschlitten herankam und sie erneut aufsteigen hieß. Unter der Decke, die er ihnen über die Knie legte, fanden sich ihre Hände.
Der Schlitten überquerte die Nuthe, die dunkelglänzend zwischen den schneebedeckten Ufern dahinglitt. Kaum hatten sie die Stadt hinter sich gelassen, war die Straße kaum noch auszumachen, eine Spur, die sich durch die weiße Ebene zog, Wind fegte darüber hinweg, stiebendes Weiß. Das Pferd fiel vom Trab ins Schrittempo zurück, Lissy zog die Mütze tiefer ins Gesicht.
Ich habe dir etwas mitgebracht.
Er beugte sich vor, um nach seiner Tasche zu greifen.
Nicht doch, mahnte sie schnell, wir feiern eh keine Weihnachten.
Das hatte der Madrich deutlich gemacht.
Trotzdem, flüsterte Ron Lissy zu, ein Geschenk für dich. Er drückte ihr das Päckchen in die Hand. Das Papier knisterte.
Krüger lenkte den Schlitten um Schneeverwehungen herum, knallte ab und an mit der Peitsche, stöhnte, verwünschte das

Wetter. Erst als sie in die Löwendorfer Allee eintauchten, atmete er auf. Gleich nach der Kurve würde das Jagdschlößchen zu sehen sein.

Unser Landwerk, rief Ron dem Verwalter zu.

War ja auch Zeit, antwortete Krüger, der sich vor Kälte schüttelte.

Mir wär's egal gewesen, wenn wir eingeschneit worden wären. Ron sah Lissy übermütig von der Seite an.

Bis zum Abend, rief sie ihm zu, als sie vom Schlitten sprang.

Da es früh dunkel wurde und kaum draußen gearbeitet werden konnte, fanden sich die Chawerim schon am späten Nachmittag in der Bibliothek ein, wo der Ofen wärmte. Auch jene Mädchen, die sich üblicherweise früh in die Schlafräume zurückzogen, blieben länger, saßen beim Ofen, gähnend und mit fahrigen Gesten, lasen oder träumten vor sich hin. Selbst wenn ihnen vor Müdigkeit das Buch aus den Händen fiel und laut auf dem Boden aufschlug, hoben sie es auf und versuchten, weiterzulesen. Auch Lissy blieb an diesen Abenden länger. Ron und sie tauschten Blicke; oft beobachtete er sie nur, freute sich, daß sie da war, in seiner Nähe. Er konnte zuschauen, wie auch ihr die Augen zufielen beim Lesen. Die Gedichte von Mascha Kaléko hatte ihr die Madricha empfohlen. Sie liebte die kecken Großstadtverse, vom Blonden an der Bar und von der Jungfrau, die keine war, und von den Augen, die voll Trauer sind. Manchmal schrieb sie auf ein Blatt einen Vers oder ein ganzes Gedicht und schenkte es ihm.

Die Sonne ruf ich an, das Meer, den Wind
Dir ihren hellsten Sommertag zu schenken,
Den schönsten Traum auf dich herabzusenken,
Weil deine Nächte so voll Wolken sind.

Diese Blätter faltete er zusammen und trug sie mit sich herum. Sie machten seinen Tag leicht. Immer fand er Zeit, sich zu setzen, ein Blatt langsam auseinanderzufalten, mit den Augen, mit den Fingerkuppen den Schriftzügen zu folgen, die Verse halblaut vor sich hin zu murmeln, sich unterbrechend, damit die Wörter in ihm nachklingen konnten, ein Schwingen, ein leises Singen.

Und wenn dein Mund ein neues Lied beginnt,
Dann will ichs Meer und Wind und Sonne danken,
Weil deine Augen so voll Trauer sind,
Und deine Stirn so schwer ist von Gedanken …

Und wenn er das Blatt Papier in die Tasche zurückgesteckt hatte und aufgestanden war, durch den Schnee zum Teich stapfte, der an den Rändern gefroren war, da stehenblieb, zu den Wolken aufschaute, weiterging, dann waren diese Verse immer noch da und gaben der winterbleichen Landschaft eine Spur von Glanz.

Von einem Fest an Weihnachten sprach keiner. Aber Johanna, die aus Verden an der Aller neu ins Landwerk gekommen war, bat darum, die Tanne vor dem Haus weihnachtlich zu schmücken. Sie hatte zögerlich davon angefangen, ein wenig gestottert, dann aber klar und entschlossen gesprochen.

Ich wünsche mir das, so wie früher.

Für einen Augenblick strahlte Johanna, als wäre sie wieder das kleine Kind, das sie einmal gewesen war, das sie noch immer zu sein schien mit ihrer Stupsnase und ihren kaum vierzehn Jahren. Die Madrichim zeigten sich wenig angetan von dem Vorschlag. Doch Minna und Edna unterstützten die neue Chawera, die nach dem Tod ihrer Mutter ohne Eltern war, erst aus Halle zu einer Tante nach Verden hatte flie-

hen und dann auch diesen Ort Hals über Kopf hatte verlassen müssen. Ein wenig Weihnachten, bat sie noch einmal.
Auch Bert, der auf dem Stuhl hin und her gerutscht war, gestand, in seiner Familie habe Religion keine Rolle gespielt, aber Weihnachten schon. Das müsse man irgendwie feiern, schon als Erinnerung an die Kindheit. Ines war derselben Meinung; sie hatte in einer Schachtel im Keller Kugeln und Lamettafäden gefunden und deutete das als Zeichen. Ein Überbleibsel vom Samengroßhändler Kurtz, der, wie Verwalter Krüger erzählte, jeweils zwischen Weihnachten und Neujahr ein großes Fest gefeiert hatte, die Bauern der nahen Gehöfte und manch einen aus dem Dorf, auch Bürgermeister Zirske, einlud und großzügig auftischen ließ. Ein richtiger Gutsbesitzer eben, hielt Krüger fest und ließ nicht unerwähnt, wie sehr er den alten Herrn bewundert hatte, den er auf die Jagd begleitet und an dessen Seite er hie und da ein Wild, ein Reh oder ein Wildschwein, erlegt hatte. Einer aus der alten Zeit, Jäger und Freiherr, schwärmte Krüger und pries Erbhofbesitzer und Gutsherren, als wäre da eine Sehnsucht nach dem Vergangenen geblieben.
Man ließ Krüger reden, keiner widersprach. Man war auf ihn angewiesen.

Die Mädchen schmückten die Tanne; im Haus brannten die Lichter. Einige erinnerten sich an Weihnachtsfeste, erzählten von Kindheitstagen, von Vorfreude und gespannter Erwartung. Edna und Herta wirkten ganz vergnügt. Lissy nicht.
Ich mache mir Sorgen, klagte sie.
An Heiligabend fanden sich alle draußen beim Baum ein, über ihnen ein sternenklarer Himmel, und lauschten in die Nacht hinaus. Im Stall waren die Ziegen zu hören, ein lautes Meckern, die Damhirsche trotteten an den Zaun heran.

Samuel machte den Vorschlag, alle Tiere vor dem Baum zu versammeln. Erst wurde darüber gespottet, dann diskutiert. Einige waren dafür, besonders Dieter, der gern die Pferde holen wollte, Ines unterstützte ihn gutmütig; andere waren dagegen, Johanna, die abwehrte, nach Worten suchte, sich verhaspelte und schwieg. Schließlich standen die Pferde, samt den Ziegen, die, wenig weihnachtlich, weiter meckerten, um den Baum herum. Alle lachten.

Es ist kaum zu glauben, schrieb Ron später auf eine Karte an Helma, an diesem Abend war es friedlich, waren wir guten Mutes.

Da und dort wurden Geschenke getauscht. Der Madrich bekam eine Trillerpfeife, um sich besser Gehör verschaffen zu können. Hauptwachtmeister Henike, der kurz vorbeischaute, wurde ein Glas Marmelade in die Hand gedrückt, und er erhielt einen kräftigen Applaus.

Später, als ihnen die Kälte in die Glieder gekrochen war, versammelten sich alle in der Bibliothek. Lissy trat zu Ron.

Die Marionette ist schön, flüsterte sie ihm zu, am liebsten möchte ich ein Marionettenspiel einrichten, im andern Land. Und für dich spielen.

Romeo und Julia?

Was du willst. Was ist das für eine Figur?

Tante Hennis meinte, es sei die Herzogin von Parma aus dem alten Puppenspiel von Doctor Faustus, aber meine Schwester Helma behauptet, es ist Judith, die Holofernes den Kopf abschlug.

So eine bräuchten wir jetzt.

Lissy sagte es entschieden. Dann reichte sie ihm ein Päckchen.

Für mich?

Er lachte.

Hab dich nicht so.

Übertrieben langsam nestelte er an der Schleife herum, tat, als lasse sich der Knoten nicht öffnen.

Mach schon.

Er löste das Band, rollte es über zwei Finger auf, strich über das Papier, ehe er es auseinanderfaltete. Er hörte das Summen der Madricha, die an einem der Tische saß; sie summte eine Melodie, die er kannte, aber die Worte, die zu diesem Lied gehörten, hatte er vergessen. Und dann hielt er das, was sich wie ein Büchlein ausnahm, zärtlich fest; handgroß war es, in einem Schuber aus dunkelbraunem Karton, darauf eine Schrift: *Engel der Poesie.*

Er schaute zu Lissy.

Sorgsam zog er das Büchlein aus dem Schuber, öffnete es, las die erste Seite: *Wenn du den Engel suchst* ... stand da in Bleistift und mit zierlicher Schrift, ... *findest du ihn* ... Er las weiter: ... *im Gehen miteinander* ..., er blätterte um, ... *im Gang der Kraniche* ...

Wo noch?

Du mußt lesen.

Er folgte den Schriftzügen: ... *in zwei Augenpaaren, die sich treffen* ... Er sah sie an. ... *in zwei Händen, die sich halten* ... Seine Finger, die das Blatt hielten, zitterten ... *im Sand am Ufer der Nieplitz, wo unsere Füße sich berühren* ...

Er rückte näher zu Lissy. ... *wo zwei den Weltlauf anhalten, das Geschiebe der Zeit* ... Schon wieder mußte er blättern. ... *und teilhaben an einer Seligkeit* ... Er war auf der letzten Seite angelangt. ... *bei dir, nur bei dir.*

Seine Hand schloß sich um das Buch. Er hob die Arme, zog Lissys Gesicht zu sich heran und küßte sie ungestüm auf den Mund.

Erst als er aufsah, wurde ihm die Stille im Raum bewußt,

dann die Augen, die auf sie beide gerichtet waren, aber er las keinen Spott und keinen Tadel in ihnen, nicht einmal bei der Madricha, sondern, er konnte es kaum glauben, Freude, Zustimmung. Und mit einem Mal begannen alle zu klatschen außer Edna, die an ihnen vorbeisah. Lissy und er standen auf, er faßte nach ihrer Hand, und sie verneigten sich beide, verlegen, errötend.

Da überkam sie eine Heiterkeit, als sei das Gewicht der Welt gewichen, wenigstens für diese Spanne Zeit. Simon holte seine Geige und setzte zu einem Csárdás an, so daß sich alle an den Händen nahmen und sich zur Musik zu wiegen und zu drehen begannen. Paul bot Herta seinen Arm wie ein Galan und führte sie in die Mitte; die andern gruppierten sich um sie herum. Paul und Herta gaben die Schritte vor, erst den seitlichen Wechselschritt, der leicht zu begreifen war, dann hatten sich alle Paare um die eigene Achse zu drehen. Sogar die Madricha reihte sich bei den Tanzenden ein und drehte sich mit Verwalter Krüger, dessen schwerer Schritt eine ungeahnte Leichtigkeit bekam. Simon beschleunigte sein Spiel, brachte die Paare in Schwingung und außer Atem. So tanzten sie in die Nacht hinein, selbstvergessen, als gäbe es keine Zeit, kein Draußen.

Sie gingen ihrer Arbeit nach. Zur gelösten Stimmung trug bei, daß endlich wieder Post im Landwerk eingetroffen war. Die schweigsame Hilde, die mit der ersten Reisegruppe aufgebrochen und schon fast vergessen war, hatte eine Karte geschrieben. Mit einem Bus, der kaum diesen Namen verdiene, seien sie von Haifa durch karge Hügel bis an den Fuß der Golanhöhen gefahren.

Nah am See Genezareth, schrieb Hilde, mitten in einer steinig kahlen Ebene hielten wir an. Hier bauen wir unser neu-

es Zuhause, sagte unser Begleiter, und wir stiegen aus dem klapprigen Bus. Wir sind angekommen. Wir halten zusammen. Und Ihr kommt nach. Eure Hilde.
Das Jahr endete mit neuem Schnee. Madrich Hannes kündigte seinen Abschied an. Er hielt sich kurz. Er werde das Landwerk verlassen und in London versuchen, die Alija voranzubringen. Er wolle keine Abschiedsszenen. Er werde in den nächsten Tagen abreisen. Und sie würden sich wiedersehen. Darauf baue er.
Die Zeit drängt, mahnte er, und stellte Markus als neuen Madrich an der Seite von Judith vor. Die werden ein Gespann sein, schmunzelte er, thüringische Strenge trifft sich mit kratzigem Berliner Charme.

Der letzte Abend des Jahres. Ron und Lissy traten in die Nacht hinaus, die ohne Sterne, ohne Mond war, ein guter Augenblick, einander zu versprechen, was sie sich wünschten: beieinander zu bleiben, miteinander zu sein, was immer auch die Zeit bringen mochte. Sie lehnten am Brunnen, von dem kein Strahl aufstieg, Schnee hatte das Becken gefüllt.
Punkt zwölf standen alle draußen im Hof. Sie hatten ein großes Feuer angezündet.
Ein neues Jahr, rief der Madrich, ein gutes neues Jahr wünsche ich euch. Den Mut, euren Weg zu gehen und zusammenzuhalten.
Händeschütteln. Umarmungen. Küsse.
Sie schauten auf das Feuer, bis die letzte Glut erloschen war.

12

Ja, das sind Frostbeulen.
Der Doktor nickte der Madricha über das Bett von Frank hinweg zu. Eine fiebrige Erkältung. Tee trinken, Wickel machen, warm halten. Keine Zugluft.
Leicht gesagt, bei diesen Temperaturen.
Schon zum zweiten Mal in dieser Woche war Doktor Weinert mit dem Pferdeschlitten durch die Kälte ins Landwerk gefahren, das sich eher wie ein Eiswerk ausnahm mit den gefrorenen Teichen und den Eiszapfen am Haus. Das fürs Wasserholen ins Eis geschlagene Loch fror immer wieder zu. Hoher Schnee überall, zugefroren der Riebensee und die Seen von Dobbrikow. Selbst an der Nuthe und der Nieplitz wuchs vom Ufer her das Eis bis gegen die Flußmitte.
Aber der Doktor fand sich ein. Vorletzte Woche die Lungenentzündung von Ines, nun die Frostbeulen bei Frank, manche husteten, Carl war heiser. Minus 21 Grad, und das Landwerk ein Lazarett. Die Tiere seit Tagen unruhig vor Kälte und Hunger. Das Schilf über dem Eis war abgeschnitten und verfüttert. Nun mußten die letzten Reserven angegangen werden.
Die Madricha schaute bekümmert drein. Bürgermeister Zirske hatte Holz versprochen, aber die Ladung ließ auf sich warten.
Schnee, nichts als Schnee.
Doktor Weinert legte seine Hände auf den Sims, hauchte gegen die Eisblumen am Fenster.
Ines hat sich gut erholt, das Fieber ist deutlich gesunken. Wer zeigt sonst noch Symptome?
Die Grippe ist das kleinere Übel. Die Madricha stellte sich neben den Doktor. Die großen Übel sind andere.

Wem sagen Sie das?
Der Doktor seufzte. Ende des Monats würde er seine Praxis schließen müssen. Hausbesuche würden nur noch im Landwerk und im jüdischen Kinderheim möglich sein. Nein, ausreisen wollte Doktor Weinert nicht.
Nichts für mich.
Ich selber werde reisen, nach zwei Jahren im Landwerk, um andere Aufgaben zu übernehmen.
Doktor Weinert schaute die Madricha, die eine unsichtbare Fussel von ihrer Jacke zupfte, überrascht an.
Dann wünsche ich Ihnen gute Fahrt.
Er holte seine Tasche, zog eine Medikamentenschachtel heraus, schrieb auf, wie viele Pillen einzunehmen seien. Empfahl eine Wärmflasche, Umschläge.
Rufen Sie mich an. Der Doktor schloß seine Tasche. Warme Kleider, gutes Schuhwerk. Und den Glauben nicht verlieren. Denken Sie dran.
Denken schon, gab die Madricha zurück. Holz wird knapp, die Vorräte der Gemeinde gehen auch zu Ende.
Das Tauwetter kommt bestimmt.
Die Madricha nickte.
Nur wann, das ist die Frage.
Wenn wir das wüßten.
Paul und Dieter begleiteten den Doktor auf dem Pferdeschlitten. Bei Schuster Friedmann in Luckenwalde wollten sie die Schuhe besohlen lassen. Schuster Klatt, der regelmäßig zu diesem Zweck gekommen war, blieb seit Monaten aus. Gleich vier Chawerim benötigten dringend neue Sohlen, Winterprofile, um nicht hinzufallen wie Greta, die auf dem Schnee ausgerutscht und hart aufgeschlagen war. Sie hatte vor sich hin geflucht, als Carl die Schürfwunde abgetupft und den Unterarm verbunden hatte. Ganz gegen ihre Art blieb Greta

untröstlich, immer sie treffe das Unheil, obwohl sie selbst niemandem etwas zuleide tue, nicht mal der Hausspinne.
Kaum war Doktor Weinert mit Paul und Dieter aufgebrochen, war draußen Lärm zu hören, die Allee herauf. Hauptwachtmeister Henike quälte sich auf seinem Motorrad durch den Schnee. Im Seitenwagen bot es dem Postboten Neuss Platz für eine Fahrt durch das verschneite Gelände, das mit dem Rad nicht mehr zu bewältigen war. Sie kamen gerade recht zur Mittagszeit, als die Glocke alle herbeirief, aus der Tischlerei, der Küche, dem Waschhaus und den Ställen. Händereibend drängten sie sich in die Bibliothek. Nur rasch in die Wärme, vor den Kanonenofen. Da würde Neuss die Post austeilen, vielleicht war sogar ein Paket dabei.
Der Hauptwachtmeister war von Amts wegen ins Landwerk gefahren, um den neu Angekommenen die Antragsformulare für die Kennkarten auszuhändigen und um Kontrollen vorzunehmen. Neuss öffnete seine Tasche, legte einen Stapel Briefe ordentlich auf den Tisch. Er rief gleich selbst die Namen aus, überreichte persönlich, was sein Ziel erreicht hatte. Lissy war die erste, die aufgerufen wurde. Sie errötete. Ein Brief. Sie nahm ihn entgegen und setzte sich in eine Ecke. Ron beobachtete, wie sie langsam den Umschlag öffnete und ein Blatt auseinanderfaltete, graues Schreibpapier. Carl schnellte hoch, als der Postbote seinen Namen nannte. Auch Samuel und Minna nahmen Briefe in Empfang. Aus allen Gegenden des Reiches war Post eingetroffen, keine aus Hamburg. Frank hielt gar ein Paket in den Händen, ein zweites war für Ines. Selbst Neuss strahlte, noch ganz Weihnachtsmann, auch im neuen Jahr. Der Hauptwachtmeister hatte sich neben den Ofen gesetzt, äugte so aufmerksam in die Runde und auf den Postboten, als erwarte er selbst einen Brief.

Johanna hielt sich abseits, den Kopf gesenkt; mit einem Finger fuhr sie über ein weißes Blatt, das auf dem Tisch vor ihr lag, als zöge sie eine unsichtbare Schraffur, und schaute nicht auf die, die Briefe und Pakete öffneten. Ron blieb vor ihr stehen, bot ihr seinen Stift an. Johanna sah überrascht auf, dann lächelte sie, nahm den Stift und setzte zum Zeichnen an.
Lissy war noch immer in ihre Post vertieft. Ron ließ sich still neben ihr nieder.
Der Vater ist zurück.
Lissy sah kurz auf. Die Mutter schreibt, er sei sehr, sehr müde. Nicht mehr der, der er war.
Der Briefbogen in Lissys Hand zitterte.
Was heißt das?
Lissy faltete das Papier zusammen.
Schwer zu sagen.
Sie steckte den Brief ein.
Aber sie wollen herkommen, mich besuchen, uns.
Uns?
Mich, meine Freunde, uns alle, auch dich.
Neuss schlürfte heißen Tee; Herta hatte ihn aus der Küche gebracht und dazu einen Teller mit dem, was sie Ahrensdorfer Festtagsgebäck nannten, Milchkringel mit Rosinen und Mandeln nach einem Rezept von Minna, Mohnplätzchen nach Neuruppiner Tradition von Bert. Und Wiener Eselsohren! Herta lachte; sie hatten Rezepte ausgetauscht und mit den Zutaten, die sie noch erhalten konnten, improvisiert. Auch der Hauptwachtmeister griff zu und ließ einen zweiten Löffel Honig in den Tee gleiten.
Grau war der Himmel draußen, die Sonne eine bleiche Ahnung hinter Wolkenbergen. Carl strahlte. Ein Kreis hatte sich um Frank gebildet, ein anderer um Ines; ihre Pakete weckten Begehrlichkeiten.

Hoffentlich keine trockenen Socken, sondern gatschige Nokkerl vom Naschmarkt, witzelte der immer hungrige Frank.

Erst das Mittagessen, dann ein Spaziergang übers Polareis, um die Glieder in Bewegung zu halten.

Die Madricha befahl mal wieder.

Hauptwachtmeister Henike stellte die Tasse zurück, salutierte und empfahl sich, Postbote Neuss zog die Mütze über die Ohren und folgte. Draußen stieg der Hauptwachtmeister auf sein Motorrad, Neuss sank in den Seitenwagen, duckte sich. Lang sam glitten sie auf die Straße, hinein in den Schnee, der aufwirbelte, ein stiebendes Band, das hinter ihnen verwehte.

In der Bibliothek trat Carl zu Ron, klaubte seinen Brief aus der Tasche. Neue Nachrichten von Ruth. Sie war weitergezogen, hatte ihren Ort gefunden, Degania, da würde sie bleiben, mit Blick auf den See und den Golan. Die Ebene ist gelb ausgebrannt, hatte sie geschrieben, von der Sonne versengt; und die Hügel und die Berge ringsum sind karg und steinig. Nur unten am Jordan und am Südufer des Sees gibt es Grün. Die Grenze zum Golan ist ganz in der Nähe, manchmal wird von da herunter geschossen. So bauen wir Zäune, errichten Palisaden. Wir sind ein Palisadenkibbuz.

Carl wirkte heiter.

Ruth wartet auf mich. Sie denkt an mich.

Er schwieg, verlegen, lachte dann, seit Wochen zum ersten Mal. Ron und Lissy kauerten auf zwei Hockern, die viel zu niedrig waren, Kinderhocker. Ihre Knie berührten sich kurz. Doch Lissys Blicke glitten an ihm vorbei, als sei er gar nicht da und sie spräche nur zu sich selbst.

Was wird aus den Eltern, den Freunden in Wien?

Hauptsache, dein Vater ist zurück.

Er geht schwer, hatte die Mutter geschrieben. Nicht mehr der Mann, der er war. Was hieß das?

Rons Blick fiel auf Minna; der Brief in ihren Händen zitterte. Ines sprang auf, eilte zu ihr hin, faßte sie am Arm, führte sie hinaus. Die Madricha klärte auf. Minnas Vater war in Sachsenhausen verstorben. An Lungenentzündung, wurde mitgeteilt. Sie schauten den beiden nach, die draußen zusammen über den Hof gingen. Minna lehnte sich an Ines.
Da wurde die Tür aufgestoßen und diejenigen fielen laut in den Raum, die aus Luckenwalde zurückkehrten. Paul stellte die Schuhe mit Schwung auf den Boden.
Die alten Sohlen müssen genügen. Kein Schuster. Wegen Arisierung. Er schaute ratlos in die Runde.
Dieter dagegen hatte sich von Doktor Weinert noch bis nach Jüterbog bringen lassen, wo er seinen Stempel für die Ausreise nach Schweden bekommen hatte; nächste Woche würde er reisen. Der Mann auf der Polizeidienststelle war höflich gewesen, sogar freundlich.
Vater wird uns besuchen.
Lissy wiederholte den Satz.
Freust du dich nicht?
Schon –

Von draußen war Motorengeräusch zu hören. Langsam brandete der Lärm heran, in die frühe Abenddämmerung hinein. Die Gestalten auf den Motorrädern, mit ihren Vehikeln verwachsen, eine Phalanx, die bedrohlich aus der weißen Ebene auftauchte.
Ein Brüllen, ein erhobener Arm.
Öffnet das Tor.
Die Stimme von Madrich Markus überschlug sich.
Der Nachtwächter vom Dienst, Frank, rannte hinaus, stapfte durch den Schnee, öffnete. Unendlich langsam, so schien es, rollten sie in den Hof hinein. Knirschend, schleifend glitten

die Räder über den hartgefrorenen Schnee, der Konvoi drehte eine Runde, eine zweite.
Dann hielten sie an, einer hob den Arm, gab ein Zeichen. Zwei lösten sich vom Sozius, rannten auf den Stall zu. Sie zerrten eine der Ziegen hinaus, in die Mitte des Hofes. Die Motorräder drehten sich gegen die zwei Männer, die das Tier hielten. Einer von ihnen stieß mit einem Messer auf die Ziege ein, sie zuckte, brach zusammen, fiel in den Schnee. Einen Augenblick stand der Mann noch da, starrte auf das Tier, das Blut, das eine rote Spur in den Schnee zog. Dann wischte er mit einer schnellen Bewegung die Klinge im Schnee ab, stieg hinten auf ein Motorrad. Auch der andere sprang auf. Die Motoren heulten auf. Und wieder drehten die Räder eine Runde, bevor sie in die Dunkelheit hinausglitten.
Frank, der die ganze Zeit in der Nähe des Tores gestanden hatte, stapfte auf das Tier zu, das mitten auf dem Hof lag. In der Bibliothek kein Laut, einige hatten die Hände vor die Augen gelegt, wenige wagten den Blick durch das Fenster, der Madrich, neben ihm Ron und Johanna.
Ein Schrei ließ alle zusammenfahren. Mit beiden Füßen trat Henner gegen den Ofen, heftig. Er brüllte, trommelte mit den Fäusten gegen die Wand.
Helft ihm! Die Stimme des Madrichs hatte einen harten Klang.
Samuel umfaßte Henner von hinten, Ron versuchte die schlagenden Fäuste festzuhalten. Ines stand dabei, ihre Hände zuckten unschlüssig, hilflos sah sie auf den sich wehrenden Henner.
Auch Frank braucht Hilfe.
Der Madrich hatte sich der Tür zugewendet. Carl und Gabriel schlossen sich an, sie drängten wortlos hinaus in die kalte Nacht, über den harschen Schnee mit den Reifenspu-

ren. Frank hatte sich vor der Ziege in den Schnee gekniet. Seine Finger berührten behutsam ihren Hals. Die Herankommenden bildeten einen Kreis um das Tier und den Jungen. Auch der Madrich kniete sich hin. Er hustete, faßte sich, packte die Vorderbeine des Tieres, Frank half ihm. Zusammen trugen sie die tote Ziege in den Stall, betteten sie auf Stroh. Johanna folgte ihnen mit kindlich verschrecktem Gesicht.

Erst auf dem Weg ins Haus zurück entdeckten sie den stumm am Tor lehnenden Hauptwachtmeister, neben ihm Verwalter Krüger.

Gut, daß ich gehen kann.

Dieter hielt seine Papiere fest in den Händen.

Im Ofen war noch Glut. Die Madricha schob Föhrenzapfen nach, bis die Flammen aufzüngelten.

Nacherzählen 2

Der Chronist, der mich an einem regnerischen Sommertag 2011 durch das Gelände des Landwerks führte, hatte jenen Winter als Dreizehnjähriger in seinem Heft verzeichnet. Einer der kältesten Winter seiner Kindheit, betonte er, der Blankensee zugefroren, der See von Gröben. Er hatte früh seine Beobachtungen festgehalten, die schneereichen Winter, die Sommer, die Kirschenernte, die Gänge in die Niederungswälder des Zarth, wo Windröschen und Leberblümchen blühten und manchmal ein Knabenkraut.
Als Kind hatte er seinen Vater begleitet, der ihn mitnahm auf lange Wanderungen. Während der Vater immer wieder stehenblieb und den Vogelstimmen zuhörte, die er kannte und benannte, prägte der Junge sich ein, was er sah: die Jahreszeiten und Landschaften. Später hatte er begonnen, auch von anderem zu schreiben, von den Menschen in der Landschaft, im Dorf, in der Stadt. Im Landwerk. Von den besonderen, den schwierigen Zeiten.
So war er Chronist geworden. Das Wort gefällt ihm.
Er führte mich zu einer Stele, einem Mahnmal vor dem Eingang zum ehemaligen Landwerk, das nicht zu einer Gedenkstätte geworden ist, sondern an einen privaten Jagdliebhaber verkauft wurde. Die Stele besteht aus zwei Pfeilern, die eine in zwei Teile gebrochene Platte tragen. Die beiden Bruchstücke der Platte laufen schräg gegeneinander wie ein aufgeschlagenes Buch mit gebrochenem Rücken. Halt geben nur die ineinanderübergreifenden Buchstaben, deutsche, hebräische. Eine Inschrift ist zu lesen: Jeder, der eine Seele rettet, rettet eine ganze Welt. Verzeichnet sind die Daten, der Anfang und das Ende des Landwerks.

Andere Daten hielt der Chronist in seinen Aufzeichnungen fest: Überfälle im Landwerk, die Ausreise der legalen und illegalen Gruppen, der Überfall auf die Ziege, die Auflösung des Landwerks 1941.
Bei meinem Besuch hatte der Chronist aus seiner Sammlung ein Foto von jenem Ahrensdorfer Winter 1938/39 hervorgeholt. Nur der Januar 1945 war noch kälter, noch härter gewesen. Auch daran erinnerte er sich, an die letzten Kriegsmonate. In jenen Dezember- und Januartagen hatte man die Lager im Osten geräumt und die Häftlinge auf die langen Märsche gezwungen, die zu Todesmärschen wurden. Unter denen, die Richtung Gleiwitz losgeschickt wurden, waren auch sechs Ahrensdorfer gewesen, die im Außenlager Monowitz als Zwangsarbeiter überlebt hatten. Vier von ihnen erreichten über Mittelbau-Dora und Ravensbrück das Lager Wöbbelin in Mecklenburg und wurden dort von den Amerikanern befreit. Zwei kamen nie an. Die Nachfrage des Chronisten führte zur Antwort des Archivars von Auschwitz-Birkenau: »They stayed in the camp till the very end, the final evacuation. In January 1945 prisoners were marching from Auschwitz to Gleiwitz and then transferred by train to KL Mauthausen and KL Buchenwald. Their names, however, do not appear on the surviving transport lists and their further dates remain unknown.«
Der Zeigefinger des Chronisten hielt über dem letzten Wort, dann legte er die Hand auf den Brief.
Das Material liege nun bereit, sagte er. Er hatte noch in der DDR-Zeit, und damals gegen die offizielle Parteilinie, begonnen, Dokumente und Zeugnisse zu sammeln. In seiner kleinen Wohnung in Luckenwalde war noch einiges aufbewahrt, sein Briefwechsel mit »Ahrensdorfern« in Israel, Fotos von Begegnungen, einige Bücher aus dem Landwerk. Ein Stück weißen Fahnentuches mit wenigen blauen Fäden war im anderen Land.

Den größten Teil der Dokumente übergab er dem Landeshauptarchiv in Potsdam: Pläne des Landwerks, zwei Tagebücher, ein Journal, auch ein Aktenordner mit Briefen. In einem davon bestätigt die Stiftung KZ Gedenkstätte Mittelbau-Dora das Verschwinden der beiden Vermißten: »Es ist vielmehr zu vermuten, daß diese beiden Häftlinge aus dem Landwerk Ahrensdorf aus dem KZ Auschwitz in das KZ Mittelbau-Dora überstellt wurden. Mit dem Vorrücken der Roten Armee räumte die SS das KZ Auschwitz. Von dort wurden im Januar 1945 mehrere tausend Häftlinge in das KZ Mittelbau-Dora verbracht. Die Transporte erfolgten bei klirrender Kälte in Eisenbahnwaggons und dauerten mehrere Tage. Die ohnehin stark geschwächten Häftlinge erhielten während der Fahrt kaum Nahrungsmittel oder Wasser. Viele Menschen überlebten die Strapazen nicht und starben bereits während des Transports oder kurze Zeit nach der Ankunft im KZ Mittelbau-Dora.
Das Eintreffen der sogenannten Evakuierungstransporte aus den KZ Auschwitz und Groß-Rosen Anfang des Jahres 1945 führte zu einer dramatischen Überbelegung des Lagers. Die Sterblichkeit stieg rapide an. Es ist anzunehmen, daß viele Tote nicht mehr registriert wurden. Auch die Zugangslisten aus dieser Zeit sind nicht vollständig, so daß über den Verbleib der beiden von Ihnen Gesuchten nur Vermutungen angestellt werden können.«
Der Chronist hatte den Winter 1945 in russischer Kriegsgefangenschaft erlebt, war im Jahr 1949 nach Brandenburg zurückgekehrt und hatte sich mit der Geschichte des Landes und der Region beschäftigt, mit dem Vergangenen, das nicht vergangen war.
Was trieb ihn an, woher diese Leidenschaft?
Ich fragte ihn öfter, bis er einmal antwortete: Der Blick eines Menschen.
Auf dem Weg in die Kriegsgefangenschaft waren sie gezwungen

worden, sich ein Lager anzusehen, und einer der ehemaligen Häftlinge war ihnen vor Augen geführt worden: stumm stand er vor ihnen, in ihrem Alter, mit dem Gesicht eines alten Mannes: das Du auf der anderen Seite der Geschichte. Ein kurzer Blick in seine Augen.

Das vergeht nie.

Der Chronist sagte es leise.

Nach der Wende reiste er selbst nach Israel, machte Schritte, drückte Hände und sprach mit denen aus dem Landwerk, die Palästina erreicht hatten.

Einer von ihnen ist Efraim Jochmann, Efri genannt, der 1939 aus Breslau nach Ahrensdorf gekommen war, mit dreizehn Jahren der jüngste Chawer des Landwerks. Er hatte Ron und Lissy gekannt, mit Ron gearbeitet und war mit ihm ins Zwangsarbeitslager Neuendorf gekommen. Er habe, erzählt er, Ron bei den Bienenvölkern geholfen, bei den Frühjahrsarbeiten, reinigen, füttern, weiseln. Heute lebt Efraim Jochmann in Jerusalem, in einer Siedlung auf dem Weg nach Bethlehem. Seit einigen Jahren ist er mit dem Chronisten befreundet, kam auf Besuch nach Ahrensdorf, schritt das Landwerk ab wie ein weites Feld der Erinnerung.

Das Landwerk war ihm Ankunft und Insel zugleich, sagt er, eine Insel im Frieden, im Vergleich zu Schlesien, wo sein Vater längst arbeitslos geworden war. Sie hatten in der Antonienstraße gewohnt, eine Vierzimmerwohnung über einem Fischgeschäft, an dem schon 1936 die Aufschrift angebracht war: »Juden unerwünscht«. Dennoch hatte der Besitzer des Geschäftes ihnen manchmal in einem Eimer Fischreste auf die Treppe gestellt.

Bei Efris Ankunft in Ahrensdorf sprachen alle von Aufbruch und Abschied, Abschied von denen, die kurz davor waren, nach Palästina auszureisen. Und sie sprachen vom Krieg, der ausbrechen, von der Angst vor dem, was kommen könnte.

Wir ahnten nicht, wie schlimm es werden würde, und haben im Sommer 1940 vieles nicht gesehen, was wir hätten sehen müssen.
Es hält ihn nicht auf seinem Stuhl, er geht im Zimmer auf und ab, wiederholt den Satz.
So kurz der Aufenthalt im Landwerk war, betont er, die Hachschara war für ihn und für viele andere auch eine prägende Zeit, ein Ort zwischen den Welten, wenn auch vielleicht von der Erinnerung verklärt. Aus den Gesichtern von Ron und Lissy hatte jenes Glück auf Zeit gesprochen, das sie in dieser kleinen Welt mit ihrer strengen Ordnung gefunden hatten.
Mit Efri zusammen war damals die neue Madricha angekommen, Anna. Er macht eine Pause. Sie hat den Krieg überlebt. Wir haben die Erinnerungen mit uns getragen in dieses neue Land. Aber wer will jetzt davon wissen?
Efri ruft die Frage laut in den Raum an diesem heißen Sommertag am Rand von Jerusalem.
Draußen die kargen Hügel, sandig gelb, staubtrocken, von weißglühenden Steinen durchsetzt; staubig auch das Licht; karge Streifen von Grün dazwischen, Agaven, weit ausgespreizt, ein fast blattloser Granatapfelbaum, und eine Sonne, die unbarmherzig brennt und die Menschen in die Häuser treibt.
So viele unerzählte Geschichten, Efri zögert, es bleibt uns nur das Nacherzählen, auch in der Tora wird nacherzählt und bei den alten Geschichtenerzählern, die sichtbar machten, was verborgen und vergessen war.
Kurz schweigt er.
Es kann kein Vergessen geben; man kann nicht vergessen, was die Vernunft übersteigt. Das Unvorstellbare bleibt in Erinnerung, weil man nicht anders kann, als sich dagegen zu wehren, daß es geschehen ist.

13

Noch immer war Winter. Noch immer lag Schnee im Landwerk. Alle sprachen vom Frühling, begrüßten jeden Sonnenstrahl mit Freude und blickten sorgenvoll dem nächsten Abschied entgegen, von denen, die ohne Einreisepapiere aufbrechen würden, die heimlich Reisenden, die Alija-Bet. Das Ziel: Haifa. Das Wort klang wie eine Verheißung. Doch die Reise, das hielt der Madrich fest, war mit Risiken und Gefahren verbunden.

Beim Frühstück erinnerte der Madrich daran, daß sich bis zum Abend alle endgültig zu melden hätten, die sich der heimlichen Ausreise anschließen wollten. Nicht alle könnten berücksichtigt werden. Aber Samuel werde auf jeden Fall dabeisein. Er hatte die vorgesehene Route auf der Karte eingezeichnet: mit dem Zug nach Wien, von dort nach Bratislava, dann auf einem Raddampfer die Donau hinunter, an verwunschen schönen Städten vorbei, Budapest, schwärmte Samuel, Belgrad, er kannte die Donau nur aus Erzählungen, die alten Städte, Kladovo und Russe, wo der Orientexpreß anhielt, und schließlich Tulcea, von wo aus die großen Hochseeschiffe hinaus ins Schwarze Meer fahren, die *Pacific* und die *Patria*, Richtung Istanbul, durch den Bosporus und die Dardanellen.

Samuels Finger glitten über die Karte, umkreisten Gallipoli, wo 1915 deutsche Juden für den Kaiser gekämpft hätten. Und dann, er lächelte, als sei er der Kapitän des Schiffes, sind wir schon in der Ägäis, Chios und Kreta, und da winkt schon Haifa. Seine Fingerkuppe glitt über das Mittelmeer hinweg und auf das Land zu. Das ist die Ankunft: Haifa, der Hafen. Und dahinter der Berg Karmel mit dem alten Leuchtturm. Samuel wurde ernst. Es ist allerhöchste Zeit.

Das betonte auch der Madrich. Er sprach von den letzten Möglichkeiten vor dem drohenden Krieg. Dann bat er um ein Handzeichen, wer sich der Alija-Bet anschließen wolle.
Gabriel meldete sich, Delv und Marek.
Wir sind ohnehin Entrechtete.
Carl war hin- und hergerissen. Zu Ruth ja. Nichts wünschte er sich sehnlicher. Aber die Gefahren fürchtete er. Letztes Jahr war ein Schiff im Donaueis steckengeblieben. Die Passagiere hatten wochenlang gehungert und an der Kälte gelitten, ehe sie weiterfahren konnten.
Und du, Ron?
Ohne Lissy?
Er hatte Lissy gefragt. Wir beide gemeinsam? Sie hatte geschwiegen.
Du und ich?
Er hatte es nochmals gewagt.
Geh du doch mit, ich kann nicht, wir finden uns schon wieder.
Ihre Stimme hatte sanft geklungen.

An die Arbeit.
Madrich Markus behielt auch im energischen Befehl einen heiteren Unterton.
Ron schloß sich nach dem Appell der Gruppe für die Außenarbeit an. Trotz der Kälte zog er es vor, draußen zu arbeiten. Frische Luft würde die Gedanken vertreiben. Für eine Weile wenigstens.
Mit Samuel arbeitete er gern, auch Paul, Herta und Henner hatten sich angeschlossen. Die beiden Neuen, Bert und Minna, die sich einen gestrickten Schal um Kopf und Hals gewickelt hatte, weil sie wegen der Kälte um ihre Stimme fürchtete, stießen verspätet hinzu.

Reise mit uns, Ron, du gehörst dazu!
Samuel nutzte die Gelegenheit und ließ nicht nach mit Drängen, nicht als sie Holz holten, nicht als sie einen umgestürzten Baum zu entasten und zu zersägen hatten.
Wir schaffen das zusammen. Wir werden uns irgendwie durchschlagen. Und ich hätte dich gern dabei, Ron.
Doch Ron zögerte. Er sprach nicht von Lissy. Aber von Marleen und vom Vater. Endlich waren Nachrichten von ihnen eingetroffen, einige wenige Zeilen von Marleen. Der Vater ist zurück, entlassen aus Sachsenhausen. Krank. Er hustet noch mehr als früher. Das Asthma plagt ihn wieder. Er hat Erfrierungen an den Händen. Spricht wenig. Aber wir halten durch, Vater und ich. Marleen. Später hatte der Vater selbst geschrieben, an ihn und Helma. Er zeigte sich besorgt um seine Kinder. Fragte nach. Erwähnte nur nebenbei seine steifen Finger, das tägliche Üben, um sie wieder bewegen zu können. Sprach von der Hoffnung für sie alle. Meine herzlich und innig geliebten Kinder.
Marleen erwähnte nicht, wie sie sich in den zwei Zimmern in der Heinrich-Barth-Straße zurechtfanden, nicht die Mühsal der Krankenpflege und nicht, wie sie lebte ohne ihr geliebtes Klavier. Vaters Kontor sei geplündert und das Klavier verschwunden, schrieb sie wie nebenbei.
Konnte er Marleen und den Vater zurücklassen?
Marleen hatte nochmals die Absicht angedeutet, nach Amsterdam zu fahren, um diesen Musiker zu treffen, der ihr nahestehe. Was hatte sie vor? Nahm sie Zuflucht in den Armen eines Mannes, der Rettung versprach?
Der Madrich hatte vom Versuch einer erneuten Reise nach Hamburg abgeraten. Zu gefährlich, Zug zu fahren. Und außerdem hatten sich Lissys Eltern zu einem Besuch im Landwerk angesagt.

Ich hole den Leiterwagen, damit wir aufladen können.
Laß uns nicht zu lange warten.
Samuel schickte Bert und Herta, die Äxte und die Säge zu holen, um mit dem Entasten zu beginnen. Ron zurrte den Reißverschluß der Jacke fest; die Kälte hatte ein wenig nachgelassen. Sonne hatte den Schnee stellenweise weggeschmolzen, das Eis auf dem Teich aufgebrochen. Es roch nach Torf.
Er öffnete das Holztor und stieß den Leiterwagen ins Freie. Paul wartete beim Unterstand am Waldsaum, wo das eingetroffene Holz lagerte. Sie schichteten die Holzscheite auf den Wagen und fuhren sie zum Schlößchen.
Sollte er sich der illegalen Ausreise anschließen und alles zurücklassen? Auf das Glück vertrauen. Hoffen, Lissy käme nach. Marleen und Vater gelänge die Ausreise.
Auch Paul war in Gedanken versunken. Sie stapelten das Holz im Vorraum zur Küche. Gemeinsam zogen sie dann den Leiterwagen zurück zu Samuels Gruppe.
Was war mit Vater? Mit seinen steifen Händen, seinem Husten, seinem Asthma?
Unter Samuels Anweisungen schlugen Bert und Herta die Äste des gestürzten Baumes ab. Samuel hatte die große Säge angesetzt und befahl Ron herbei. Er stellte sich auf die andere Seite des Stammes, faßte die Säge. Gleichmäßig stießen und zogen sie; langsam fraß sich das Sägeblatt in den Stamm hinein, weiß fiel das Sägemehl aus der Schnittstelle.
Ron sah den Vater in seinem Stuhl sitzen, wie er versuchte, die steifen Finger zu krümmen, gegen den Schmerz. Die Haut, die aufgequollen war, gelblich verfärbt. Vaters Hände, wie sie damals über das schwarze Klavier geglitten waren. Seine Finger, schmal und knochig, die Nägel sorgsam geschnitten, gepflegt. Die Haut leicht rötlich, porös, und die starken Adern auf dem Handrücken.

Langsam, brummte Samuel, als das Sägeblatt den Stamm fast ganz zerteilt hatte. Du hast den Kopf nicht bei der Sache, zischte er Ron zu.
Henner eilte herbei und hob den Stamm an, damit sich das Blatt nicht festklemmte.
Gleich den nächsten Schnitt, forderte Samuel, und dann Schichtwechsel. Du kannst Bert und Paul helfen.
Ron entdeckte einen Sonnenstreifen zwischen den Bäumen, seine Blicke wanderten an den Stämmen empor, ein Specht flog auf. Nirgends ein Zeichen, das ihm verriet, was zu tun war.
Er sah Lissy vor sich, in den Seidenstrümpfen, im fließenden Kleid. Sie hatte eine Tasche umgehängt, schritt langsam durchs Tor. Sie winkte ihm zu, er sah, wie vergnügt sie wirkte, mehr hüpfte als ging, schon beinah schwebte, zum Tor hinaus, in die Allee hinein, fort auf die große Reise, übers Meer, ins ferne Land.
Er stand da, angeschirrt in Ratlosigkeit.
Mit dem Fuß trat er gegen den Stamm einer Kiefer. Als Paul ihn verwundert musterte und Bert wieder einmal seine Kniebeugen begann, wandte er sich ab, machte ein paar Schritte in den Wald hinein.
Hol aus dem Schuppen Haken und Seile zum Festbinden.
Samuel klang aufgebracht. Ron eilte davon, stürzte sich in den Schuppen, erschrak, als er im Halbdunkel eine Gestalt entdeckte.
Ach, du bist es! Carl lachte verlegen, wurde aber augenblicklich wieder ernst. Was ist mit dir?
Ich bin durcheinander, hab auch noch Samuel verärgert.
Warum?
Carl trat auf ihn zu.
Ich weiß einfach nicht weiter, denke mal das eine, dann das

andere. Und frage mich, was zu tun ist. Zurück nach Hamburg? Doch die illegale Auswanderung wagen oder lieber abwarten? Und du, Carl, weißt du es jetzt?
Also, Carl druckste herum. Er wolle nach Palästina, möglichst schnell zu Ruth, nach Degania. Er müsse da hin, sonst vergesse sie ihn und heirate einen Kibbuz-Nachbarn. Und wenn er dann endlich käme, hätte sie schon Zwillinge und er das Nachsehen. So zerbrechlich sei die Welt eingerichtet.
Ron ließ Carl reden.
Er wolle unbedingt ins Land, unterstrich Carl, aber nicht auf diesen Schleichwegen die Donau hinunter. Zu viel hatte er inzwischen gehört. Von denen, die im Eis von Kladovo oder Russe steckengeblieben waren, von Überfällen, von überbelegten Schiffen, auf denen unter den Passagieren Seuchen ausgebrochen waren. Von Treibstoffmangel hatte er gehört, von Schiffen, die ziellos auf dem Meer trieben und beschossen würden. Nein, einer illegalen Ausreise schließe er sich nicht an. Da bleibe auch ungewiß, ob sie in Haifa von den Engländern überhaupt an Land gelassen würden.
Carls Gesicht überschattete eine verhaltene Traurigkeit.
Er werde warten, schloß er, und hoffen, daß Ruth ihre Zitrusfrüchte pflege und nicht einem Fischer erliege oder einem frommen Chassid.
Sie lachten.
Ron nahm die Seile von der Wand, faßte nach den Haken, kehrte zu den andern zurück. Der Stamm war in vier Teile zersägt und auf den Leiterwagen geladen.
Hat aber gedauert! Samuels Stimme verriet Unwillen, als er ihm die Seile abnahm, um das Holz festzubinden. Wir gehen voraus, du kannst die Äste aufschichten und dann die Werkzeuge zurückbringen. Gut reinigen.
Samuels Stimme klang bestimmt. Ron nickte.

Ein kaltes Grau strömte durch die kahlen Stämme; der Wind griff in seine Kleider. Obwohl ihn fröstelte, setzte er sich einen Augenblick auf einen Holzstamm. Er hörte Marleens Melodie, die Klänge, die wie der Wind über das Wasser strichen, seine Oberfläche riffelten, ihm eine Narbung gaben wie auf einer Tierhaut. Er sah, wie Marleens Finger über die Tasten glitten, wie ihre Augen den Vater suchten, der nahe dem Klavier stand, die Hand auf dem schwarz glänzenden Holz, dann ihn, der auf der Treppe kauerte. Er bemerkte die Verspieltheit auf Marleens Gesicht, die lockere Haltung ihrer schmächtigen Gestalt auf dem Hocker, das bei jedem heftigen Tastenschlag fliegende Haar.
Und dann erinnerte er sich an ihren Abschied im Treppenhaus, wie sie kaum winkte, als er ging. Ihr verängstigtes Gesicht im Türrahmen. Für einen Augenblick wünschte er sich zurück in die Hirtenstraße, und alle wären da, in der Eingangshalle um Marleens Klavier, auch die Mutter und Helma; der Vater in seinem dunklen Rock, das strenge Gesicht entspannt, ganz in der Musik, getragen durch die Melodie.
Sag schon Schwester, was hast du vor? Nach Amsterdam fliehen? Wenn bloß Mutter noch da wäre, die anpacken konnte, die wüßte, was zu tun wäre. Die Flucht, die illegale Ausreise, die soviel Gefahren barg, die irgendwo enden konnte, im Chaos überbelegter Schiffe, in den Angriffen feindlicher Zerstörer. Soll ich warten auf ein Zertifikat, für mich, für Lissy, für uns beide?
Nirgends ein Zeichen.
Tropfen rannen an der Rinde der Buche herab.
Er schulterte das Werkzeug, brachte es in den Schuppen. Noch bevor sich alle zum Essen versammelten, teilte er Samuel mit, daß er nicht an der Alija-Bet teilnehmen werde.

Bist du sicher?
Er antwortete mit einem entschiedenen Nicken.

Nach dem Essen zog er sich in die Bibliothek zurück. Im nächsten Monat folgten die Leistungsprüfungen. Er mußte bestehen, sonst würde es nichts mit dem Platz auf der Liste der Reiseberechtigten. Die Anforderungen waren streng. Wenigstens ein »Ziemlich gut« wollte er in der Gesamtbeurteilung erreichen. Ehrgeiz war auch in den andern erwacht. Keiner maulte mehr wegen der Arbeit in der Kälte, der Haferbrei erschien plötzlich allen als Leibspeise.
Er schrieb eine Karte an Marleen: Ich bin noch da – wenn Du mich brauchst, ruf mich. Ron.
Dann beugte er sich über sein Iwrit-Heft. Mit der Fingerspitze tippte er jeden der einzelnen zu einem Kreis geordneten Buchstaben an. Zu jedem Buchstaben gehörten eine Zahl und eine Zeichnung, für Bet ein Haus, für Jod eine Hand. Der Vortrag über das Geheimnis der Buchstaben, wie es in der Kabbala dargelegt war, hatte ihn beeindruckt: Buchstaben als organische Wesen zu begreifen, die leise atmeten und wuchsen, wenn ein Hauch sie erreichte, ein Licht sie traf.
Unangekündigt war der kippatragende Gelehrte im Landwerk erschienen. Madrich Markus hatte ihn feierlich begrüßt und ihnen ehrfurchtsvoll Rebbe Chaim vorgestellt. Und der hatte ihnen sogleich den großen Lebensbaum erläutert, den er auch Sefirot-Baum nannte. Mit Tinte hatte er ihn auf eine Rolle weißen Papiers gemalt.
Nach einem langen Arbeitstag waren sie zunächst eher abweisend seinen Ausführungen über die Buchstaben, die er Buchstaben des Lebens nannte, gefolgt, dann aber zunehmend fasziniert. Sogar Henner, der sonst jede Form von Mystik weit von sich wies, hatte sich in die Gedankenwelt des

Rebben hineinziehen lassen. Der ließ sich durch nichts beirren, sprach von den zweiunddreißig Wegen der Weisheit, wie sie im Sefer Jezira aufgeschrieben waren. Zweiundzwanzig grundlegende Buchstaben, aus denen die Wirklichkeit geschaffen werde. Die Buchstaben seien Wesen, die zum Leben erwachten, die atmeten und summten. Zu Worten gefügt, könnten sie benennen, das, was ist, und das, was sein könnte.
So hatte Ron die Buchstaben noch nie betrachtet. Wenn der Rebbe darüber sprach, hatte man den Eindruck, er spräche über Menschen, über ihre Möglichkeiten, ihr Offensein. Die Buchstaben mit ihrer durchlässigen Haut bildeten einen Körper, ein Gefäß, das aufnehme und weitergebe, langsam, zögernd. So entstehe aus dem stockend vorgetragenen Wort, dem angefangenen Satz ein Rhythmus, werde Text, ein Erzähltes.
Dank Rebbe Chaim wurden Ron Wörter, die er sich oft mit Mühe einzuprägen und auswendig zu lernen versucht hatte, zu lebenden Wesen. Er maß ihre Gestalt, horchte auf ihren Klang, lauschte ihrem mehrstimmigen Summen, entdeckte ihren Glanz. Er gewahrte die Gräben, die Abgründe, die sie trennten, empfand das Glück, wenn sie zusammenfanden auf dem weißen Feld. Der Text, den sie zusammen mit dem Rebben gelesen hatten, ein Kapitel aus dem Sefer Jezira, ließ sie immer wieder fragend aufsehen und stöhnen. Sie waren dem Nichtverstehen und Rätseln näher als dem Glück des Begreifens und Nachvollziehens. Dennoch war Ron mit offenen Sinnen dabei, hörte die Aufforderung, Schale zu sein für Gedächtnis und Erinnerung.
Später erzählte er Lissy, mit dieser Vorstellung von Wörtern als atmenden, summenden Bienen, denen er zuschaue und zuhöre, komme ihm das Lesen und Schreiben ganz anders

vor, mehr wie ein Spiel und ein Gespräch. Ihm sei, als zanke und spiele er mit den Wörtern, bis sie in eine Ordnung fänden, die ihnen auf dem Papier ihren eigenen Ton lasse.

Ich werde, sagte er, nie mehr schreiben wie damals, bei meiner ersten Geschichte, aber ich will weiterschreiben.

Lissy hatte erst geseufzt, dann gelächelt. Er sei selber ein Rebbe, hatte sie gesagt, ein Wortimker und Honigträumer. Sie war vom Vortrag des sonderbaren Rebben nicht so begeistert gewesen, zu hastig hatte er gesprochen, nur selten Zeit für das eigene Nachdenken gelassen. Seine Worte hätten ihr den Kopf schwer gemacht; der habe jedenfalls lauter gebrummt als die summenden Wörter und Bienen. Iwrit sei nun mal schwierig, stöhnte sie, und ihr sehr fremd.

Die Glocke draußen rief zum Abendzusammensein.

Kurz nach dem Jahreswechsel waren neue Chawerim im Landwerk eingetroffen, Richard aus Ostpreußen, Hedwig aus Berlin. Als Ron die Bibliothek betrat, saßen sie schon vorn. Sie sollten an diesem Abend von sich erzählen.

Rons Blicke glitten über die Köpfe hinweg durchs Fenster. Die Bäume waren im nächtlichen Dunkel kaum zu erkennen. Er hörte Richard berichten, wie er auf dem Weg nach Ahrensdorf in Berlin haltgemacht, wie er Hedwig bei der Alten Synagoge in der Heidereutergasse gesehen habe, ein Mädchen, ganz allein. Hedwig war nur ein Jahr älter als Johanna, aber ohne deren kindliche Züge; ihr Gesicht wirkte maskenhaft ernst. Richard hatte sie einfach mitgenommen, in die Bahn nach Trebbin und hinaus ins Landwerk. Hedwig stammte aus Kassel, ihr Vater war Metallarbeiter polnischer Herkunft und im Oktober nach Polen deportiert worden. Mit der Mutter war sie nach Berlin gekommen, zu Verwandten. Dann wurde die Mutter wegen eines Devisenvergehens verhaftet und kam ins Frauengefängnis in der Barnimstraße.

Hedwig fühlte sich fremd in der engen Wohnung mit sieben Personen. Sie war froh, hier zu sein. Vom Vater hatte sie keine Nachricht, die Mutter konnte sie im Gefängnis besuchen.
Unsere Eltern, unsere Familien geraten unter die Räder.
Hedwig maß die Runde. Minna senkte den Kopf, Lissy schloß die Augen. Johanna kauerte ganz für sich in einer Ecke. Ron hörte hin, schweifte ab. Hedwigs Stimme, Richards Stimme.
Trotzig sagte Richard, daß er keine Auskunft geben wolle. Nichts zur ostpreußischen Stadt Lötzen, aus der er geflohen war, mit der Mutter, ohne den Vater. Nichts zu erzählen, grollte er.
Ron schaute in die Dunkelheit, die immer dichter wurde vor dem Fenster. Er dachte an seinen Vater. Erst als eine Altstimme das Lied *Fremd bin ich eingezogen* aus Schuberts *Winterreise* anstimmte, merkte er auf. Zum erstenmal zeigte sich Minna als Sängerin. Alle lauschten dankbar, auch Ron. Und doch schweiften seine Gedanken ab. Er wünschte, Marleen säße da. In drei Wochen war ihr Geburtstag: Marleen wurde zwanzig. Sie fehlte ihm so sehr, daß er den Gesang von Minna als etwas Fremdes empfand, weil sie nicht da war, die Schwester, und das Lied mit ihrem Klavierspiel begleitete. Der Applaus für die zierliche Sängerin war lang anhaltend.
Die Madricha meldete sich zu Wort, kündigte den Aufbruch der Alija-Bet-Eins für den nächsten Monat an und nannte die Namen der Teilnehmer aus dem Landwerk: Samuel, Gabriel, Delv und Marek. Auch ihren eigenen Abschied kündigte sie an. Und Anfang Sommer würde eine nächste Gruppe legal ausreisen können.
Die Zeit drängt, alle sprechen vom Krieg, auch in Berlin.
Da erhob sich Bert. Seine Mitteilung überraschte alle. Er wol-

le, verkündete er, das Landwerk verlassen, er müsse gestehen, es sei ihm zu streng, der Tageslauf, die Arbeit, all die Regeln, das Lernen einer fremden Sprache, einer Religion und Tradition, die er kaum kenne, genauso fremd wie das Land, in das sie reisen sollten. Er kehre zu seinen Eltern zurück. Die seien auch streng, doch er wolle bei ihnen bleiben. Und es gebe immer Augenblicke, die man genießen könne. Berts Stimme wurde leiser. Er freue sich auf Neuruppin, die Eltern und das Rudern auf dem See.
Er setzte sich. Minna begann, in die Hände zu klatschen, gab es aber gleich wieder auf. Keiner fiel ein. Die Madricha blickte suchend in die Runde. Niemand sagte etwas. Bert verließ den Raum. Die Madricha schwieg. Einer nach dem andern erhob sich; eine Weile standen sie noch unschlüssig da, dann suchten sie die Schlafräume auf, die Mädchen oben, die Jungen drüben.
Draußen war Nacht, der Geruch von Erde.

14

Angekündigt hatten sie sich schon lange. Nun würden sie kommen, nächste Woche schon. Und sogar für eine Nacht bleiben. Das Gästezimmer, das manchmal auch als Krankenzimmer diente, war bereit. Niemand krank im Moment.
Da werden sie gut schlafen, hoffe ich.
Lissy hatte die Betten bezogen.
Alles klar? Ron hatte leise gefragt.
Laß mich.
Du kannst dich doch freuen.
Sie wehrte energisch ab. An ihren bevorstehenden Geburtstag wollte sie schon gar nicht erinnert werden.
Natürlich freute sie sich auf den Besuch der Eltern. Und fürchtete sich gleichzeitig davor. Nicht vor der Neugier der Mutter, ihren Ermahnungen und guten Ratschlägen, die würde sie schon zu ertragen wissen. Aber der Vater. Wie würde das sein mit ihm? Die Mutter hatte das Wort »krank« nicht gebraucht, sie hatte immer neue Wörter bemüht, um den Zustand des Vaters zu beschreiben. Müde, ausgelaugt, ängstlich. Verschreckt, nein, sie hatte sich gleich korrigiert, schreckhaft, er ist etwas schreckhaft geworden, du mußt das verstehen. Kein Wunder, nach allem, was er erlebt hat.
Was denn?
Da wurde die Mutter noch unbestimmter in der Wahl ihrer Wörter. Schweres, sagte sie einmal am Telefon, Bedrückendes.
Du brauchst mich nicht zu schonen. Ich vertrage die Wahrheit.
Wenn das so einfach wäre mit der Wahrheit.
Die Mutter blieb zurückhaltend.

Ron hatte vergeblich versucht, Lissy zu beruhigen.
Und nun würden sie kommen. Die Kälte hatte nachgelassen, die Sonne der letzten Februartage weichte den Schnee auf, die Chaussee würde mit dem Pferdewagen zu befahren sein.
Der Madrich war aus Berlin zurück; was er zur Lage berichtete, gab keinen Anlaß zur Zuversicht: Die Tschechoslowakische Republik sei zunehmend bedroht, der Krieg scheine unausweichlich. Auch Hauptwachtmeister Henike, der wieder einmal dem morgendlichen Appell beiwohnte, bestätigte mit seiner bekümmerten Miene das Gesagte; sein Nicken war schon fast ein Zucken. Die Gruppe der Alija-Bet würde in zehn Tagen aufbrechen, mit dem Zug über Wien nach Bratislava, wo der Donau-Raddampfer vor Anker lag. Samuel machte allen Mut.

Lissy fuhr mit Frau Krüger und der Köchin Alina zum Bahnhof, um die Eltern abzuholen; auch Herta hatte sich angeschlossen. Wien grüßt Wien, dachte Ron und schaute ihnen nach.
Entschlossen setzte er sich in Bewegung. Gehen, etwas tun, redete er sich zu, nicht anfangen zu brüten. Lieber arbeiten. Er wünschte sich die geordneten Arbeitstage zurück. Der kalte Winter hatte sie durcheinandergebracht, immer war etwas, Kontrollen, neue Vorschriften, Reisevorbereitungen, auch Angst.
Unser Leben verliert die Richtung, gerät aus den Fugen.
Simon hatte es gesagt und den Steg seiner Violine umfaßt.
Die Bienen ruhten noch in ihren Wintertrauben. Die Futtermenge hatte Krüger berechnet. Die Abdeckung hielt. Mit dem Tauwetter würden die ersten Bewegungen einsetzen. Bald würden sie erwachen, ihre Fühler ausstrecken, ihr Summen vernehmen lassen. Die Stöcke waren für den Frühling herzu-

richten: Keile und Mäusesicherungen mußten entfernt, die mit toten Bienen verlegten Fluglöcher freigeräumt werden. Mit der zunehmenden Wärme würden die Bienen erste Reinigungsflüge unternehmen. Er mußte bald die Böden säubern. Der Madrich hatte ihn an seine Frühjahrspflichten erinnert.
Schade, daß der Rebbe Chaim anderntags gleich weitergezogen war: So viele Fragen hätte er noch gehabt. Er wollte es unbedingt lernen, das Gespräch mit den Buchstaben, das Deuten und Schreiben. Jetzt war dafür keine Zeit. Aber später vielleicht. Das Schneelicht schnitt ihm in die Augen. Mit schnellen Schritten ging er auf die Tischlerei zu, wo er auszuhelfen hatte. Carl und Herta arbeiteten bereits in der Werkstatt. Noch fehlten einige Holzkoffer für die Reise. Wer im Frühsommer ausreisen durfte, war noch nicht bekannt. Eine größere Gruppe, hatte der Madrich vorsichtig angekündigt, zehn, vielleicht gar fünfzehn Zertifikate.
Carl hatte sich tief über das Brett gebeugt, ließ das Schleifpapier über das Holz gleiten, Herta brach die Kanten. Samuel maß Bretter aus, obwohl er selbst keinen Koffer brauchte. Die von der Alija-Bet würden mit sehr wenig Gepäck reisen, höchstens sechzehn Pfund, je weniger, desto besser; vielleicht müßten sie gar an Land schwimmen vor Jaffa oder Haifa. Die Engländer hatten die Grenzkontrollen verschärft. Samuel hatte die Situation dargelegt.
Ohne zu reden, arbeitete jeder für sich am Werktisch. Ron spannte eines der ausgesägten Holzpferde ein, es mußte noch geschliffen und lackiert werden. Geschenke für anstehende Geburtstage. Eines für die Madricha, eines für Lissy. Und dann der Nähkasten. Rasch verlor er sich in der Arbeit, genoß das Sägen, Raspeln, Schleifen um sich. Der Nähkasten mit seinen zwei ausziehbaren Stockwerken war schon fast fer-

tig, die geschnitzten Ornamente sollten leicht angebrannt, dann lackiert werden. Marleen mochte Verzierungen.
Ein Knall zerriß die Luft. Sie rannten nach draußen. Der Hühnerstall brannte.
Krüger rollte den Schlauch aus, Greta und Frank eilten mit Eimern hinzu, auch Hedwig und Richard. Ein Krachen und Zischen. Nicht zu nahe, schrie Krüger.
Ron trieb die flatternden Hühner ins Freie. Krüger spritzte aus vollem Rohr. Die andern trugen Eimer um Eimer aus dem Teich zum Stall; es gelang ihnen, die Flammen zu ersticken. Nur Henner stand trotzig da, rührte sich nicht. Sie fingen die Hühner ein, brachten sie fürs erste in den Pferdestall.
Beim Mittagessen sprachen alle vom Brand. Das Wort Zwischenfall war einem toten Huhn und einem vom Feuer geschwärzten, aber nicht völlig niedergebrannten Stall angemessen.
Ron nahm den Brief, der für ihn auf dem Tisch lag. Er setzte sich zu Carl. Plötzlich stand sie in der Tür.
Sie sind da.
Das Haar fiel ihr ins Gesicht.
Komm, flüsterte er, nahm sie am Arm und zog sie mit sich ins Freie.
Sie gingen schweigend, mit langsamen Schritten. Er hielt sie an der Hand, ohne zu fragen. Es dauerte, bis sie zu sprechen begann.
Ich weiß nicht, was mit Vater ist. Jetzt verstehe ich das Zögern der Mutter.
Was hat er denn gesagt?
Nichts, einfach nichts. Mehr als eine Stunde lang nichts. Nach mehr als acht Monaten.
Schon in Trebbin, auf dem Bahnsteig, diese sonderbare Ankunft. Langsam waren sie ausgestiegen, die Mutter und er.

Sie hatte ihn gestützt, auf dem Trittbrett und dann beim Gehen. Vorsichtig setzte er seine Füße auf. Mit der Rechten umklammerte er einen Stock.
Die Füße. Die Mutter sagte es. Erfrierungen. Vom langen Stehen in der Kälte.
Sie hatten einander gegenübergestanden. Der Vater hatte ein wenig den Stock gehoben und seine Tochter angeschaut. Fragend, so war es ihr vorgekommen. Als wüßte er nicht gleich, wer sie war.
Vater, hatte sie gesagt, Vater.
Da hatte er genickt, sehr langsam, den Hut leicht gelüftet, mit einer höflichen Geste.
Frau Krüger hatte sie zur Bäckerei gebracht, weil sie noch einkaufen mußte. Frau Stöber brachte Kaffee und die kleinen Trebbiner Krapfen.
Die hat er gegessen. Langsam. Ganz kleine Bissen genommen. Einen Schluck Kaffee getrunken. Wieder ein Stück Krapfen gekaut. Auf das Tischtuch geschaut. Wieder einen Schluck getrunken. Nichts gesagt. Alle Viertelstunde haben wir die Glockenschläge vom Rathausturm gehört. Das Bimmeln der Ladentür, wenn jemand eingetreten ist. Kannst du dir das vorstellen?
Herta war es gelungen, ihr hatte er plötzlich geantwortet. Müde sei er, von der Reise. Eine lange Reise. Eine endlos lange Reise.
Morgen geht es weiter. Mit dem Zug. Mit dem Schiff, hatte die Mutter, die auch nicht viel gesprochen hatte, eingefügt. Aber sie half ihm, reichte ihm die Milch, stützte ihn, als sie den Laden verließen. Sein Gang war schleppend; mit unsicheren Schritten tappte er voran, blieb immer wieder stehen, tastete mit dem Stock herum, bevor er ihn aufsetzte.
Geschlagen, flüsterte die Mutter, man hat ihn auch geschla-

gen. Nach ein paar Metern blieb er auf dem Gehsteig stehen, drehte sich um, schaute Lissy an, diese Augen.

Du hättest seine Augen sehen sollen, das Verstörte darin. Lissy fuhr sich mit der Hand an den Hals. Ich hab ihm nicht zusehen können.

Auf der Fahrt zum Landwerk hatte er ein Foto aus seiner Jakkentasche gezogen und es ihr hingestreckt. Für Lissy, stand da geschrieben. Auf dem Bild waren der Vater und sie vor der Riesenechse im Naturhistorischen Museum zu sehen. Sie war vielleicht acht Jahre alt.

Lissy klaubte das Foto heraus. Ihr Vater lachte darauf, als hätte er die Echse selbst erlegt.

Wir waren so oft sonntags im Naturhistorischen Museum, vorher der Spaziergang über die Marienbrücke und durch die Rotenturmstraße, über den Hohen Markt und den Judenplatz, immer die gleiche Route. Wir beide, Vater und ich.

Lissy steckte das Foto wieder ein.

Jetzt sind sie drüben, in der Bibliothek. Sie essen am Abend mit uns. Morgen fahren sie weiter. Nach Rotterdam, dann mit dem Schiff nach Dover. Sie haben Papiere für England. Onkel Daniel und die Verwandten haben gebürgt und bezahlt. Viel Geld.

Auch das hatte die Mutter ihr zugeflüstert. Die zwei Koffer waren ihre ganze Habe. Kleider, das Nötigste für die Reise. Alles andere hatten sie in Wien zurückgelassen, alles, was der Familie gehörte, auch ihr.

Lissy schwieg einen Augenblick. Dann stupste sie ihn leicht in die Seite.

Komm mit, ich stell dich vor, die Mutter will dich sehen. Der Vater, sie zögerte, vielleicht auch. Es war die Mutter, die herkommen wollte, um mich zu besuchen. Wer weiß, wann wir uns wiedersehen.

So saßen sie eine Weile später alle zusammen am Tisch, aßen, redeten; sogar der Vater sprach, wenn auch nicht viel. Manchmal hob er den Kopf, schaute in die Runde. Die Mutter erzählte, wie sie die Wohnung geräumt und die Sachen gepackt hätten, das wenige, das sie mitnehmen konnten. Mitnehmen durften, flüsterte sie. Wien ist nur noch Erinnerung.
Onkel Daniel würde sie in Dover erwarten und sie fürs erste in einem Häuschen in Devon unterbringen. Da ist das Meer nicht weit, der Wind rauht den Sand auf und wirbelt die schweren Gedanken aus dem Kopf. Das wird uns guttun. Die Mutter gab sich überzeugt. Und du wirst nachkommen, wir tun alles dafür, daß du nachkommen kannst.
Dann erzählten Lissy und er vom Landwerk, von Alinas Klappstullen und von den Abenden auf dem Söller. Und von den Streichen, die verübt wurden, den Scherzen, der toten Maus in einem der Mädchenzimmer, den heimlich geschnittenen Haaren, den Aufträgen zum Hügelhobeln oder zum Zähneputzen der Pferde. Scherze, die den Neuangekommenen galten. Der Vater schien gern zuzuhören.
Sie wollten früh zu Bett gehen.
Müde, entschuldigte sich Lissys Mutter, wir sind müde, die Ungewißheit, der Umzug, das Reisen. Und morgen die lange Bahnfahrt quer durch Deutschland. Aber dann wird es besser, ganz bestimmt.
Ihr Händedruck zum Abschied war fest, ihre Stimme freundlich, und das letzte Wort klang lange nach: Schalom.
Lissy hatte die Eltern zum Gästezimmer begleitet. Ron war ins Freie gegangen, machte ein paar Schritte über den Hof. Er dachte an seinen Vater, Lissys Vater. Minnas Vater. Sein Vater hatte sich nie beklagt, auch wenn er manchmal die Umstände bedauert hatte, die ihm das Leben schwer mach-

ten, die Inflation, die Wirtschaftskrise, Mutters Tod. Warum konnten sie nicht weiterleben wie all die Jahre zuvor? Was war das, was sich mit Gewalt in ihr Leben schob?

Er ging am Gewächshaus vorüber, auf den Zaun zu, der das Landwerk umgab, er hörte das Schnarren eines Vogels, vernahm ein Rascheln.

Erst da bemerkte er Simon, der am Zaun lehnte und in den dunklen Himmel starrte.

Was machst du hier? Ron sah ihn neugierig an.

Simon schluckte.

Ich habe gegrübelt.

Simon faßte sich, fuhr dann mit etwas festerer Stimme fort, er habe an seine Schwester Henriette denken müssen und an deren Freundin, Ute. Er errötete. Sie lebten versteckt in Berlin. Er könne nicht schreiben, sie nicht besuchen. Simon verstummte. Ron legte ihm die Hand auf die Schulter. Sie hörten wieder das Rascheln im Gras, lauschten schweigend nebeneinander.

Vor dem Einschlafen las er Marleens Brief. Sie blieb knapp in ihren Worten. Aber er begriff, die Begegnung in Amsterdam war nicht geglückt. Keine Hoffnung, keine Liebe, keine neue Heimat.

Ich suche immer so aussichtslose Sachen.

Ein Marleen-Satz.

Im Lesen sah er, wie Marleen die Arme hängen ließ, die Augen niederschlug. So hatte sie im Türrahmen gestanden bei seiner Abreise aus Hamburg.

Ich bleibe bei Vater.

Den Satz hatte sie angefügt, als Postskriptum.

Er hätte Marleen gern in den Arm genommen.

15 Langsam schritt der Madrich die Reihen ab, sah in die Gesichter, deutete zum Himmel.
Die Sonne ist wieder da.
Er stieg auf ein Mäuerchen.
Das Wetter erlaubt den normalen Arbeitsplan; wir müssen ihn erfüllen, keine Sonderregelungen mehr. Wir brauchen die Ordnung, gerade jetzt. Was die Zukunft bringt, wissen wir nicht. Aber wir haben ein Ziel. Wir lassen uns nicht beirren. Jeder tut, was ihm aufgetragen ist, und alle finden sich beim Iwrit ein, keine Ausnahme. Wir schaffen das. Einige werden heute abend ihre Ausreisepapiere erhalten. Und noch etwas: Die neue Madricha kommt heute, Anna, aus Berlin. Ihr werdet sie mögen.

Noch vor dem Frühstück hatten Polizeibeamte in Zivil an die Tür geschlagen, Marek abgeholt und weggebracht.
Wann würden sie wiederkommen? Wieviel Zeit blieb ihnen noch im Landwerk? Ron riß sich aus seinen Gedanken, blickte auf. Die Morgensonne fiel auf die Reihen der Angetretenen. Kein Blinzeln; die Gesichter wirkten verhangen und ängstlich.
Sie liefen auseinander, um ihre Arbeit zu erledigen. Nicht an den Abend denken.
Ron winkte Lissy vergeblich; sie beachtete ihn nicht, stiefelte mit den Zwillingen hügelan. Ihre Eltern hatten Dover erreicht. Die Karte war gestern eingetroffen. Er hatte keine Nachricht von Marleen. Auch von Helma kein Zeichen.
Nun an die Arbeit.
Die ersten Bienen flogen bereits. Die Böden waren zu reini-

gen, Futterkontrolle durchzuführen. Verwalter Krüger würde ihn in seinen Anfängen als Imker begleiten. Es gab zu tun. Was lähmte ihn? Er hatte sich diese Arbeit gewünscht. Die Alija-Bet-Eins würde nächste Woche aufbrechen, ohne Marek. Samuel würde ihm fehlen.
Seine Hand glitt über das Holz des Bienenkastens, langsam, zärtlich. Schwer lag der Abend vor ihm, schnürte ihm die Luft ab.
Seine Blicke schweiften über die Bienenkästen hinweg. Er sah das Schattenspiel in der Allee, hörte den Ruf des Pirols. Angst schüttelte ihn. Wie leer würde das Landwerk sein ohne Lissy. Sie hatte nicht von Abreise oder Bleiben sprechen wollen und schien ruhig, als hätte sie nichts zu verlieren. Mit der Madricha konnte er nicht reden. Sie hatte schon gepackt.
An die Arbeit! Nicht trödeln.
Die kratzige Stimme des Madrichs, der seine Runde machte, schreckte ihn auf. Er wandte sich den Bienenstöcken zu, beugte sich vor, lauschte. Da und dort brummte eine Biene, die Wintertraube schien in Bewegung, aber nicht in Auflösung. Beobachten, hatte Krüger schon fast drohend befohlen, aufmerksam sein.
Die Mädchen, Lissy, die Zwillinge, bereiteten ganz in seiner Nähe die Beete für die Tomatensetzlinge vor, harkten die Erde. Sie beachteten ihn nicht.
Zu Lissys Geburtstag hatte ihn Alina einen Kuchen backen lassen. Immerhin sechs Kerzen hatte er aufgetrieben, dreifach zählte jede. Lissys Eltern hatten Geschenke dagelassen, Fotos aus Wien, eine Halskette aus dem Familienschmuck, eine Spieldose aus Kindertagen. Lissy hatte sich gefreut, auch über das Foto von ihnen beiden. Es wird uns erinnern an diesen Sommer in Brandenburg. Wenn wir dort sind.

Das Wir hatte ihn gefreut.
Was würde der Abend bringen? Nicht daran denken.
Dorothee und Manuel hatten es geschafft. Sie waren zusammen am Berg Tabor angekommen. Auf wen war das Los diesmal gefallen? Entschieden wurde an der Kantstraße in Berlin, wo das Palästina-Amt jetzt seinen Sitz hatte. Die ließen sich nicht in die Karten schauen. Nicht einmal der Madrich konnte Einfluß nehmen. Die ganze Gruppe sollte ins Jordantal reisen, nah ans Dreiländereck, um einen Grenzkibbuz auszubauen. Das stimmte Carl zuversichtlich, es wäre nicht weit zu Ruth in Degania. Alle, die ein Jahr oder länger im Landwerk in Ausbildung waren, hofften auf Ausreise, Carl, Ines hoffte, wer nicht.
Ron zog einen Boden aus einem Bienenstock und kippte ihn aus. Mit der Bürste und kaltem Wasser, mit Lauge versetzt, wusch er ihn, stellte ihn an die Wand. Die Sonne würde ihn rasch trocknen.
Fürchtete Lissy den Abschied auch? Das Reisen ohne ihn? Sie hatte nur den Kopf gesenkt, nichts gesagt.
Er zog das Foto hervor. Wohin er auch ginge: dieses Gesicht würde mit ihm sein.
Nennt man das Arbeit?
Krügers brummige Stimme klang nicht unfreundlich. Ein schönes Mädchen, fügte er an.
Ron steckte rasch das Foto ein, deutete auf die sauberen Böden. Krüger wandte sich einem der Bienenstöcke zu, hielt sein Ohr an die Holzwand.
Normal bewegte Wintertraube, murmelte er, alles in Ordnung, die Böden gut reinigen, nichts darf daran kleben.
Mit einem kurzen Nicken schlurfte Krüger davon. Ron griff nach einem neuen Boden, fing an zu schrubben.
Lissy trug auf allen Fotos die weiße Bluse mit den geklöppel-

ten Spitzen zum Hals hin, dem zugeknöpften Kragen. Nur für die Fotos hatte sie diese Bluse angezogen und darüber die Jacke.
Auf einem der Bilder fiel ihr eine Strähne in die Stirn, ungeschützt ruhten die Augen in den flachen Mulden, voller Vertrauen. Manchmal schien sie unerreichbar fern, in sich zurückgezogen. Sekunden später konnte diese Starre von ihr abfallen, ihre Züge wurden weich und offen, als gewähre sie Zugang zu dem, was das Innerste ihres Wesens ausmachte, ein verletzliches, zartes Etwas.
Er stellte den Boden zu den anderen. Aus dem Innern des Bienenhauses hörte er ein Summen, eine Biene kroch hervor und flog auf.
Zusammen ausreisen. Heute abend konnte sich sein Traum erfüllen. Wenn ihre beiden Namen genannt würden. Er glaubte an Wunder. Manchmal traten sie ein.
Die Arbeit machen, nicht grübeln, hämmerte er sich ein. Er sah die Sonne über den Himmel ziehen, der sich über dem flachen Land wölbte. Immer wieder schob sich ihr Bild in diesen Tag, in sein Tun, blitzte darin auf, zog eine Spur.
Er hatte gearbeitet, die sauberen Böden trockneten in der Sonne; er hatte eine Frau und einen neuen Chawer durchs Tor kommen sehen, hatte die Schatten wahrgenommen, die Hof und Garten durchflossen, hatte gesehen, wie sie den frühen Abend einmalten und wie ihnen die Dämmerung folgte, taubenblau und kühl.
Das Amt hatte dreizehn Namen übermittelt und das Bedauern, daß nicht mehr, nicht alle auf der Liste sein konnten. Das hielt der Madrich fest, als er sie begrüßte, sein Shalom vorausschickte, mit einer Stimme, die noch kratziger klang als üblich, was aber ein leichtes Zittern nicht verbergen konnte.

Der Madrich verlor keine weiteren Worte. Er räusperte sich und las mit monotoner Stimme die Namen, dreizehn, in alphabetischer Reihenfolge.
Lissy war dabei, Edna und Herta auch, Ines. Ron nicht. Carl auch nicht.
Der Madrich fügte an, daß die Gruppe bald reisen würde, in zwei bis drei Wochen. Im Durcheinander der Stimmen ging unter, daß der Madrich die neu Angekommenen vorstellen wollte, die Madricha und Efri aus Breslau. Keiner achtete darauf.
Ron war auf dem Stuhl zusammengesunken, hatte die Stirn auf die Knie gelegt. Ein Würgen überfiel ihn. Er sprang auf, stolperte aus dem Raum.
Die Nacht war kühl, er fröstelte, begann zu laufen, öffnete das Tor, rannte hinaus, über die Straße, in das verödete Weideland. Er lief querfeldein, vorbei an einzelnen Baumgruppen. Blieb stehen, schlug mit den Fäusten in die Luft, rannte weiter, die Erde unter den Schuhen war weich, manchmal versank er ein Stück darin.
In der Ferne flimmernde Lichter, die Häuser von Kliestow, die sich schwarz gegen den Himmel stemmten. Die Nuthe tauchte vor ihm auf; nachtgrün zog das Wasser vorbei, ab und an ein Gurgeln. Auf der andern Seite ein bleicher Schimmer, der aufgelassene Steinbruch. Er folgte dem Flußlauf mit langen Schritten, bis seine Lunge schmerzte. Dann hielt er inne.
Wieder Lissys Bild. Sie hatten zusammen Mais geerntet; die Stauden standen in Reihen, ragten über ihre Köpfe hinaus. Plötzlich hatte er bemerkt, wie sie ihn ansah. Sie hatte nach seiner Hand gegriffen. Eine Weile hatten ihre Hände ineinandergelegen. Dann hatte sie sich ihm zugeneigt und ihn auf den Mund geküßt, langsam und zärtlich.
Er rannte wieder los, noch im Laufen bebte die Berührung

ihrer Lippen nach. Als er die Chaussee erreichte, die dunkelfeucht glänzte, kehrte er um, querte das Feld zwischen Straße und Fluß.

Das Tor war zu, aber nicht abgeschlossen; in den Mädchenräumen brannte Licht, in der Küche, im Schlafraum der Jungen. Er stieß die Tür auf, stolperte fast über Carl, der im Vorraum kauerte. Dieser hob den Kopf.

Du bist ja ganz naß.

Noch immer außer Atem, ließ er sich neben Carl nieder.

Warum haben manche Glück und andere nicht?

Carls Stimme klang trüb, schwarzgallig.

Frag mich nicht.

Sie schwiegen.

Drinnen im Schlafraum wurde gesprochen, leidenschaftlich, zu laut für die Nachtstunde.

Wir dürfen nicht aufgeben. Ron berührte kurz Carls Schulter. Ich geh schlafen.

Er trat in den Schlafraum. Langsam suchte er sich einen Weg zwischen den Betten hindurch, fühlte sich gemustert. Niemand sprach ihn an. Auf seinem Bett lag ein Zettel, gefaltet, verklebt.

Er riß ihn auf: Ich hab dich lieb.

Ein Morgen, der Himmel wie dünnes Glas, lichtblau, fast heiter. Doch das wischte die Traurigkeit nicht aus den Gesichtern derer, die auf dem Hof warteten.

Der Madrich bemühte sich um einen ruhigen Ton für eine beunruhigende Nachricht: die Eroberung und Errichtung des Protektorates Böhmen und Mähren als Teil des Großdeutschen Reiches.

Samuel trat vor und verabschiedete sich mit Delv und Gabriel. Ohne großes Aufsehen, darauf hatte er bestanden, wollten sie auf ihre Reise, auf die Alija-Bet-Eins gehen. So schüttelten sie kurz Hände, ergriffen ihre Reisetaschen und gingen durchs Tor hinaus, in die Landschaft hinein.

Am Abend stellte sich die neue Madricha vor. Sie sagte wenig über sich. Ich bin Anna, lachte sie. In Potsdam aufgewachsen, der Vater beim Gesundheitsamt, bis 1933. Sie hatte das Dorotheum-Lyzeum in Berlin besucht bis zum Abitur. Dann in einem Kinderheim in Kiel gearbeitet. Freute sich, hier zu sein, im Landwerk.

Mit euch. Schalom.

Freundlich wirkte sie, neugierig und herzlich. Wie eine, die schon immer dagewesen war, hatte sie gleich das Vertrauen von allen gewonnen.

Erst am nächsten Morgen fanden Ron und Lissy Zeit, allein zu sein, machten die paar gewohnten Schritte in den Wald hinein, bis zum hinteren Teich. Sie sprachen nicht viel, aber eines suchte das andere. Lissy nahm seine Hand, küßte jeden Finger einzeln.

Sie wollten sich nahe sein, endlich auch das Wort Liebe nicht mehr scheuen und in diesen letzten Tagen so leben, wie es ihnen zu zweit hier im Landwerk möglich war.

Nacherzählen 3

Die Sonne steht hoch an einem weißen Himmel, keine Bewegung in den staubigen Straßen; windschiefe zerzauste Pinien, durch die spaltbreit geöffnete Balkontür weht ein Gluthauch herein.

Efri stößt die Tür zu, ein heißer Sommer, er setzt sich, schlägt die Beine übereinander, der heißeste Sommer seit Jahren.

Ein Abend, den er nie vergessen wird, der Abend seiner Ankunft im Landwerk, damals. Der Madrich hatte eben die Namen derjenigen vorgelesen, die nach Palästina ausreisen durften.

Ausgerechnet an diesem Tag war er mit Anna zur Gruppe gestoßen. In kurzen Hosen und Kniestrümpfen, die ein verhaltenes Lachen auslösten, und hohen Schuhen, die ihm viel zu groß waren, so hatte er den Raum betreten. Frank hatte Anna und ihn in Trebbin abgeholt, zu Fuß waren sie ins Landgut gestapft.

Der Madrich hatte vergeblich versucht, sie vorzustellen. Kaum einer nahm Notiz von ihnen, kaum ein Handschlag oder ein zustimmendes, freundliches Wort. Alle waren mit der großen Frage beschäftigt, wer reisen durfte, alle wollten weg.

In was sind wir da hineingeraten? Er hatte die Frage gestellt, als er so dasaß, am Tisch, mit Anna, der neuen Madricha. Auf uns hat keiner gewartet.

Erst später, als einige den Raum längst verlassen hatten, hatte sich Minna Krug zu ihnen gesetzt. Sie war auch noch nicht lange da, erzählte von den vergangenen Wochen, der Ungewißheit und den Ängsten, der Anspannung dieses Abends.

Wir sind alle aus dem Gleichgewicht. Das wird sich legen. Ihr werdet euch wohlfühlen.

Minna sollte recht behalten.

Sie nahm sich seiner an, des Jüngsten unter den Chawerim. Für alle war er der Kleine. Seine Schwester Hannah und er hatten aus Breslau fliehen müssen. Die Mutter war schon drei Jahre zuvor gestorben, der Vater im November 1938 verhaftet worden. So blieben die Schwester und er allein in der Obhut einer Tante, die kaum Zeit für sie hatte.

Einige Monate nach seiner Ankunft im Landwerk erfuhr er, daß der Vater nach Riga deportiert worden war. Von da traf, 1941 mußte das gewesen sein, eine Postkarte ein, mit der Nachricht, daß er nun mit andern aus Breslau im Ghetto von Wilna sei. Das war das letzte Lebenszeichen des Vaters.

Efri sieht kurz auf.

1943 wurde das Ghetto liquidiert. Keiner überlebte. Das hat er erst nach dem Krieg erfahren. 1943 war das Landwerk längst geräumt und sie ins Zwangsarbeitslager Neuendorf gebracht worden, wo sie kaum noch Post erreichte. Dort erhielt Ron über das Rote Kreuz die Mitteilung, daß seine Schwester Marleen mit dem Vater im Spätherbst 1941 nach Minsk deportiert worden war. Ron erfuhr nie, was mit ihnen geschehen war. Ein Augenzeuge habe es später, nach dem Krieg, beschrieben. Vom brutalen SS-Hauptscharführer Rübe. Der sah die schön gemalten Schilder. Fragte nach der Malerin. Ließ Marleen kommen. Führte sie zum Friedhof. Erschoß sie.

Efri macht schnelle Schritte durch den Raum.

Seine Schwester Hannah wurde der Hachschara Havelberg zugeteilt. Auch sie war dort als Zwölfjährige die Jüngste, hoffte auf Ausreise mit der Jugend-Alija. Hoffte, wie viele, wie er auch, vergeblich.

Efri stellt sich ans Fenster, starrt durch die Scheiben, blaß die sandigen Hügel in der Mittagshitze.

In Ahrensdorf der Kleinste zu sein hatte Vorteile.

Efri lächelt einen Augenblick.

Verwalter Krüger, der auf den Spuren seines ehemaligen Jagd-

herrn rings um das Landwerk als Wilderer unterwegs war, hatte ihn oft zum Fallenstellen mitgenommen, ihm auf dem Weg eine Klappstulle zugesteckt oder gar ein Täfelchen Schokolade.
Kein übler Kerl, der Krüger, auch wenn er später dann doch in die Partei eingetreten ist.
Wieder lächelt Efri vieldeutig.
Als Jüngster wurde er von den Mädchen umsorgt, der Kleine, der Hilfe brauchte und noch nicht als Liebhaber in Frage kam.
Um so einen kümmern sich die Frauen gerne.
Seine Mutter war gestorben, als er neun war, der Vater hielt sich meist außer Haus auf, als Vertreter für Gardinen, bis zur Arisierung des Betriebs. Einer, der lieber unterwegs war, als Vater zu sein. Seine Schwester Hannah und er blieben auf sich gestellt.
Nie in meinem Leben fühlte ich mich so aufgehoben wie auf diesem Landgut. Für mich, auch für andere, war es das, was eine Familie sein kann: Zugehörigkeit und Aufgehobensein. Und Anna war die Seele des Landwerks bis zu seiner Auflösung. Für jeden fand sie ein gutes Wort, für mich, für Carl, für Ron, für ihn vor allem. Ohne Anna hätte Ron den Abschied von Lissy nicht überstanden.
Er hat Ron und Lissy noch zusammen erlebt, in den letzten Tagen vor Lissys Abreise. Sie waren das Paar im Landwerk. Alle begegneten ihnen mit der Anteilnahme für zwei, die zusammengehörten und deren Trennung bevorstand.
Er erinnert sich, wie er die beiden auf ihren Spaziergängen sah, sich nah, selbst dann, wenn sie Abstand hielten. Noch nie hatte er zwei erlebt, die so zusammengehörten, so selbstverständlich: ihre Augen, die sich suchten, ihre Hände, die sich fanden; sogar Lissys Haare schienen in die Richtung des Geliebten zu fallen, so wie das Strahlen seiner Augen ihr Gesicht hell machte.
Das hatte er damals gesehen, der Kleine aus Breslau, der von der Liebe nichts wußte. Als er später von den Liebenden las, die

von allen davonfliegen, wie die Kraniche in großem Bogen, aus einem Leben in ein anderes Leben, hatte er immer an Ron und Lissy denken müssen.
Das Bild von diesem Paar hat er mitgenommen auf seinen Wegen. Und auch jetzt, wenn er in der Abenddämmerung einem der Hügel zustrebt, mit schnellen Schritten den staubigen Pfad entlanggeht, der schmal ist und steinig, und auf die Stadt am Horizont schaut, auf den Zionsberg und den Ölberg, und die Dämmerung die Erinnerung aufsteigen läßt an lange vergangene Jahre, ist das Bild wieder da.

16 Er sah ihr zu: wie sie am Ende der Freitreppe, nah beim Brunnen, von einem Bein aufs andere trat. Das Weiß ihrer Bluse strahlte im Licht vor dem Grün des Holunders, der lange Rock im weichen Blau zeichnete ihre zierliche Gestalt nach. Sie streifte mit der Hand den Brunnenrand, er hörte ihr Lachen von damals, das kehlig und rauh in den Sommertag geklungen hatte.
Es fehlt nur noch der Blumenstrauß von Rosmarin und Rosen, dachte er und lachte. Ganz verzückt war er von ihrem Anblick, dieser Frau von achtzehn Jahren, die dort auf ihn wartete. Er zögerte das Auf-sie-Zugehen hinaus. Auch er hatte sich ein frisches Hemd angezogen, sein Haar mit Wasser und Bürste gezähmt.
Da bist du ja.
Sie eilte auf ihn zu und küßte ihn. Kein Mensch weit und breit, alle schliefen in den Sonntagmorgen hinein, sogar die Madricha, die ihnen den Ausflug erlaubt hatte, mit den Ermahnungen, die dazugehörten, wenn jemand das Landwerk verließ, aber auch mit Nachsicht den beiden gegenüber, denen sie das Glück gönnte. Geht nur, hatte sie ihnen am Sabbatausgang, der mit Rotrübensuppe geendet hatte, zugelächelt.
Mit dir zu sein, an diesem Tag.
Sie sagte es leise, zupfte sich den Pullover zurecht, den sie über die Schultern gelegt und mit einem Knoten festgebunden hatte.
Sie stießen die Räder durchs Tor, er blickte, ehe er sich auf den Sattel schwang, noch einmal zurück, bemerkte im Küchenfenster das Gesicht von Carl.
Langsam glitten die Räder über den noch feuchten Sand auf

der Chaussee. Die Morgensonne fiel durch die Blätter der Bäume am Straßenrand und verhieß vorsommerliche Wärme. Alina hatte ihnen Essen mitgegeben: Klappstullen, gedörrte Apfelschnitze und eine verheißungsvolle Papiertüte. Manch einer schwärmte von den Leckerbissen, die Alina zuweilen einpackte, Zimmes vielleicht, Mohnplätzchen oder gar Honigkuchen.

Du bist ein Schatz, Alina, hatte er ihr, sie umarmend, ins Ohr gehaucht.

Aber nicht der deine, wehrte sie ab, als bereue sie schon ihre Hilfsbereitschaft. Nun geh schon.

Immer mal wieder gab es Gerüchte über Alinas Liebschaften, mit einem Chawer, der ihr gefiel, dem sie dann nicht nur Zugang zu ihrem Turmzimmer im Schlößchen gewährte, sondern auch zur Speisekammer, deren Schlüssel sie besaß, was ihr erlaubte, den Liebhaber mit Leibspeisen zu verköstigen und zu stärken.

Noch vor der Ortsmitte von Ahrensdorf schwenkten sie in den schmalen Feldweg ein, einen mit Gras überwachsenen Schotterweg, mit tiefen Löchern und groben Steinen.

Nicht geeignet für Motorräder, murmelte er spitzbübisch vor sich hin.

Der Weg führte in eine Wiese mit Obstbäumen hinein, in einen Tag mit hellen Farbtönen, in das noch zaghafte Grün, vorbei an einer verlassenen Pferdekoppel zu einer mit Linden gesäumten Allee und einem Gehöft. Sie hielten an, er stützte sich mit der Hand auf die oberste Stange des Zauns.

Als wären wir in die weite Welt entlassen und frei wie dieser Stieglitz da drüben. Lissy strahlte, schob sich die Strähne aus dem Gesicht, endlich einmal draußen, im Weiten, im Offenen. Nur selten verließen sie das Landwerk, manchmal zur Arbeit bei den Bauern oder für Besorgungen.

Wir fahren über Hennickendorf, an der Kirche vorbei, und dann weiter zum Siebenseenort von Dobbrikow: Da kannst du im Hintersee ein Bad nehmen und im Gasthaus Zum alten Krug einen märkischen Eintopf bestellen.
Mute uns bloß nicht zuviel zu, und frösteln tu ich auch ohne Bad.
Es soll ein schöner Tag werden, unser Tag, Lissy, unsere, er verfiel in ein verlegenes Nuscheln, unsere – Frühlingsreise.
Tief atmete er die frische Luft ein, wehrte sich gegen die Schwere, die mit einem Mal wieder drückte.
Schon von fern erblickten sie auf dem Giebeltürmchen der Dorfkirche von Hennickendorf die Störche, aber auch die Menschenmenge um die Kirche und die Fahnen, die da aufgehängt waren, ein Podest, Uniformierte, eine Blasmusik, ein Portrait des Führers. Ohne hinzuschauen, fuhren sie vorbei, nahmen die Abzweigung Richtung Dobbrikow, traten in die Pedale, als ginge es um einen Etappensieg. In Dobbrikow strebte ein Beerdigungszug der Kirche zu. Einige aus der Trauergemeinde drehten sich nach ihnen um.
Weiter, rief er Lissy zu und erhöhte das Tempo.
Erst in Rieben hielten sie an, keuchend; er stand neben ihr, atmete den Geruch ihrer vom Fahren erhitzten Haut und den Duft ihres windzerzausten Haares ein. Unter den Bäumen, an der Straße, wartete ein Mädchen neben einem Leiterwagen mit Blumen und Honig, im Hintergrund ein Bauernhaus. Er erstand einen Strauß Maiglöckchen.
Wie ein Brautstrauß, murmelte sie selbstvergessen und drückte die Blumen an sich. Aus dem Haus tauchte eine vierschrötige Frau auf und musterte sie mißtrauisch.
Ihr seid wohl von denen da drüben? Sie entdeckte den Strauß in Lissys Hand. Nun geht schon weiter. Ihre Worte wurden von einer heftigen Handbewegung begleitet.

Die Räder neben sich herschiebend bogen sie in einen schmalen Trampelpfad zum See ein. Ihre Arme berührten, ihre Hände fanden sich. Der Weg führte ans Ufer. Das Wasser zeichnete ihre ineinanderfließenden Schatten, lang und dunkel, der eine nicht vom andern zu trennen.
Sie folgten dem Weg am Ufer entlang, bis er abbog in eine Wiese hinein, dann in einen Kiefernwald. Sie sprachen nicht, drehten sich nicht um.
Bei einer großen Kiefer blieben sie stehen, lehnten die Räder an den Baum. Sie folgten dem Flug einer Schar Wildgänse, fühlten sich darin aufgehoben, als flögen sie selbst über den See.
Erst als sie in alle Richtungen geschaut hatten, umarmten sie sich.
Ich weiß nicht, wie ich es ohne dich im Landwerk aushalten werde.
Und ich soll reisen, ohne dich?
Sie küßte ihn auf den Mund, seine Hände glitten über ihre Schultern und Arme. Da, wo die Bluse aus dem Rock gerutscht war, berührte seine Rechte ihre Haut, hielt und verweilte, der Daumen drehte kleine Kreise, schob sich tiefer, die Hand glitt weiter, zwischen Stoff und Haut, zögerlich, auf Einwand gefaßt, hielt erst inne, als ihre Hand sich auf die seine legte.
Auf der nahen Landstraße, die hinterm Kiefernwald nicht zu sehen war, dröhnte Motorenlärm vorüber.
Sie horchten auf.
Jemand könnte kommen.
Immer könnte jemand kommen, ob hier oder im Landwerk.
Sie lösten sich voneinander.
Wolkenschatten eilten über die Wiese dahin, ihr Grau kroch

in seine Haut, machte schwer, was er sich leicht gewünscht hatte.
Was hast du?
Mit Lissys Frage trafen sich ihre Augen.
Dieses Gefühl, er wich ihrem Blick aus, dieses Gefühl, jeden Augenblick unendlich dehnen und festhalten zu müssen, weil alles, du und ich und dieser Tag, unwiederbringlich vorübergehen wird. Wie soll ich denn weiterleben, ich hier, du in dem andern Land?
Er hörte seine eigenen Worte, wie sie verklangen, und wie diese Schwere in ihm wuchs. Lissy lehnte ihren Kopf gegen seine Schulter. Er strich mit der Hand über ihr Haar.
Sie setzten sich, mit dem Rücken zum verwachsenen Stamm, nebeneinander ins Gras. Und während sie saßen, Schulter an Schulter, glaubte er für Augenblicke tatsächlich, einer spiele ihnen auf, ein alter Geiger, Bänkelsänger und Bote zugleich. Rufend kamen ihm die Geigenstriche vor, zufällige Klänge, die in ein altes Volkslied fanden, das er aus der Kindheit kannte.
Die Äste der Kiefer griffen ineinander und fächerten sich aus, bildeten über ihnen ein dunkles Dach: ein verlorenes Monument.
Als er aus seiner Tasche eine Klappstulle zog und sie ihr hinstreckte, griff sie dankbar zu und biß hinein, kräftig und übermütig. Alina war nicht knausrig gewesen, hatte großzügig Butter aufgetragen, Tomaten und Frischkäse beigefügt.
Später radelten sie, eilig und schon fast geduckt, auf der Landstraße bis zur Brücke vor Zauchwitz, wo sie von den Rädern stiegen und der Nieplitz folgten, die hier in trägem Lauf, von Pappeln gesäumt, sich in die Felder hinein fortzog, durch sumpfige Wiesen zum See hin.
Da staksten sie übers Feld, drei Kraniche, einer hinter dem

andern, flogen auf, landeten wieder, begannen von neuem ihren Gang.
Immer mit dir gehen, wie diese Vögel da, in den Nachmittag, den Abend, in die Nacht hinein gehen. Und irgendwann kommt ein neuer Tag, und wir verlieren die Angst und gehen immer weiter und vergessen, was bevorsteht in der nächsten Zeit, und kommen irgendwo an, zusammen.
Er ließ sein Rad fallen, stellte sich vor ihr auf, mit dir, flüsterte er.
Sie hielt sich am Lenkrad fest.
Mach es uns nicht schwer.
Dann ließ auch sie ihr Rad fallen, zog ihn mit sich fort, sie rannten, über den Weg, über struppiges Grün, sie stolperte, fiel hin, er auch.
Komm, sagte sie und zog ihn zu sich.
Später verließen sie das Ufer, folgten der Fahrstraße, bis eine Abzweigung nach Körzin verwies. Der Name klang wie eine Verheißung. Sie hörten beide die Musik, die zum Tanz aufspielte; sie stiegen von den Rädern, blickten hoch. Über ihnen ein Himmel ohne Wolken, und für einmal schien er nah, als wäre er den Menschen entgegengekommen, ihnen beiden zumindest, die langsam auf die Häuser, diesseits und jenseits der Schotterstraße, zuhielten.
Sie lauschten der Musik, sahen sich an, ein Tanz nur, ein einziger, und dann zurück.
Wir wollen die Madricha nicht enttäuschen.
Unter dem Scheunenvordach drehten sich Paare, bedächtig, mit ausladenden Bewegungen, zur Musik. Eine Frau strich die Violine, ein junger Mann die Baßgeige, der helle Klang einer Flöte hüpfte in die Melodie, ein Mädchen ließ seine Finger über das Rundholz springen. Die Musiker spielten im Halbdunkel der Scheune.

Wie lange hatte er nur mit Schrecken ans Tanzen denken können, etwa beim Schulfest, wenn die Musik einsetzte und die Mädchen sich gleich zu drehen begannen und wenig für diejenigen übrig hatten, die sich am Rande der Tanzfläche herumdrückten. Das erzählte er Lissy. Sie faßte ihn bei der Hand und zog ihn zu den Tanzenden. In den ersten Schritten noch unsicher, fanden sie in den Rhythmus, drehten sich mit den andern, die Zeit und die Welt vergessend.
Als die Musiker eine Pause einlegten, klatschten sie. Lissy wagte den Schritt zur Frau an der Violine.
Einen Csárdás?
Lissy fragte in den Applaus hinein. Die Frau mit der Geige nickte und gab dem jungen Mann am Baß ein Zeichen.
Die Paare, die schon zuvor getanzt hatten, fielen in den Wechselschritt, und ein Paar gab gleich die Figuren vor. Zwei Einzeltänzerinnen gesellten sich dazu und ein Mädchen in einem schwarzseidenen Kleid mit einem jungen Burschen im weißen Hemd. Lissy riß Ron mit sich. Das Hüpfen und Drehen machte die Tanzenden leicht und beschwingt, und die Musiker in der Rolle jener, die den Takt angaben, nützten das vergnügt aus; sie verlangsamten und beschleunigten den Rhythmus, hielten die Paare in schwindelnder Bewegung, brachten sie außer Atem. Auch Ron und Lissy lachten ausgelassen.
Plötzlich schrak Lissy auf. Sie erkannte das Mädchen, das ihnen am Morgen die Blumen verkauft hatte, und gleich dahinter die vierschrötige Frau, gefolgt von einem jungen Mann mit Strohhut. Sie kamen näher.
Da seid ihr also wieder, mischt euch hinein, ihr habt hier nichts zu suchen. Geht dahin, wo ihr herkommt.
Mutter, bitte.
Das Mädchen versuchte, die Frau zurückzuhalten.
Lissy wollte zum Sprechen anheben.

Die Frau stützte die Hände in die Hüften, ein Gebirge in ihrer ausladenden Fleischlichkeit.
Verschwindet.
Die Musik begann wieder zu spielen. Die anderen Paare schauten auf Lissy und Ron.
Da rannten die beiden davon, packten ihre Räder, stürzten sich, über die Lenkstange gebeugt und so heftig tretend, wie es ihre müden Beine zuließen, in eine wilde Fahrt, ohne Rücksicht auf Schlaglöcher und Unebenheiten auf dem Weg.
Da lang.
Er bog in die Chaussee ein, Richtung Stangenhagen, in die nächste Nebenstraße, deutete mit dem Arm nach rechts. Gleich beim Dorfeingang schwenkte er ab. Der Schotterweg führte ins offene Weideland hinein, die Steinchen zwangen sie, langsamer zu fahren.
Niemand war zu sehen. Niemand war ihnen gefolgt.
Lissy stieg vom Rad. Sie zitterte am ganzen Leib.
Wir haben ihr doch nichts getan. Wir haben doch nur getanzt, ein klein wenig mitgetanzt.
Er ließ sein Rad fallen und ging auf sie zu.
Wir haben niemandem etwas getan.
Sie ballte die Faust.
Lissy!
Wir rennen gegen etwas an, das nicht zu fassen ist.
Sie stieß mit dem Fuß auf den Boden, als müßte sie etwas zerstampfen.
Einmal draußen sein, frei sich bewegen, wenigstens einen einzigen Tag. Aber nicht einmal das.
Sie umklammerte die Lenkstange.
Als stehe uns das nicht zu. Als stehe uns gar nichts zu.
Sie senkte die Stirn auf den Lenker, um den sich noch immer ihre Hände krampften.

Es ist zuviel, stammelte sie, zuviel das alles.
Er nahm ihr das Fahrrad ab, hielt sie in seinen Armen fest.
Am Waldsaum glänzten die Kiefernstämme in einem verwundeten Rot. Ein Schmetterling löste sich vom Wegrand, flatterte auf, fahl wie das Licht auf dem sandigen Weg. Lissy strich sich die Strähne aus dem Gesicht, wischte sich über die Augen.
Auch diese Nähe zu dir, heute an diesem Tag, daß wir zusammen sind und daß wir uns bald voneinander verabschieden müssen. Es ist, als wolle es mich zerreißen, mittendurch.
Er drückte sie an sich.
Nichts geht verloren, Lissy, dieser Tag nicht, und das nicht, was wir einander sind.
Seine Wange berührte die ihre.
Der Abend blieb mild, kein Mensch kreuzte ihren Weg, kein Lärm schreckte sie. Die letzten Sonnenstrahlen warfen ihre Gestalten als verzerrte Schattenbilder über den Bach, auf die jenseitige Uferböschung, in die Sumpfkresse und die Nesseln, die dort üppig wucherten.

17

Am Mittwoch um elf würde die Gruppe reisen, das war festgelegt. Noch fünfmal schlafen, fünf Nächte bis zu diesem Morgen. Eine sollte ihnen gehören.
Mit der neuen Madricha war so etwas zu bereden.
Man braucht sich nicht zu kasteien, sagte sie und verwies auf den Baal Schem Tow, heiter sollen die Menschen sein und in der Liebe aufgehoben.
Madricha Judith wäre da strenger gewesen. Die Pflicht. Die Arbeit. Die strenge Ordnung, die für alle gilt. Keine Ausnahmen. Das andere Leben später. Man ist noch jung, hat Zeit.
Die neue Madricha sah vor der Ordnung die Menschen, ihre Hoffnungen und Sehnsüchte. Der Madrich war nicht der gleichen Meinung. Aber manchmal mußte er nach Berlin.
Nicht darüber reden, mit niemandem.
Schon fast eine Verschwörung.
Nur ein Geheimnis. Das darf sein.
Anna strich durch ihr dichtes Haar, das unbezähmbar wild ihr Gesicht umrahmte.

Eine Nacht. Im Krankenzimmer oder unter dem Dach, wo das Stroh aufbewahrt wird, oder oben im Jägerhaus.
Er hatte aufgezählt, und Lissy war mit jedem Vorschlag noch mehr errötet, so sehr, daß er bloß noch den Tomatenberg hätte nennen können.
Warum planen, was sich einfach ergeben sollte, so wie der Zusammenfluß von Nuthe und Nieplitz.
Mehr wollte sie nicht sagen.
In diesen Tagen war sie oft kurz angebunden, unansprechbar, wie andere auch. Die Arbeit eine Last, die Nächte mit

wenig Schlaf und unruhigen Träumen, die Erwartungen groß.

Die Madrichim bemühten sich, den Alltag zu wahren.

Laßt euch nicht verrückt machen.

Die Stimme der Madricha hatte etwas Beschwörendes. Sie war überall anzutreffen, im Stall, auf dem Tomatenberg, bei der Aussaat, im Gewächshaus. Sie hörte hin, sprach zu, Aufmunterung denen, die reisen konnten, Trost denen, die litten, Ron, Carl, auch Paul und Frank, die gern mit den anderen der Wiener Gruppe gereist wären.

Paul haderte. Er habe Schauspieler werden wollen, um zu spielen, was in der Welt vor sich gehe. Hier sei aus ihm ein Bauer gemacht worden, für den es nun in dem Land dort keinen Platz gebe. Vielleicht sollte er wieder zu spielen anfangen oder ein Stück schreiben: davon, wie schrecklich die Menschen seien. Und manche ohne Glück.

Efri, den alle den Kleinen nannten, wurde Ron zugeteilt, als Imkergehilfe. Efri hoffte, hier würden mit ihm keine Scherze mehr getrieben, wie das mit den Neuen noch immer geschah. Ihn hatten sie mit zwei Ziegen zur Deckung nach Trebbin geschickt. Unterwegs rissen sich die Ziegen los und machten sich davon; er konnte sie nicht halten, und als er, verzweifelt und kleinlaut, seinen Verlust melden kam, wollte das Gelächter nicht mehr enden. Die Ziegen waren einfach zurückgekehrt und standen bereits wieder im Stall. Efri hatte das nicht lustig gefunden. Anna hatte ihn umarmt.

Das geschieht allen Neuen, Scherze, nicht bös gemeint.

Nun sollte er Ron helfen. Efri hatte seinem Großvater bei der Bienenpflege zugeschaut, wußte nicht mehr viel, war aber ohne Angst. Bienen brauchten frisches Wasser, das hatte er gelernt. Krüger, der mit dem Behälter angetrottet kam, die

Pfeife im Mund, hatte sie vor der Gefahr gewarnt: Wenn die Bienen sich ihr Wasser in Pfützen holten, steckten sie sich mit Krankheiten an. Er begutachtete die aufgeritzten Futterwaben, die Ron an die Brutwaben geschoben hatte.

Gut so, brummte er, auch bei den andern Magazinen so ausführen, in den nächsten Tagen nochmals aufritzen. Und den Wasserbehälter aufstellen, da drüben, da ist es windstill und sonnig. Er schickte Efri zu der bezeichneten Stelle. Den Gitterrost knapp oberhalb der Wasseroberfläche befestigen, rief er, dann können die Bienen gut trinken.

Krüger, der sich schon abgewandt hatte, drehte sich nochmals um.

Wenn sie nicht kommen, den Gitterrost mit Futterhonig bestreichen.

Oder Zuckerwasser hinein.

Efri warf diesen Satz ein.

Krüger musterte ihn.

Na, der Kleine da, keck für sein Alter. Also, an die Arbeit. Was verpaßt ist, ist versiebt.

Krüger stapfte davon.

Er ist nicht so übel, wie er tut und spricht, altväterisch eben. Mit den Bienen weiß er Bescheid.

Ron schob Efri den Wasserbehälter zu. Er wolle Landwirt werden, sagte Efri, alles lernen, von Tierzucht und Ackerbau.

Und du?

Ron war überrascht von der Frage.

Schreiben möchte ich, von der Welt erzählen.

Du kannst das?

Einmal hab ich es schon versucht, eine Geschichte von zweien, die nach Palästina fahren.

Du und sie?

Der Kleine sah ihn fragend an.

Wär schön gewesen. Sie fährt, nächsten Mittwoch schon, ich bleibe –
Er brach ab.
Bienen flogen aus. Deutlich war ihr Summen zu hören.
Ich mag dieses Summen in der Luft.
Als er, erzählte Efri, zum erstenmal mit dem Großvater zu den Bienenkästen gegangen sei, habe dieser ihn aufgefordert, sich hinzusetzen und dem Summen zuzuhören, genau hinzuhören. Der gute Imker lese im Summen seiner Bienen, höre alle Zwischentöne und wisse dann, was sich im Bienenhaus tue.
Und er, setzte Ron hinzu, höre darin auch das Summen seiner Gedanken. Er hoffe, sie würden wie die Bienen ihren Ort finden und sich nicht allzusehr im Kreis drehen.

Als die Glocke zum abendlichen Zusammensein rief, waren sie mit der Durchsicht weit vorangekommen.
Der Madrich hatte darauf bestanden, ihnen vor dem Sabbat die Anfänge von König Davids Leben darzulegen. Wieder einmal ein Kapitel aus dem Auerbach. Davids Spuren sind überall.
Die meisten saßen weit vornübergebeugt auf den Stühlen, blickten zwischendurch auf die große Landkarte, gähnten, räusperten sich. Die Notizhefte lagen offen da, doch nur wenige griffen ab und an zum Stift, vor allem jene, die reisten. Der Madrich skizzierte die Kriegszüge Davids gegen die Philister, die Moabiter, die Ammoniter. Und auf der Karte zeigte er die Landstriche, die David seinem Königreich hinzufügte, fremde Namen wie Dan, Beersheba, Sela.
Ron beobachtete, wie sich Lissy Notizen machte. Sie würde in diesen neuen Kibbuz am Fuß des Golan kommen. Ausgesetzt und gefährlich.

Während der Madrich von den Kriegen Davids erzählte, hing Ron seinen Gedanken nach, die hin und her schwirrten, zu den Wegen mit Lissy am See, zu Vater und Marleen. Er dachte an jenen David, den Sänger und Harfenspieler, den er aus seiner Kindheit kannte. Der verschlossene Vater, der selten in die Synagoge ging und wenig wissen ließ von seinem Gott, dieser Vater liebte die Psalmen. Las manchmal einen vor oder bat ihn vorzulesen. Der achte war sein Lieblingspsalm: *Was ist der Mensch, daß du seiner gedenkst; der Erdensohn, daß du dich seiner annimmst …*

Der Madrich umriß mit seinem Stock auf der Karte das Reich der Edomiter, das David zuletzt erobert hatte. Ron folgte mit den Augen dem Stock, doch wieder schweiften seine Gedanken ab. Er dachte an den Ausflug mit Lissy, an die wenigen Tage, die sie noch zusammen hatten, an all das, was ungesagt bleiben würde.

In ihm war die Angst, vor der Zukunft, vor der Bosheit der Menschen, vor den Übeln der Zeit, die heranrückten ans Landwerk, ans eigene Herz. Was noch ihre Welt war, wurde enger mit jedem Tag, schrumpfte, wurde klein.

Er rutschte so unruhig auf seinem Platz hin und her, daß der Madrich innehielt und alle auf ihn starrten.

Der Madrich fuhr mit seiner Erzählung fort, sprach vom Ende der Kriege Davids und von der anschließenden Festigung des Reiches in der größten Ausdehnung seiner Geschichte.

Ron stützte den Kopf in die Hände. Erst als der Madrich den Liebeswahn des Königs David zu Bathseba schilderte, die seine Sinne verwirrte, so sehr, daß er vor einem Mord nicht zurückschreckte, hörte er wieder zu. Trotz der öffentlich bekundeten Reue sei der Fluch in Davids Familie geblieben, sein ältester Sohn Amnon sei einer zerstörerischen Leiden-

schaft zu seiner Halbschwester Tamar verfallen, die mit Tod und Verderben geendet habe.
Der Madrich, streng in seiner Haltung, streng in seinen Zügen, führte aus, wie leicht der Fluch des Fleisches und das Begehren den Menschen knechte, ins Verderben stürze und ganze Weltreiche in den Abgrund gerissen habe, er denke an die griechische Helena, an Kleopatra und wie sie alle hießen.
Und an Anna.
Die Stimme der Madricha fuhr mit einem Unterton von Ironie dazwischen. Der Madrich stöhnte. Anna lächelte mild, als wolle sie sagen, nicht immer seien die Frauen schuld. Sie ergriff das Wort. Nun habe sie gute Nachrichten zu verkünden. Die Reisenden der Alija-Bet hätten geschrieben.

Liebe Chawerim,
seit Bratislava sind wir an Bord des Donaudampfers Uranus, 1100 jüdische Auswanderer. Neben uns singt eine orthodoxe Gruppe, die sich Leschalom nennt. Wir sind die Heimlichen der Alija-Bet. Wir sind an Budapest vorbeigefahren, an alten Palästen, auf den Brücken haben Leute gegrüßt. Wir denken an Euch zurück.
Seit Tagen stehen wir in Russe. Doch bald soll es weitergehen. Wir grüßen Euch. Samuel.

Anna las die Erleichterung in den Gesichtern, bemerkte aber auch die Müdigkeit, hörte das Stühlerücken. Der Abend solle nicht zu lange dauern. Aber es stehe noch eine Überraschung bevor.
Drei Lieder, kündigte Minna mit energischer Stimme an, drei deutsche Lieder, die sie und Simon geübt hätten und die sie vortragen wollten, auch wenn man jetzt sage, deutsche Lieder seien nichts für Leute wie sie.

Mit dieser Musik bin ich aufgewachsen.
Aus der Stille hob ihre Stimme an, zog sie in den Bann, Töne und Worte, die heransegelten, vom Land, wo die Zitronen blühen. Ron kannte die Melodie. Schon die ersten Takte trugen ihn fort, er sah die Zitronenhaine, die südlichen Hügel, die Geliebte an seiner Hand.
Das nächste Lied, das von der Ruhe, die hin ist, wenn eine liebt, war ihm ebenso vertraut; auch seine Ruhe war hin, lange schon, seit dem Frühsommertag, seit der Begegnung am Brunnen. Minna sang vom armen Kopf, der verrückt, vom Sinn, der zerstückt sei. Das tröstete ihn. Der Liebenden am Spinnrad, von der Minna sang, war es genauso ergangen.
Gebannt lauschten sie; einige beugten sich vor, schluckten leer.
Ein Lied noch wolle sie an diesem Abend singen, kündigte Minna an und holte Atem. Kaum war die erste Strophe verklungen, da trafen ihn die Worte der zweiten:
Ich denke dein, wenn mir der Sonne Schimmer
vom Meer strahlt;
Ich denke dein, wenn sich des Mondes Flimmer
In Quellen malt …
Er schloß die Augen, wollte sich die Ohren zuhalten und hörte doch die Worte:
Ich sehe dich, wenn auf dem fernen Wege
Der Staub sich hebt;
In tiefer Nacht, wenn auf dem schmalen Wege
Der Wanderer bebt.
Ich höre dich, wenn dort mit dumpfem Rauschen
Die Welle steigt.
Im stillen Hain, da geh ich oft zu lauschen,
Wenn alles schweigt.

18 Lissy hatte schließlich zugestimmt.
Die Madricha hatte genickt, keine Ermahnungen.
Ihr wißt schon.
Sie hatten sich noch mit den andern auf dem Söller aufgehalten. Einer der ersten Abende unter freiem Himmel, als wäre schon Sommer. Die Seerosen im Teich, das Plätschern des Wassers im Brunnen, der Sonnentau hinter den Ställen. Vielleicht hatte das dazu beigetragen, daß die Stimmung fast übermütig gewesen war, wie selten in den letzten Wochen. Paul hatte einen Steptanz hingelegt, Herta hatte sich mitreißen lassen und die kindlich verträumte Johanna mit sich gezogen, während die andern den Rhythmus mit Händeklatschen begleitet hatten.
Keiner hatte von der Abreise gesprochen, keiner daran erinnert, was bevorstand und manche nicht schlafen ließ. Selbst Lissy hatte, die Hände in die Hüften gestützt, Tanzschritte versucht und leicht gewirkt.
Efri war mit staunenden Augen dem Geschehen gefolgt, ebenso wie Richard und Hedwig, als sei es die Aufgabe der Neuen, zu beobachten, was vor sich ging, es festzuhalten und später weiterzuführen. Als die Madricha zur Bettruhe gerufen hatte und alle nach unten strömten, blieben Lissy und er zurück, lehnten sich über die Mauerbrüstung. Der eine oder andere nickte ihnen zu, freundlich lächelnd oder mit verschmitztem Augenzwinkern. Edna sagte nichts, aber ihre Blicke, die nicht heller wurden, verrieten, was sie dachte.
Gute Nacht.
Die Madricha verschwand auf der Treppe nach unten.
Die Nacht war dunkel, kühl, aber nicht kalt, ein schwarz ver-

hängter Himmel; auf dem Hof kreuzten sich die Lichter aus den Mädchenzimmern und dem Schlafraum für die Jungen, ein Brennpunkt im Gras.
Hörst du das Summen?
Ein Summen? Die Bienen fliegen nur am Tag.
Lissy legte ihm die Finger auf den Mund.
Es ist die Erde. Wenn es still ist nachts, hört man die Erde, es ist, als ob sie atmen würde.
Die Ruhe, mit der sie neben ihm stand, gab ihr etwas Feierliches, das ihn verstummen ließ, aus Furcht, jedes Wort könnte ein falscher Ton sein.
Erst als sie zu ihm aufsah, mit einem Blick, den er als Einverständnis empfand, wandte er sich ihr ganz zu.
Unsere Nacht soll eine schöne Nacht sein, flüsterte sie.
In ihm stieg eine Vorstellung auf, die ihn manchmal überkommen hatte, wenn er wach im Schlafraum lag, die knisternden Strohsäcke hörte, das schwere Atmen und das leise Stöhnen der andern. Das Wunschbild aus früher Kindheit, der fliegende Teppich, mit dem er über den Himmel davonsegelte. Ihm gefiel dieses Bild. Am liebsten, sagte er leise zu Lissy, würde ich jetzt mit dir einen fliegenden Teppich besteigen.
Sie lächelte, ohne Spott.
Unser Teppich ist die Nacht, schau, wir fliegen schon.
Sie hob leicht die Hand von der Brüstung, sah ihn mit jenen offenen Augen an, die in ihn hineinschauten und für Sekunden in den seinen versanken.
Auf dem Teich war ein kurzes Aufklatschen zu hören, ein Wellenkräuseln, dann war wieder alles still. Seine Hand berührte das Segeltuch der Tasche, die sie sich umgehängt hatte.
Alles für die Nacht, flüsterte sie leicht verlegen, wir schlafen ja auswärts.

Auch er hängte sich seine Tasche um, reichte Lissy die Hand. Sie tappten über die Stufen der Steintreppe hinunter; aus einem der Mädchenräume hörten sie Stimmen, ein Lichtstreifen drang unter der Tür hervor und beleuchtete den Treppenabsatz. Sie hüpften darüber und gingen nach draußen, tauchten ins Dunkel des Obstgartens ein und stiegen auf dem Trampelpfad hügelaufwärts, am Tomatenberg vorbei, zum Jägerhaus; die Lichter vom Flughafen leuchteten in der Nacht.

Sie blieb stehen, als warte sie auf jemanden, der noch komme.

Was hast du?

Es ist so ausgemacht, so abgesteckt.

Wo denkst du hin, Lissy, nichts muß sein, es ist einfach nur unsere Nacht.

Sie gingen einmal um das Jägerhaus herum, als müßten sie das Gelände sichern, Geister aufscheuchen im Gebüsch; es roch nach Erde und Harz. Dann saßen sie lange auf der Bank vor dem Haus, das Landwerk lag dunkel und still da, die Schienen der Lorenbahn glänzten.

Komm, mir ist kalt.

Sie war es, die ihn hochzog, voranging, die Tür aufstieß.

Er hatte den Raum am Tag in Augenschein genommen, eine Decke auf dem Bett ausgerollt. Sie streifte mit der Hand kurz über die Kissen.

Das ist unser Hotel. Und wir sind das Paar für die Nacht.

Sie sagte es tonlos trocken.

Am Tisch packte sie die Tasche aus, stellte hin, was sie dabeihatte, eine Dose mit Creme, eine Zahnbürste, einen Kamm, ein weißes Nachthemd, das sie über den Waschbottich in der Ecke breitete.

Brauchst du ein Hemd?

Sie nickte.
Damit du es mir ausziehen kannst.
Er saß auf dem Bettrand, sie stand am Fuße, hinter ihr das Fenster, schwarzblaue Finsternis. Vereinzelte Sterne stichelten durch die Wolken. Er entdeckte eine Narbe auf ihrer Kniescheibe, folgte der Linie der Waden.
Alles an ihr gefällt mir, dachte er.
Sie setzt sich neben ihn; draußen bewegt der Wind Zweige auf und ab.
Das Summen der Erde, er hört es jetzt auch.
Ein G, sagt sie, ich höre ein G, der Ton der Erde. G wie Gabe. Oder Geschenk. Oder Gnade.
Warum nicht Glück?
Sie schmiegt sich an ihn, greift nach seiner Hand, küßt die Spitzen seiner Finger.
Ein Geräusch schreckt sie auf, ein Rascheln draußen im Gehölz, ein Knacken.
Kommt jemand?
Sie lauschen.
Er sucht nach ihrer Hand, zögert. Sie preßt die Knie zusammen. Er greift sich ins Haar. Sie streckt die Hände aus, betrachtet ihre Finger.
Dann lehnt sie langsam den Kopf zurück, sie schaut auf zur Decke, dann zu ihm. Sie wirkt mit einem Mal leicht; auf ihrem Gesicht erscheint ein Lächeln. Seine Hand gleitet über ihren Schenkel, ihre Hand folgt der seinen, greift nach ihr, hält sie fest, er wartet. Sie führt seine Hand weiter, über das Kleid und dann langsam unter den Stoff.
Er sieht ihre geschlossenen Augen, ihren leicht geöffneten Mund.
Dann spürt er ihre Lippen an seinem Hals, auf seinen Lippen, die feuchte Wärme ihrer Zunge. Er preßt sich an sie; wie

selbstverständlich finden sie zueinander, bewegen sich miteinander. Sie hilft ihm, treibt ihn an, bittet ihn zu tun, da, da, und nicht einhalten, weiter, weiter, langsam. Für Augenblicke das, was sie geahnt und sich sehnlich gewünscht haben.

Der Rebbe, denkt er später, hätte es Seligkeit genannt.

Leicht liegen sie auf der Decke, das Fenster zur Nacht ist noch dunkler, das Auf und Ab der Zweige.

Ein Duft schwebt im Raum, aus dem seinen und dem ihren.

Sie ist es, die ihn aus dem Halbschlaf heraus wieder sucht.

Komm zu mir, ich will dich bei mir, ganz bei mir. Komm, sagt sie noch einmal, langsam, bittet sie, langsam. Führt ihn in den gleichen Rhythmus, in die Bewegung, die beide meint, sie zusammen wegträgt, wo der eine mit dem andern sich selbst vergißt.

Ein Seufzer manchmal. Ein Flüstern, ein Kuß. Finger, die die Haut liebkosen, jeden Rückenwirbel einzeln. Sie tippt mit den Fingerkuppen ein Wort auf seine Brust. Welches? Dreimal raten. Er bittet um Wiederholung.

Und manchmal Worte, ins Knistern des Strohs geflüstert, ins Blau der Nacht.

Mit dir leben, Lissy, sagt er.

Mit dir gehen, sagt sie, wie zu einem großen Fest.

Sie spielen in dieser Nacht, redend und träumend, als hätten sie ein ganzes Leben zu entwerfen, legen Bilder aus wie Karten, mit Freude und Wehmut und dem Wissen, daß der neue Tag anbricht. So fallen sie vom Sprechen ins Schweigen und Lieben, das der Dämmerung trotzt, die Nacht noch ein wenig zurückhält, Aufschub gewährt.

Das einfallende Licht dringt zuerst in seine Augen. Er schaut auf die schlafende Lissy an seiner Seite, ihr Gesicht auf der

Decke, das dahinfließende Haar, eine verdrehte, gezwirbelte Strähne, die über die Nase fällt, die Wangen, die schlafwarme Haut. Und auf den ausgestreckten Arm, die Hand geöffnet, die Finger leicht gekrümmt. Er betrachtet sie, bis sie sich unter seinen Blicken regt, blinzelt, mit erschrocken großen Augen zu ihm schaut. Dann rasch nach der Decke greift.

Lissy, flüstert er, streift ihr die Strähne von der Wange. Es wird Tag.

Er blickt in ihre dunklen, ein wenig müden Augen. Er zieht sie noch einmal zu sich heran.

Dann springen sie auf; langsam kleiden sie sich an, jeder für sich.

Sie schlossen die Tür hinter sich; auf einem nahen Zweig flappte, unsichtbar, ein Vogel mit den Flügeln. Hand in Hand gingen sie den Hügelpfad hinab, den Gebäuden entgegen. Noch war alles still, der Himmel, schmerzhaft offen, wölbte sich in einem zarten Grau über dem flachen Land. Ein Kuß. Dann verschwand er im Jungenhaus, sie ging weiter, zum Schlößchen, wo die Mädchen waren.

19 Noch bevor die Sonne hinter den Stämmen hervorblinzelte, türmten sich am Ende der Freitreppe die ersten Reisekoffer, nicht weit weg vom Brunnen, dessen Wasserstrahl kleine Spritzer auf den Holunder warf, auf die Gräser und die Steine. Er sah die Koffer, las das L. H. auf der Stirnseite des einen und sah den roten Punkt, in den Lissy ihre Initialen nochmals, in hebräischen Buchstaben, gemalt hatte.

Krüger würde mit dem Pferdewagen fahren. Die dreizehn Koffer mußten bereit sein, vor dem Appell und dem Frühstück, an dem alle nochmals beisammen sein würden.

Sie hatten noch zusammengesessen, am letzten gemeinsamen Abend, in der Bibliothek. Lissy spielte mit den Zwillingen und Johanna Karten. Ron hatte sich spät dazugesellt, aber wenig gesagt. Auch Lissy war sehr still gewesen. Immer wieder trafen sich ihre Blicke. Herta sprach vom Glauben an Wunder. Als er sich zum Schlafengehen verabschiedete, sprang Lissy auf, flüsterte ihm ins Ohr: Ich hab nicht gewußt, daß es so weh tut.

Die Glocke schrillte, und alle eilten herbei. Hauptwachtmeister Henike trat durchs Tor, salutierte, feierlicher als sonst. Hell klangen die Stimmen der Chawerim in den Morgen. Der Madrich gab Anweisungen für die Tagesarbeiten, für die letzten Verrichtungen der Reisenden. Er beschied alle ans Tor, um elf. Aufbruch, Abmarsch.

Efri begleitete Ron zum Bienenhaus. Ron gähnte. Er hatte kaum geschlafen. Müde, rief er Efri zu, einfach müde.

Er hatte wach gelegen, sich hin und her gewälzt und war schließlich in die Küche gegangen, Carl hatte Nachtdienst.

Ron hatte sich zu ihm gesetzt, sein Journal hervorgezogen, versuchte im Schreiben die Bangigkeit zu verlieren. Rasch waren die letzten Tage vorübergeflogen, mit Arbeit, kurzen Begegnungen; da ein flüchtiger Kuß, dort ein Händedruck. An einem der Abende hatte der Madrich über den Zielort der Ausreisenden informiert, ein karges Land zwischen Jordan und Golan, ein Kibbuz, neu gegründet, an der Grenze als Abwehr gegen feindliche Angriffe. Masada heiße er, wie jene berühmte Festung am Toten Meer. Eine Fotografie, schwarzweiß, hatte ausgetrocknetes Land gezeigt, nackte Hügel, von Steinen durchsetzt, kein Baum, keine Sträucher, vereinzelt Büschel von dürrem Gras. Da wartet Arbeit, hatte der Madrich betont, Pionierdienst; ohne Bewässerung gedeiht da kaum etwas. Da und dort eine Lehmhütte, ein Unterstand, ein Nomadenzelt.
Wenn ich das bloß durchstehe, hatte Lissy ihm zugeflüstert, die Arbeit in der Hitze, der Staub. Und das, sie zögerte, ohne dich.
Er griff nach ihrer Hand.
Denk an den See, der in der Nähe ist, an das Jordantal. Und Degania ist nicht weit, Ruth wird euch besuchen.

Ich füttere noch einmal nach.
Efri ergriff die Initiative.
Du lernst rasch. Er klopfte Efri auf die Schulter. Du wirst unser neuer Imkermeister.
Sie hörten ein Singen im nahen Gewächshaus.
Die wecken unsere Völker auf. Die Bienen brauchen Ruhe. Und wir auch.
Keine Sorge, so leicht fliegen die Bienen nicht davon. Er nickte Efri zu, fuhr dann fort, andere schon.
Warum gehst du nicht einfach mit, fragte Efri.

Wenn das so einfach wäre.
Zu einem gemeinsamen Spaziergang hatte es an einem dieser Abende noch gereicht, kurz vor dem Schlafengehen. Sie hatten ihre Orte im Landwerk aufgesucht, die Bank am Schwanenteich, das Gehege der Damhirsche, den Schilfsaum am hinteren Teich mit dem tuschelnden Wasser. Still waren sie gegangen, jeder in seinem Schweigen. Die Lichtung, auf der sie die Kraniche beobachtet hatten, das Jägerhaus auf dem Hügel, mit dem flimmernden Licht im Gesträuch.
Mein Lieblingsort.
Sie hatten in den letzten Tagen wenig gesprochen. Manchmal war es ein einzelner Satz, der in die Stille zwischen ihnen fiel.
Vergiß mich nicht, flüsterte sie ihm einmal zu.
Dann war da wieder diese Schwere, in der sie nicht aussprachen, was beide dachten: Es könnte ein Abschied sein für immer.

Ron und Efri hörten wieder die Mädchenstimmen.
Was die bloß zu singen haben.
Efri wirkte ungehalten.
Faß an.
Ron reichte ihm den Spaten. Wir müssen noch den Graben ausheben, Krüger will das so.
Im gleichen Takt stießen sie die Spaten in die Erde.
Der richtige Zeitpunkt für einen Laufgraben.
Kreischend stieß Efris Spaten auf einen Stein, rutschte ab. Sie machten eine Pause. Wieder hörten sie die Mädchenstimmen, nun oben auf dem Tomatenberg.
Wie können die bloß, gerade heute –
Da entdeckte er sie. Sie stand auf halbem Weg zwischen Gewächshäusern und Laufgraben, kam langsam näher.

Du?
Er trat den Spaten in die Erde und streckte die Hand nach ihr aus. Sie trug die weiße Bluse; ihre Haare glänzten.
Sie ergriff seine Hand und sprang über den Graben.
Sind die Bienen bereit für den Sommer?
Bereit für Höhenflüge. Und für ständiges Summen, das den Sommer groß macht. Ich höre es schon.
Ich werde es auch hören.
Sie standen bei den Bienenstöcken. Er betrachtete sie von der Seite. Sah die Ohrringe, die sie noch nie getragen hatte, ein funkelndes Rot, in Gold gefaßt.
Schön, sagte er, dein Schmuck, zögerte, und du.
Ihr Lächeln streifte ihn. Sie strich mit der Hand kurz durch ihr Haar.
Du wirst mir fehlen.
Dumpf stach hinter ihnen Efris Spaten in die Furche. Ron bückte sich, griff eine Handvoll Erde, zerrieb die Brocken zwischen den Fingern seiner Rechten, während seine Linke Lissys Hand hielt, ganz leicht, als sei ihm das nicht mehr erlaubt.
Es wird Zeit.
Sie blieb stehen.
Es wäre schön, wir könnten »bis bald« sagen.
Er griff in die Hosentasche, holte einen Stein hervor, ließ ihn in ihre Hand gleiten.
Mirjams Stein, du weißt ja. Ich schenke ihn dir. Er ist der Brunnen, auch in der Wüste, die dich vielleicht erwartet.
Sie nahm den Stein, suchte seine Augen.
Wirst du mir folgen, wie es der Rabbi Eisik verlangt?
Er versprach es. Sie gab ihm ein Kuvert.
Lies, wenn ich weg bin.
Sacht neigte sie ihr Gesicht gegen das seine.

Doch, sagte sie, ganz entschieden, wir sagen »bis bald«. So soll es sein.
Den Druck ihrer Lippen spürte er noch, als sie schon hinter den Gewächshäusern verschwunden war.

Aus allen Winkeln des Landwerks trafen sie beim Brunnen zusammen. Die Gruppe der Reisenden stand in einem engen Kreis, die andern hielten Abstand, als wäre da eine unsichtbare Absperrung.
Komm! Efri stieß ihn an. Wir wollen dabeisein, wenn sie aufbrechen.
Alle waren da. Henike wachte am Tor. Hände wurden geschüttelt, letzte Worte getauscht. Manche schluckten, bissen sich auf die Lippen, andere ballten stumm die Fäuste oder wischten hastig mit dem Handrücken über die Wange. Die Madricha war da, streifte hier und dort einen Arm. Die einen hatten zu gehen, die andern mußten bleiben. Und unter dem hohen Himmel, der im matten Blau sich schämte, rief niemand das Licht zurück, die Sterne, den blassen Mond, damit das nicht so weitergehe, damit alles zum Stillstand käme.
Los jetzt.
Die Stimme des Madrich tönte energisch, seine Arme ruderten, als triebe er eine Herde fort und nicht dreizehn Reisende, die nun auf die Chaussee hinausgingen. Die, die bleiben mußten, scharten sich auf dem Vorplatz zusammen. Einzelne hoben den Arm zu einem Winken.
Ron folgte Lissy im Pulk der langsam Gehenden mit den Augen, sah, wie sie anhielt, eine der letzten beim Tor, sich umwendete, zurückschaute. Und seine und ihre Blicke spannten einen Bogen vom Hier zum Dort, der, wie ein Regenbogen schillernd in seinen Farben, über der Landschaft stehenblieb.

Da stand er und spürte den Riß durch das Land und das Herz, als wäre der Vorhang im Tempel noch einmal gerissen und hätte ihm die Augen geöffnet für das, was lange verborgen war.

20 Er übernahm den Nachtwächterdienst, um wenigstens in die Schlaflosigkeit hinein schreiben zu können, in Worten sich zu verlieren, fort aus dem, was quälte. Und dann war ihm, sie stehe auf der Schwelle und verlange nach einem Schluck Tee.

Was tun, mit sich, mit der Haut, die sich nach Berührung sehnte?

Er meldete sich zur Gruppe, die der Gemeinde beim Holzfällen half. Und sah sie durch den Wald gehen, leichten Schrittes. Er mied die Wege, die sie gemeinsam gegangen waren, und hörte doch überall ihr Lachen. Kein Ort im Landwerk, der nicht an sie rührte. Sie waren in dieser kleinen Welt überall zusammen gewesen, auf dem Tomatenberg, bei den Bienenkästen, vom Brunnen gar nicht zu reden.

Die andern ließen ihn unbehelligt, nur Carl wandte sich ihm manchmal zu, zog ihn mit sich fort. Carl hatte sich entschieden. Endlich. Nie mehr andere abreisen sehen. Selber gehen. Fort, möglichst schnell, betonte er. Markus, der Madrich, würde die Leitung der nächsten Alija-Bet selbst übernehmen. Aus Berlin hatte er gehört, daß auch Klemens aus der Hachschara in Krakau dabeisein würde, das gebe ein Wiedersehen, mit dem sie nicht mehr gerechnet hatten.

Und du, Ron, du auch. Du mußt mit.

Carl ließ keine Gelegenheit aus, ihn anzuflehen, sich doch ihm und der Gruppe anzuschließen, und ihm das Wiedersehen, das glückliche Ende auszumalen, den gemeinsamen Anfang im andern Land, sie zu zweit auf der Reise, zu viert nach der Ankunft.

Auch der Madrich riet ihm eindringlich, mitzukommen, sprach von Kriegsgeschrei, vom Druck auf Polen. Bald werde es für sie keine Ausreisen mehr geben. Das bestätigte auch Alfred Selbiger, der öfter von Berlin ins Landwerk kam, als müßte er Atem holen. Sein Amt war der Reichsvereinigung eingegliedert worden, ein dürftiges Zimmerchen an der Kantstraße diente als Büro. Es gab kaum noch Zertifikate für Ausreisen, sie mußten Listen und Statistiken erstellen.
Die wollen uns nicht mehr gehen lassen.
Alfred Selbiger sagte es, er sah blaß und übermüdet aus.

Lissy war fort.
Du mußt ihr folgen, warf der kleine Efri über die Bienenkästen hinweg seinem Imker zu, wenn er sah, wie der vor sich hin brütete. Etwas ließ ihn zögern, es war, als stünde er in einem Leerraum, einem Nichtmehr und einem Nochnicht. In einer unbestimmten Mitte, in der ihn nichts erreichen konnte. Carl nicht, der Madrich nicht, nicht einmal Anna, die von der Schrift an der Wand sprach.
Was ist mit dir?
Die Madricha fragte. Efri auch.
Er versenkte sich in die Arbeit, entfloh im täglichen Tun. Aber manchmal war die Spannung so groß, daß er das tat, was er sich vorgenommen hatte, nicht mehr zu tun. Er nahm das Kuvert hervor, das sie ihm kurz vor der Abreise gereicht hatte. Darin hatte er dieses Foto gefunden, aus dem sie ihn mit weit geöffneten Augen anschaute. Auf der Rückseite, in hastiger Schrift hingeworfen: Bald liegt zwischen uns Meer und Land, die Wege trennen sich, zerreißt ein Bild und äußeres Band. Das eine hält Dich immer fest: Ich liebe Dich.
Und dann, unten, schon fast winzig klein, die Verse, die Minna gesungen hatte:

Ich sehe dich, wenn auf dem fernen Wege
Der Staub sich hebt;
In tiefer Nacht, wenn auf dem schmalen Wege
Der Wandrer bebt.
Immer Deine Lissy.

Sie war nicht da.
Sie fehlte: ihre Stimme, ihre Hände, ihre Haut.
Die Trampelpfade in den Wald hinein, das Ufer am hinteren Teich, ja selbst die Kraniche und die Schwarzstörche – was sollten sie, wenn sie nicht da war, was sollten die länger werdenden Tage, der anbrechende Sommer, der Duft des Holunders, wenn da nicht diese gespannte Erwartung war, daß sie neben ihn trat, neben ihm herging mit eiligen Schritten, mit ihrem übermütigen Lachen.
Er hörte sie und erschrak gleichzeitig, weil sie nicht da war. Und immer dieser Wunsch: mit ihr zu reden, sie zu halten, mit ihr zu sein.
Immer wieder neu stellte er sich vor, sie brächen zusammen auf, zu einer Wanderung ins Burgenland des Fläming oder in die Märkische Schweiz, nach Altlandsberg und an den Stienitzsee. Er dachte sich Wege aus, die sie zusammen gehen könnten, als sei das, was sie gemeinsam unternommen hatten, nur ein Anfang gewesen.
Er beschäftigte sich, arbeitete mit Efri bei den Bienen, half in der Werkstatt, wenn ihm Zeit blieb. Er spielte mit den andern Korbball, er war da, unter ihnen, manchmal übermütig, gar ausgelassen. Aber in ihm war ein Warten, daß Lissy wiederkäme, ein Warten auf etwas, das alles veränderte, daß der Spuk im Land vorbeiginge und sie wieder sein und leben könnten wie all die Jahre zuvor. Manchmal fielen Sehnen und Tunmüssen von ihm ab, er setzte sich auf die Wiese hin-

ter den Gewächshäusern, entdeckte einen Käfer, der an einem Grashalm hochkroch, zurückfiel, es wieder versuchte; er staunte über ein kräftiges Rostrot, das sich auf dem Sensenblatt gebildet hatte; er schaute einer Biene zu, die auf dem Gitterrost der Tränke verweilte, als könne sie sich nicht mehr lösen. Solche Einzelheiten hielt er in seinem Journal fest; so unbedeutend sie waren, fielen sie ihm auf. Und er gewann für Momente ein wenig Ruhe, die bei der Arbeit half und für den Schlaf in der Nacht.

Oft legte er in der Tischlerei mit Hand an, wo Samuel fehlte und Minna an Hertas Stelle arbeitete. Mit ihr kam er ins Gespräch. Sie erzählte von ihrer Liebe zum Gesang, seit ihrer Kindheit ihre große Leidenschaft. Der Vater hatte sie darin gefördert und früh Privatstunden für sie bezahlt. Schon 1936 war das Geschäft des Vaters in Berlin geplündert, er war geschlagen und verhaftet worden und nicht mehr zurückgekehrt. Minna ballte die Fäuste und erwähnte rasch die Mutter, die mit ihren beiden Brüdern noch in Berlin lebte, in einer Wohnung an der Linienstraße, der jüngere sei erst acht. Sie wolle, sagte Minna, auf Alija, aber nicht in die Landwirtschaft. Ihr falle das schwer: Kühe füttern und melken, und immer mit andern sein, nie allein.

Ich will singen.

Ron erzählte von seiner Schwester Marleen, ihrem Klavierspiel, ihrer Freude am Zeichnen.

Sie wird es schaffen. Und du auch.

Alfred Selbiger kam aus Berlin und berichtete, wie die tägliche Bedrohung zunahm, wie wieder eine jüdische Zeitung verboten, ein Sportverein geschlossen worden sei. Aus Stettin hatten sie Gerüchte über die Evakuierung jüdischer Familien erreicht. In solchen Augenblicken vergaß Ron das eigene Taumeln. Er stellte Fragen zur politischen Lage, machte Vorschläge. Efri bewunderte seinen Imkermeister, weil er so genau ausdrücken konnte, was er empfand und dachte. Ron freute sich über die Zustimmung, die er fand. Doch kaum war er allein, machte einige Schritte über den Hof, fiel er in sein Warten zurück.

Sie war nicht da. Der Schmerz blieb.

Er ließ sich in den Sommer treiben, in einem stetigen Auf und Ab von Zuversicht und Verzweiflung, ungewiß die Lage, für ihn, für sie alle, die verbliebenen Chawerim. Hauptwachtmeister Henike schaute ab und an vorbei, überbrachte eine neue Verordnung, machte Kontrollen. Für jede noch so kleine Fahrt brauchten sie eine Bewilligung; selbst wenn sie nur über die Chaussee in die nahen Felder oder mit dem Rad zu einem Einkauf nach Löwendorf oder Trebbin fahren wollten.

Von Marleen und Vater hörte er nichts. Schrieb sie nicht, oder kamen ihre Briefe nicht an? Auch von Lissy gab es keine Nachricht. Er machte sich Sorgen. Als von Herta aus Triest eine Karte eintraf, erwähnte sie Lissy nicht.

Madrich Markus kündigte für die nächste Woche die heimliche Abreise der Alija-Bet-Fünf an. Greta und Carl würden dabeisein. Ron hatte wieder abgelehnt. Carl konnte ihn nicht verstehen.

Eines Abends, als die Alija-Bet bereits unterwegs nach Bratislava war, rief sie Heinrich zusammen, der neue Madrich aus Berlin, der die Stelle von Markus einnahm. Deutsche Truppen waren in Polen auf dem Vormarsch. Der Krieg hatte begonnen.

Nacherzählen 4

Er kommt langsam daher, wird gestützt, hält sich an den Tischen fest, er ist feierlich angezogen für einen Werktag, eine Hose aus festem Stoff, ein weißes Hemd, die Haare sorgfältig gekämmt. Ein dunkelhäutiger junger Mann geht dicht hinter ihm, bereit, ihn zu stützen, wenn er stolpert.

Als sein Blick auf die deutsche Zeitung fällt, bleibt er stehen. Der Ventilator wirbelt sein spärliches Haar auf.

Sie sind das.

Er streckt mir die Hand entgegen. Jered Lewin, vor langer Zeit Ignatz Laske aus Breslau. Meine Tochter Michal. Seine Hand deutet auf die Frau hinter der Theke, die ich kurz zuvor angesprochen und nach Ruth, nach den Zwillingen Herta und Edna, nach Ines gefragt habe, auch nach Lissy. Das Café Rishonim ist im ältesten Gebäude von Degania eingerichtet, ein Bau aus Holz, einst Teil des Stalles, in dem die ersten Kühe untergebracht waren.

Darf ich mich zu Ihnen setzen?

Er sieht mich fragend an. Ich rücke einen Stuhl für ihn zurecht.

In Tiberias und Maagan hatte man mir wenig Hoffnung gemacht, Degania und Masada seien privatisiert, die Gründergeneration längst gestorben, das Erbe wenig gepflegt.

Trotz der Hitze bin ich den Weg von Maagan nach Degania zu Fuß gegangen, um ganz in der Landschaft zu sein, zu gehen, wie sie damals gegangen sind, fragend und fremd. Die Landstraße folgt dem Südufer des Sees, ist von Palmen gesäumt, die kaum Schatten werfen. Das Thermometer hat schon um halb elf sechsunddreißig Grad Celsius gezeigt. Viele der Gäste – der Kibbuz Maagan ist heute eine Feriensiedlung – sitzen in der hohen Empfangshalle, weil die Klimaanlage da am besten funktioniert, besser als in den Zimmern, wo sie laut klappert und der rasch zunehmenden Hitze nicht Herr wird. Der Strand hat schon am Morgen verlassen ausgesehen; nur in den Schattenwinkeln haben einige, meist junge Männer, Zuflucht gesucht. Die Golanhöhen haben rötlich geschimmert, die tiefen Schrunden wie Rutschbahnen, die in den See stürzen.

Die junge Frau am Empfang rät allen von Spaziergängen ab, auch sie leidet unter der Hitze. Schon mehrmals in den letzten Tagen ist das Thermometer auf vierzig Grad und höher geklettert, Spitzenwerte, das schon. Aber heiß ist es hier immer im Sommer, das ganze Jordantal hinunter bis ans Tote Meer.

Im Zeichen dieser Hitze war ich mit dem Bus von Haifa über Akko hinein in die galiläischen Berge gefahren. Der Chronist hatte mich mit Karten versorgt, er selbst hatte die Reise einige Jahre zuvor, im hohen Alter, auf sich genommen, auf den Spuren jener Ahrensdorfer, die 1939 Deutschland noch hatten verlassen können. Herta und Edna hatten ihn eingeladen, nach Degania zu kommen. Auf einer Postkarte, einer Schwarzweißaufnahme aus dem Jahr 1936, die Siedler in Galiläa zeigt, allein auf einem weiten Feld, hatten sie die Stationen aufgeführt, denen der Chronist gefolgt war: Ahiud – Karmiel – Rama.

Ich tat es ihm nach. An der Straßenkreuzung nach Shefer hatte ich völlig überraschend den See Genezareth aufblinken sehen. Zwischen den sommerlich blassen Hügelzügen lag der See als blanke Scheibe von einem wäßrig dünnen Blau, flimmernd in der Hitze. Ruth hatte ihn als ein Stück Himmel beschrieben, das in die Hügel gefallen sei.

Der kurze Aufenthalt in Safed hat eine fremdartige Welt aufsteigen lassen. Ein Gang hoch zur alten Kreuzfahrerfestung und zur Höhle von Noahs Sohn Sem gibt den Blick frei in die Hügel und auf die Menschen, die an diesem Sabbattag in den Straßen der Stadt unterwegs sind, in fremdartigen Gewändern, dunkelge-

kleidete Männer mit pelzbesetzten wagenradgroßen Kopfbedeckungen, Knaben mit weißen Obergewändern, schwarzen Hosen, mit blassen Gesichtern, von Locken geziert. Kaum Frauen, kleine Grüppchen manchmal, mit hochgewickelten Kopftüchern, bunt getürmt, und in ausladenden, vom Bergwind geblähten Gewändern.
Der Fremde, der hier wartet, ist fremder als sonstwo, er ist nicht gemeint, kaum geduldet. Er schaut auf diese Gläubigen, die in ihrer eigenen Welt leben, auf die Berge und Hügelzüge, auf das sandig trockene Land, von spärlichem Grün durchsetzt, von Zedern, Gestrüpp und rosafarbenen Tamarisken. Manchmal Stimmen, rauhe Kehllaute in einem breiten Aramäisch.
Der Chronist hatte auf seiner Reise Ruth in Degania und Dorothee und Manuel in Shadmot Devora besucht. Er hatte sich von den beiden Liebenden und von ihrem Erzählen mitnehmen lassen in jenen Sommer in Brandenburg, wo ein schmaler Pfad an den hinteren Teich führte. Sie haben ihn den Liebesweg genannt. Da waren sie auch Ron und Lissy begegnet, einmal überraschten sie die beiden im Wasser. Dorothee schlug, auch in ihrem zweiundachtzigsten Jahr, errötend die Augen nieder, als sie davon erzählte.
Mit dem Bus war ich auf der kurvenreichen staubigen Straße durch die galiläische Hügellandschaft gefahren, immer wieder mit dem Blick auf den See, der in wechselndem Blau einen Zauber ausstrahlt, dem man sich schwer entziehen kann. Am Abend hatte ich das Südufer des Sees erreicht und im Kibbuz Maagan, nicht weit von der Jordanmündung, wo Baptisten sich im Jordan taufen lassen, eine Unterkunft gefunden.

Der junge Mann hat Jered Lewin in den Stuhl geholfen. Er sei auf Hilfe angewiesen, sagt er, das müsse man selber angehen, alles habe sich verändert im Kibbuz, alles koste. Die neue Zeit, sie mache ihm Sorge. Seine Hände liegen auf dem Tisch, zittern heftig; langsam schiebt er sie übereinander, verklammert die Finger. Eine Alterskrankheit, flüstert er, aber Naim sorgt dafür, daß ich nicht falle. Er nickt dem dunkelhäutigen Mann zu, der hinter ihm steht.

Die meisten hat er gekannt, nach denen ich gefragt habe, Ruth und Ines, auch die Wiener Gruppe ist ihm bekannt, die Zwillinge Edna und Herta. Mit Greta habe ihn eine Freundschaft verbunden, sie habe als einzige der in Kladovo gestrandeten und später gefangengenommenen Reisegruppe der Alija-Bet-Fünf das Land erreicht.

Und Lissy?

Er runzelt die Stirn. Geduld, bittet er, Geduld.

Dann winkt er seine Tochter Michal herbei, ruft ihr etwas zu. Sie bringt ihm ein Set mit Spielkarten. Er mischt die Karten und beginnt mit leiser Stimme zu sprechen, in einem Deutsch, das aus vergangenen Zeiten zu kommen scheint. Wie Greta und viele andere ist er auf gefährlichen Umwegen ins Land gelangt.

Seine Familie stammt aus Lemsal, Lettland. Dort hatten sie gelebt bis 1938, dann war er mit der Mutter nach Breslau zu einer Tante gereist, der Bruder mit dem Vater in die Schweiz, von dort nach Frankreich, beide blieben verschollen. Er schweigt, hält die Karten des Quartetts in seiner Hand, streicht mit dem Daumen darüber. Sie wollten alle nach Palästina, nur er hat es geschafft. Mit Mutter und Tante war er von Breslau weiter nach Moskau, später nach Samarkand gezogen. Da konnte er mit andern Kindern auf eine Alija gehen, die auf Umwegen über Karachi nach Teheran in ein Camp gelangte. Teheran Children hatte man sie genannt, er war damals, 1941, zehn Jahre alt. Zwei Jahre später kam er nach Palästina, zuerst mit einer Gruppe von Jugendlichen nach Jerusalem, dann als einziger hierher, an den See.

Die eine Geschichte ist die der Kindheit dort; die andere Geschichte beginnt hier im Land. Er war zwölf, ohne Eltern, ohne Verwandte. Alle Jugendlichen waren allein, Edna und Herta, Ines, Greta.

Ehe er die Karten ausfächert, läßt er sie in seinen Händen ratschen, das Geräusch scheint ihm zu gefallen. Dann zieht er eine Karte heraus, legt sie auf den Tisch, rasch eine weitere. Die erste Karte, das Bild des Gründers von 1910, Arthur Ruppin, der im Sumpfgebiet am Ausfluß des Jordans den Kibbuz Degania mitaufgebaut hat. Die nächste Karte zeigt das älteste Holzhaus, in dem die erste Kwuza, zehn Männer und zwei Frauen, gelebt hat, mit zwei Ziegen und einer Kuh.

Es steht noch. Michal ruft das dazwischen.

Immer vier Karten gehören zusammen, der farbige Balken in der Mitte jeder Karte vermerkt das Thema: Gründung. Anbau. Wohnen ... Beim Anbau zeigt eines der Bilder Dattelpalmen und Bananenstauden. Langsam legt er eine Karte nach der andern aus, seine Miene verrät, ob sie ihm wichtig ist, wann er etwas erzählen will, wann nicht. Oft tippt er eine leicht an, schaut in die Runde, die größer wird, weil neue Gäste sich dazugesellen, ihm, dem Geschichtenerzähler, folgen. Die Karte mit dem Getreide wirft er auf den Tisch, Korn, sagt er auf deutsch, Dagan, Degania heißt Korn Gottes. Und Ruth ist die Ährensammlerin am Rande des Feldes. Auf der nächsten Karte steht beim Eingang zum Kibbuz ein Panzer. Im Krieg von 1948, erzählt Jered, wurde ein Angriff vom Golan herab hier abgewehrt. Die benachbarten Kibuzzim Masada und Sha'ar HaGolan sind überrannt worden, da sind sie zu uns geflohen, die Wiener, die Zwillinge, Edna und Herta. Die Karten zeigen ihre Portraits, sein zitternder Finger tippt Herta an. Sie hat in diesem Krieg ihren Mann und ihr Kind verloren.

Er schiebt die Karten zusammen, fächert sie neu aus. Dann legt er in rascher Folge weitere Fotos aus, das erste von einem Mann, der ihm ähnelt. Ein Jugendbildnis? Michal lächelt. Es folgen

zwei Frauenportraits, das erste eine geheimnisvolle Schöne mit langem dunklen Haar, das zweite, mir stockt der Atem, ein Bild vom Sommer 1938, kein Zweifel, ich beuge mich vor, entdecke Carl, schräg dahinter Ruth, nah am Gehege der Damhirsche.
Carl und Ruth, rufe ich erstaunt.
Jered legt den Finger auf den Mund. Alle schauen gebannt auf seine Hände. Bedächtig legt er die nächste Karte aus, zögert, und der Ausdruck seines Gesichts, die Bewegung seiner Hände geben der Karte eine zusätzliche Bedeutung, als appelliere er an die Phantasie des Betrachters, die Leerräume auszustatten. Ich beiße auf die Zähne, um nicht schon wieder herauszuplatzen: Manuel und Dorothee, seine Hand auf ihrer Schulter, die Bluse mit den Rüschen, seine Hand an ihrem Oberarm, und dieser Hirsch mit seinen neugierigen Augen, dahinter die dunkle Silhouette eines Baumes. Der Tag mit dem Fotografen und seiner Frau: die Chawerim an der Arbeit im Landwerk, die Liebenden Dorothee und Manuel, Ruth und Carl, Lissy und Ron, sepiabraun, fleckig und verblaßt, aber unverkennbar.
Chana und Manuel waren öfter zu Besuch da.
Und Lissy? Ich frage es noch einmal.
Seine Finger gleiten über die Ränder seines Kartenfächers, langsam suchend. Der Zeigefinger hüpft von einer Kartenecke zur andern, wie bei einem Spieler, der sein As zieht und es dann mit Nachdruck auf den Tisch legt. Die Karte, die er hinblättert, zeigt ein Marionettentheater, im spaltbreit offenen Vorhang ist eine Figur mit schwarzem Haar zu sehen.
Hat Lissy hier Marionettentheater gespielt?
Jered schüttelt den Kopf, rafft die Karten zusammen, winkt Michal und Naim zu sich. Sie helfen ihm aufstehen, stützen ihn, er dirigiert uns ins gegenüberliegende Gebäude. Der ehemalige Speisesaal, bemerkt Michal, ist jetzt ein kleines Museum.
Jered Lewin steuert auf einen Schaukasten zu. Ein Milcheimer,

eine Petroleumlampe, ein Chanukkaleuchter. Und auch die Marionette mit dem pechschwarzen Haar.
Sie hat Herta gehört; nach dem Tod ihres Mannes und ihres Sohnes spielte sie für Kinder und Erwachsene, leidenschaftlich. Eine Freundin hat sie ihr geschenkt, sie war einmal auf Besuch hier. Eine Lissy oder Lucie.
Jered schweigt, atmet schwer.
Und Carl? Er war mit Ruth befreundet.
Nie gehört. Ruth sei immer allein gewesen, eine dieser Kibbuzfrauen, ohne Mann und ohne Familie, immer bei der Arbeit; zuletzt habe sie in der Pflegestation gearbeitet, und da sei sie auch gestorben.
Jered stützt sich mit einer Hand auf Naims Schulter, mit der andern zieht er eine letzte Spielkarte aus der Tasche und legt sie auf den Schaukasten. Sie ist weiß, für die, die nie angekommen sind.

Es ist schon dunkel, immer noch heiß, als ich den Jordan entlang zum See bummle, eine Sommernacht mit Mond und klarer Sicht. Michal und Naim begleiten mich.
Wir hören die Gesänge der Baptisten, sehen Gestalten in weißen Gewändern ins Wasser steigen, zwischen dem Dunkel der Bäume.
Dann ist der See vor uns, fast ohne Wellen, still; am Ufer Lichterketten.
Da drüben liegt der Friedhof von Kinneret mit den Steinen und den Namen der Pioniere darauf, Herta und Edna, Ruth und Greta sind dort begraben.
Michal sagt es. Wir blicken hinüber.
Die Toten sind die Anwesenden.
Oben auf der Hügelkuppe blinken Lichtpunkte, ein Gefunkel in der Nacht, eine unregelmäßige Lichterzeile. Dörfer, sagt Michal,

Alumot, Poriya, sie deklamiert die Namen wie einen Vers, lacht dann. Dahinter fängt der Switzerland Forest an, und weiter nördlich, am See, liegt Tabgha, der Ort, wo Brot und Fische für alle reichten.
Sie umarmt mich, drückt mir ein Kartenspiel in die Hand. Da kannst du die Bilder auslegen, immer neu, und aus den Karten die Geschichten lesen, erzählen, wie es gewesen sein könnte. Nirgends sind wir so sehr bei uns wie im Erzählen, darin sind unsere Sehnsüchte aufgehoben, die Verlorenheit in einer fremden Umgebung, das Heimweh. Erzählen heilt. Darum erzählt mein Vater so gern, für ihn habe ich das Spiel entworfen, zum Jubiläum, hundert Jahre Degania.
Ich schaue auf das Wasser. Oben auf den Hügeln funkeln die Lichter, helle Stecknadelköpfe.

21 Zwei Motorräder voran, dann ein offener Mannschaftstransportwagen, dahinter noch ein Motorrad: eine Kolonne, die durchs Tor fuhr, auf das Schlößchen zu, anhielt. Einer sprang ab, schritt eilig voran, zwei folgten, stürmten die Freitreppe hoch, schlugen an die Tür, verlangten in lautem Befehlston Einlaß.

Der Madrich öffnete. Es dauerte nur Minuten, bis sie das Haus wieder verließen.

Die Chawerim, die sich nach dem Essen beim Brunnen aufgehalten hatten, verharrten ängstlich, schauten zu, wie sie den Volksempfänger hinaustrugen. Ron sah es ohne Bedauern. Nun würde die Stimme nicht mehr zu hören sein.

Anna trug ihren eigenen Volksempfänger gleich selbst nach unten und brachte ihn zum Wagen. Der Madrich ließ die Glocke läuten, rief alle zusammen, verkündete, was galt: Wer einen Volksempfänger besitze, habe ihn gleich abzuliefern, da es fortan Juden verboten sei, über einen zu verfügen. Wer dem zuwiderhandle, werde bestraft.

Der Mann von der Staatspolizei winkte zum Mannschaftswagen hinüber.

Na dann!

Beamte sprangen ins Freie und verteilten sich auf die Gebäude, die Schlafräume, die Ställe, einer lief zum Jägerhaus hoch. Keiner im Hof sprach. Die Suche dauerte; ohne fündig geworden zu sein, kehrten die Beamten zurück.

Die Kolonne brach auf.

Anna klatschte in die Hände, energisch. Es war der Madrich, der sprach, noch kaum eingearbeitet und schon gefordert. Streng wirkte auch er, mit seinem dichten, gescheitelten Haar, eine imposante Erscheinung, groß und knochig. Ein Turm von einem Mann. Er bat um das, was seine Vorgänger ihnen auch schon nahegelegt hatten, die Ruhe bewahren, den Alltag leben, das Ziel nicht aus den Augen verlieren: die Heimkehr ins Land der Zuflucht. Da, wo unsere Nächsten und Liebsten sind und auf uns warten. Seine Stimme klang brüchig.

Ron horchte auf, musterte ihn. Auch der Madrich hatte eine Liebe, die bereits ausgereist war. Das hatte sich herumgesprochen im Landwerk, noch ehe er eingetroffen war. Anna hatte über ihn erzählt. Aus Königsberg kam er, 1933 von der Universität ausgeschlossen, sich durchschlängelnd bis 1936, dann, im gleichen Kurs wie Anna, Ausbildung zum Lehrer für die jüdische Volksschule.

Madrich Heinrich faßte sich, wiederholte die neuen Vorschriften, die zu beachten seien: kein Radio, keine Ausflüge ohne Bewilligung. Forderte noch einmal zur täglichen Arbeit auf, die weiterzuführen sei, trotz allem.

Als er schwieg und das Schweigen alle wie ein Gewicht erfaßte, trat Anna vor, stimmte die Hatikva an: *Solange noch im Herzen …* Sie sang die ersten Worte allein, gab nicht auf, fuhr entschlossen fort; und langsam, zögernd fielen die andern ein: *So lange ist unsere Hoffnung nicht verloren, die uralte Hoffnung … Hatikvah hannoshanah*, unterstrich der Madrich mit kräftiger Stimme.

Ron wandte sich mit Efri den Bienenkästen zu; er freute sich auf die Aufgabe. Nachsommerarbeiten standen an. So nannte Krüger das, was im beginnenden Herbst für die Wintermonate, die brutlose Zeit, allmählich vorzukehren war: die Völker und ihren Zustand genau beobachten, ihr Kleinerwerden, die Grundlagen schaffen für die Auswinterung. Etwas tun.

Den Worten des neuen Madrich hatte er gern gelauscht, sie besänftigten, was in ihm brodelte. Nicht nur er, alle schienen von dieser Unruhe erfaßt, von der Ungewißheit. Seit mehr als einer Woche lagerte der Rucksack am Ende jedes Bettes, gepackt und reisefertig, die Kleider darübergelegt. Eine Vorsichtsmaßnahme, hatte Anna begründet und die Evakuierungen erwähnt, die in Havelberg und Schniebienchen vorgenommen worden waren. Das Wort hörten sie seit einiger Zeit öfter: Evakuierung. Zuweilen kniete einer vor seinem Rucksack, packte etwas aus, schob etwas anderes hinein, ein Buch weniger, einen Pullover mehr. Was wäre noch einzupacken, auf was zu verzichten, was mußte mit, was blieb da?
Efri kickte einen Zweig weg.
Sie lebten unter Quarantäne. Das Bereitsein saß als ständige Anspannung in ihren Gliedern.
Müde?
Efri sah ihn fragend an.
Er nickte.
Immer öfter erwachte er in der Nacht, lag lange schlaflos, hörte, wie andere sich unruhig drehten.
Efri zog einen Rost aus dem Bienenkasten.
Die Brutnester werden kleiner.
Er gab Efri recht; seine Blicke glitten den Zaun entlang und hinüber zum Tor. Niemand, der Einlaß begehrte, auch nicht der Postbote. Neuss kam selten, blieb wortkarg, als hätte es ihm die Stimme verschlagen. Was er brachte, wog leicht: eine Karte, ein Brief.
In den ersten Wochen nach Lissys Abreise hatte Ron noch unruhig nach dem Postboten Ausschau gehalten, hatte am späten Vormittag immer wieder zum Tor gesehen und in die Allee hinein, schon fast beschwörend. Aber das ständige Vergeblich drückte, lähmte ihn, zwang ihn zu einem trotzigen

Gleichmut, den er wie eine schützende Hülle um das legte, was ihn und Lissy betraf.

Einmal traf eine Karte ein, von Marleen, nicht von Lissy. Sie hatte endlich ein Papier für England bekommen, eine Unbedenklichkeitserklärung, so hieß das. Zu spät. Der Krieg verhinderte die Reise.

Kann nun nicht mehr reisen. Bleibe da mit Vater. Alles wie immer. Marleen.

Alles wie immer: Meinte sie, daß ein Verhängnis nach dem andern sie traf? Glücklose Marleen. Man müßte sie an der Hand nehmen, festhalten. Wie lange hatte er schon nicht mehr mit ihr gesprochen. Letztes Jahr hatte sie für den Kulturbund noch Filmplakate gezeichnet. Und nun? Wagte sie sich noch auf die Straße? Er stellte sich vor, was Marleen tat, was sie bewegte. Und wie ging es Vater, was war mit seinen Atembeschwerden, seinen Händen?

Die äußere Welt, und das war alles, was außerhalb des Landwerks war, kam ihm abhanden, löste sich im Dunst seines Grübelns auf, zerfiel in Schnipsel und Laute, wuchs in seiner Phantasie zu etwas anderem zusammen, zu einer eigenen Welt, einer möglichen, einer imaginierten. Er grübelte vor sich hin, während Efri ganz in die Arbeit vertieft war. Ein Imkerlehrling voller Begeisterung. Ron schaute ihm dabei zu.

Das hilft dir nicht, und den andern auch nicht. Anna ermahnte ihn öfter. Warf ihm einen Satz zu, um ihn aufzurütteln. Sie selbst packte überall an, sprang bei, wo immer sie jemanden entdeckte, der nicht zurechtkam. Immer öfter kam einer nicht zurecht.

Auch der Madrich wandte sich ihm zu, erzählte von seiner Liebe zu Ilse, von ihrer Begegnung auf dem Seddinsee. Nicht weit von der Insel waren ihre Blicke ineinandergefallen, wäh-

rend die Boote in geringem Abstand aneinander vorüberglitten. Sie hatte sein Winken mit einem scheuen Gegenwinken beantwortet.
Der Madrich zwinkerte schalkhaft mit den Augen.
Er hatte, noch ganz benommen, das Boot davonschwimmen sehen und schon gefürchtet, sie würde weg sein, wenn er am Ufer einträfe.
Liebende sind gefährdet, sagte der Madrich. Aber manchmal haben sie Glück.
Ilse hatte wartend auf einer Bank gesessen und ihm zugelächelt, als sein Boot endlich angelegt hatte: als müßte das so sein, als gehörte das zu diesem Tag am See. Sie hatten die Worte leicht gefunden, das Sprechen miteinander, und waren die Promenade entlangspaziert bis zum Oder-Spree-Kanal. Weit in die Nacht hinein hatten sie auf dem alten Kaffenkahn gesessen. In Berlin, wo sie beide lebten, waren ihnen einige Wochen vergönnt gewesen. Dann hatte Ilse ein Haushaltspermit für England bekommen. Und sie hatten beschlossen, daß sie gehen solle.
Ich habe sie zum Bahnhof gebracht. Wir werden uns Briefe schreiben. Er zog ein Foto aus der Jackettasche. Das ist sie.
Ilse trug das Haar kurz geschnitten, ein schmales Gesicht. Der Madrich verlor sich in dem Anblick. Ron zögerte. Dann reichte er dem Madrich jene Aufnahme von Lissy, die ihm die liebste war, wie sie mit offenen Augen aufschaute, das Gesicht mit den Sommersprossen auf der Nase; etwas Vergnügtes, sorglos Verspieltes ging von ihr aus, als könne nichts ihre Welt eintrüben. Er erzählte vom Nachmittag mit dem Fotografen Sonnenfeld und Leni, seiner Frau, hier im Landwerk.
Der Madrich hielt die Aufnahme fest zwischen den Fingern und lächelte.

Die Sonnenfelds aus Berlin. Anna und ich haben sie in der Joachimstaler Straße besucht.
Bevor der Madrich hergekommen war, hatte er die Sonnenfelds noch einmal gesehen. Er hatte sie beim Kofferpacken angetroffen; nicht nur die Angst trieb sie fort, auch die Isolation. Die Zeitschriften, die ihre Fotos gedruckt hatten, waren längst verboten, die *Jüdische Rundschau* und auch die Zeitung des Central-Vereins. Man schneide ihnen die Luft ab, habe Leni gesagt.
Der Madrich legte Ron den Arm um die Schultern.
Wir finden unsere Frauen wieder.
An diesem Abend folgte Ron den andern auf den Söller und hörte zu, wie sie sangen, Minna und Anna. Doch als Simon zum Tanz aufspielte und Anna gleich in die Schritte fiel, gefolgt von Minna, blieb Ron sitzen, auch dann noch, als er allein zurückblieb und sogar Efri und Hedwig sich an den Händen faßten und mittanzten. Nicht einmal Anna konnte ihn zum Aufstehen bewegen. Er blieb, wo er war. Keine kam vom Tomatenberg herunter und schritt auf ihn zu.
Da setzte sich Minna zu ihm. Traurig, fragte sie.
Auch sie werde reisen, im Januar, wenn es noch gehe. Minna sagte es leise. Sie könne einen Kindertransport als Hilfsleiterin begleiten, auch ihre kleinen Brüder würden dabeisein.
Gut für euch, brummte er.
Und deine Schwester?
Mit Vater in Hamburg.
Die Nachricht von der Alija-Bet, mit der Carl und Greta gereist waren, hatte Alfred Selbiger aus Berlin gebracht. Der Madrich hätte die Meldung lieber für sich behalten. Aber Ron und Simon hatten nachgefragt und nach einem Zögern Antwort bekommen. Die drei Schiffe mit den rund 1000 Jugendlichen steckten im Winterhafen von Kladovo fest. Die

Donauschiffe wurden nicht über die rumänische Grenze gelassen, offenbar weil keine Aussicht auf ein Hochseeschiff im Hafen von Tulcea oder Varna bestand. Sie würden auf der Donau überwintern müssen.
Ron dachte an Carl; er hatte sich vor dem Donauwinter gefürchtet. Schon einmal waren Schiffe vor Kladovo festgefahren. Carl hatte den Aufbruch dann doch gewagt. Um seine Ruhe wiederzufinden. Und was war mit den andern aus dem Landwerk, die sich angeschlossen hatten? Mit Greta, dem ehemaligen Madrich Markus und Klemens? Alfred Selbiger hatte sich besorgt gezeigt.
Nichts als warten, dort wie hier.
Der Madrich war beunruhigt. Und dann erinnerte er an das, was nun galt: Die Tore mußten auch tagsüber geschlossen sein; keiner durfte hinaus.
Die Schwierigkeiten nehmen zu.
Das sagte Alfred Selbiger, der öfter kam; er erwähnte Evakuierungen, aus Potsdam, aus Cottbus. Wer weiß, wohin? Ostwärts? Lodz? Warschau? Minsk? Er berichtete von einer neuen, eben geplanten illegalen Sonderausreise, einer weiteren Alija-Bet, auf Wegen über die Ostsee und hinunter nach Odessa, dann über das Schwarze Meer in die Türkei.
Wir haben keine Wahl, wir müssen es wagen.
Alfred Selbiger blieb bekümmert.
Noch immer trafen ab und an neue Chawerim im Landwerk ein. Dem Madrich kam ihre Ankunft gelegen, die Arbeit mußte weitergehen. So ließ sich der Tag halten, der Abend begehen, die Situation bestehen, wie Alfred Selbiger das nannte. Die Kartoffeln ernten, Äpfel und Birnen pflücken, Kraut in den Essig legen und Iwrit lernen. Auch der Schuster Klatt tauchte eines Tages wieder einmal auf, ersetzte durchgetretene Sohlen und gerissene Schuhriemen, strich seine

Creme aufs Leder, so kräftig, daß der Duft überall zu riechen war und manch einen wieder beherzter auftreten ließ.

Die Karte, die Tage später aus Triest eintraf, war einige Wochen alt.

Ich bin krank. Bleibe vorerst hier und folge den andern später. Es wird schon werden. Mach dir keine Sorgen. Wir werden uns wiederfinden, du und ich.

Lissy, immer die Deine.

Epilog

22 Den Alltag halten.

Davon ließ sich der Madrich nicht abbringen, auch wenn sie schmerzhaft feststellten, daß kein Tag verging, ohne daß sich etwas querlegte. Immer wieder von neuem geriet der Tagesplan durcheinander. Paul mußte sich bei der Polizeidienststelle melden, Hauptwachtmeister Henike holte ihn ab. Paul kam nicht wieder. Der Hauptwachtmeister gab vage Auskunft, verwies auf Dienstvorschriften. Als der Madrich nachhakte, so bestimmt er es wagen konnte, würgte Henike das Wort heraus: Evakuiert.

Sie hörten von der Evakuierung von Juden aus Stettin nach Minsk, aus dem Badischen nach Gurs. Eines der Mädchen erhielt die Mitteilung, ihre Eltern seien zur Abwanderung gekommen. Das Wort Auswanderung fiel immer seltener, die Wörter Abwanderung, Evakuierung immer öfter.

Pauls Platz am Tisch blieb leer; sein Gesicht, seine Stimme fehlten.

Der Madrich teilte eine neue Verordnung für das nächste Jahr mit, Juden dürften keiner Form von Berufsausbildung mehr nachgehen.

Sie dachten an die Eltern, die Freunde, an sich selbst. Sie schluckten leer und waren wütend. Sie warteten, sie hofften. Versuchten dem Abschied, der anstand, mit Ruhe entgegenzusehen. Trotz des ungewissen Schicksals der Alija-Bet, die in Kladovo festsaß, schlossen sich einige einem weiteren Versuch der illegalen Ausreise an, der Alija-Bet-Sieben.

Wir haben nichts zu verlieren.

Henner meldete sich und Frank aus Lissys Wiener Gruppe.

Ron lehnte ab. Der Madrich fragte nicht nach. Er begleitete die Gruppe zum Zug. Sechs Wochen bis Haifa, wenn sie Glück hatten.

Sie brachten den Tag leidlich hinter sich, trotz all dem, was die Arbeit erschwerte: das fehlende Saatgut, die Werkzeuge, die nicht ersetzt werden konnten. Sie fanden sich zu den Essen ein, die stetig karger wurden, Kohl und Kartoffeln, in immer neuen Variationen. Alina suchte neue Zubereitungsarten, die Gewürze fehlten, Salz und Mehl wurden knapp. Alfred Selbiger brachte dann und wann eine Tüte aus Berlin, mit dem, was die Reichsvereinigung noch beschaffen konnte.
Sie hungern uns aus.
Johanna sprach es aus, wollte noch etwas anfügen, holte Luft, machte eine heftig abwehrende Geste mit der Hand.
Mit dem Geschmack von Grünkohl und Kartoffelbrei auf der Zunge fanden sie sich am Abend zusammen. Manchmal spielte Simon auf der Violine, Minna sang, Anna las etwas vor, versuchte anzukommen gegen die Schwere, die bangen Fragen, die keiner aussprach. Nur der kleine Efri wagte es.
Sind die Hachscharot bald am Ende? Wann wird es soweit sein? Was wird aus uns?
Ron übte sich in Ablenkungen, schlug auf den Sandsack ein, zielte die Bälle in den Korb. Litt. Lehnte sich auf. Versuchte Beobachtungen in seinem Journal festzuhalten, nur um etwas zu tun. Schrieb. Von dem, was sich verliert im Schmerz, in der Qual. Vom Schwinden, um ihn herum, in ihm, vom leeren Raum. Vom Abgrund. Schrieb und brach ab. Stieß Verwünschungen aus. Ballte die Fäuste.
Er sprach wenig, aß wenig. Saß da, brütete, vor den Bienenkästen, vor dem Gewächshaus, lehnte sich an das auch tagsüber geschlossene Tor und starrte in die Felder hinaus. Ach-

tete nicht auf Efri, der sich an seine Seite stellte, Anna, die ihn rief, den Madrich, der ihn schüttelte.

Den Alltag halten – die Ordnung wahren.

Der Madrich wiederholte es jeden Tag, schon fast flehend. Er suchte die Gruppen bei der Arbeit auf, ermunterte sie, trieb sie an. Nicht nur Saatgut fehlte, Johanna sorgte sich um die Anpflanzung. Auch Zuckerwasser für die Bienen, klagte Efri. Zwar konnte Krüger dies und jenes beschaffen, aber auch er mußte Rechenschaft ablegen. Die Kontakte zu den Bauern in der Umgebung waren abgebrochen. Krüger berichtete von Doktor Weinerts Verhaftung. Die deutschen Truppen waren auf dem Weg nach Paris.

Die Sonne stand am wolkenlosen Himmel, die Schwäne glitten über den Teich.

An einem dieser Tage traf wieder einmal ein Brief ein, von Ruth. Das Kuvert enthielt eine Karte mit einem Bild von Einwanderern, die mitten auf einem Feld einen Pfahl einschlugen. Ruth schrieb vom einfachen Leben in den Holzhütten, von Datteln, Oliven und Fladenbrot auf dem Mittagstisch; auch von Krankheit, Malaria und Gelbfieber in dem ehemaligen Sumpfgebiet am Jordan. Aber wir sind da und arbeiten. Von Carl habe sie keine Nachricht, doch sie werde warten. Sie hoffe auf seine und Lissys baldige Ankunft.

Ron sah den Madrich fragend an.

Nein, keine Nachricht von Lissy, auch in Berlin wisse man nichts. Viele Reisende würden aufgehalten, warteten, irgendwo, bis sie weiterkonnten. Nicht verzweifeln, Geduld haben.

Der Madrich zog einen Brief aus der Tasche.

Von Ilse. Aus London. Sie ist gesund. Und da steht ein Satz, der auch für dich gelten soll: Kopf hoch, Liebster.

Der Madrich steckte den Brief ein, knuffte ihn in die Seite.

Alfred Selbiger tauchte meist überraschend auf, entfloh seinem Büro, der Stadt. Er freute sich, wenn Anna mit ihm durch das Landwerk spazierte. An diesem Spätnachmittag wirkte seine Miene schon bei der Ankunft ernst. Langsam drang es am Abend von Tisch zu Tisch, was er an Nachrichten aus Berlin brachte. Das ließ die Gespräche leiser werden und sie allmählich ganz verstummen. Die vor Kladovo Gestrandeten waren aus den Schiffen geholt und weggebracht worden, in die Kleinstadt Šaba an der Save, nicht weit von Belgrad, ohne Aussicht auf Weiterreise.
Alfred Selbiger hatte noch nicht alles mitgeteilt: Sämtliche Hachscharot rund um Berlin sollten geräumt werden.
Was geschieht mit uns?
Mehr als ein verzweifeltes Schulterzucken konnte der Madrich nicht geben. Alfred Selbigers Gesicht verriet, wie ernst die Lage war. Er schaute in die Runde.
Wir erleiden Verfolgung, von denen, die jetzt Geschichte machen, aber wir dürfen nicht verzweifeln, unsere Würde nicht verlieren.
Simon trommelte auf seinem Geigenkasten, Johanna hustete.
Alfred Selbiger kehrte noch am gleichen Abend nach Berlin zurück, Hedwig begleitete ihn, um ihre Mutter im Gefängnis zu besuchen; sie hatte die Erlaubnis erhalten. Die Madrichim, Anna und Heinrich, begleiteten Alfred Selbiger hinaus zu seinem Rad, Hedwig holte eines der Fahrräder aus dem Schuppen. Langsam gingen die beiden zum Tor, hinter ihnen, in kleinem Abstand, folgten die Chawerim. Als Alfred Selbiger und Hedwig sich nochmals umwandten, winkten alle, langsam und ohne Heftigkeit. Und sie winkten weiter, als die beiden schon lange in der Dunkelheit verschwunden waren.

23

Der Tag, an dem sie Johanna und Simon holten, war der Tag, an dem alles zu enden begann, die Abende auf dem Söller und in der Bibliothek, die Arbeit im Landwerk und die Hoffnung.

Ein früher Morgen, Wellenschlagen auf dem Teich. Und dann Motorenlärm. Vor der Freitreppe brüllten die Männer in ihren Ledermänteln zwei Namen: Simon Israel Novak und Johanna Sarah Lippmann. Johanna eilte die Treppe herunter, Simon stolperte hinter den Gewächshäusern hervor. Die Männer griffen zu, stießen Johanna und Simon in das Mannschaftsfahrzeug, das mit laufendem Motor beim Tor stand. Anna wollte ihnen folgen, doch die Männer brüllten sie zurück.

Johanna und Simon waren fort. Sie ließen ihre Betten bezogen, den gefalteten Schlafanzug unter dem Kissen, den Rucksack am Fußende, die Kleider im Schrank. Erst nach Tagen schnürte die Madricha alles zu einem Bündel zusammen, beschriftete ein Etikett mit den Namen, dem Herkunftsort, dem Datum der Verhaftung. Die Bündel wurden in den Abstellraum hinter der Bibliothek gebracht: abholbereit.

Kurz die Reihe, die sich zum Morgenappell einfand. Sie waren nicht mehr viele. Minna war mit der Kinderalija, von der sie erzählt hatte, nach Zagreb gelangt. Die Nachricht war eingetroffen. Ron freute sich, der Abschied von Minna hatte ihn geschmerzt. Hedwig war nicht gereist; sie wollte nicht ohne die Mutter fort.

Den Alltag halten. Die Madrichim versuchten es, Alina auch:

Sie übte sich weiter in Kartoffelvariationen, holte aus der Speisekammer, was noch vorhanden war, das letzte Sauerkraut im Bottich, Gläser mit Marmelade, eingemachte Tomaten. Sie streckte das Mehl, daß es für Brot und Plätzchen reichte, dankte Krüger, wenn er Salz und Zucker brachte oder gar Speiseöl.

Keiner soll hungern.

Alina sprach den Satz wie einen Schwur. Sie rüstete, würzte und schnitt, ersetzte Fehlendes durch ungewohnt Neues, kombinierte das Wenige zu einem sättigenden Ganzen, arrangierte und dekorierte mit Blättchen und Blüten, was auf den Tisch kam. Sie bereitete die täglichen Mahlzeiten, die den Mangel an Zutaten kaum verrieten. Ron sah sie manchmal am Fenster stehen, unruhig schweiften ihre Augen über Vorplatz und Teich, hinauf zu den Bäumen, er las eine verdrossene Traurigkeit in ihren Zügen. Er winkte ihr zu.

Manchmal saß er am Brunnen, um dessen Rand sich immer mehr Efeu rankte; bald würde der Brunnen überwuchert sein.

Einmal trat Anna aus der Tür und umarmte ihn stumm.

Bis zum Tag, an dem sie Johanna und Simon geholt hatten, hatten sie jeden Abend versucht, zusammenzusein. Nun lag Simons Violine verschlossen in ihrem Kasten in der Bibliothek; keiner rührte sie an.

Wie Alina mit den verbliebenen Zutaten versuchte, ein Essen zuzubereiten, das schmeckte, war Anna bemüht, Momente von Einvernehmen zu schaffen. Durchhalten. Das zweite Jahr im Krieg. Manchmal gelangen Atempausen.

Ron fühlte sich davon ausgenommen, als sei er längst verstoßen. Er war einer der wenigen, welche die Anfänge des Landwerks erlebt hatten, einen Alltag, in dem sie fast unbehelligt

sein konnten, in dem sie sich aufgehoben fühlten. Er lebte mehr in diesen vergangenen Tagen als in der brüchigen Gegenwart, die ihnen mit immer neuen Schreckensmeldungen den Boden entzog.
Selbst der Madrich wurde wortkarger mit jedem Tag. Er gab, widerwillig und manchmal mit Verspätung, weiter, was er wußte. So hörten sie erst einige Zeit nach dem Unglück, daß die Schiffe der Alija-Bet-Sieben nach einer Irrfahrt von hundertsieben Tagen im Hafen von Haifa eingetroffen waren, aber die hungernden und erschöpften Passagiere nicht an Land durften, statt dessen von den britischen Behörden auf das Schiff Patria gezwungen wurden. Eine Sprengung, die das Schiff bloß beschädigen und die Behörden zur Aufnahme der Passagiere zwingen sollte, war mißlungen, die Patria war gesunken.
Der Madrich berichtete langsam, versuchte ruhig zu sprechen und fiel doch wieder ins Stocken. Viele waren umgekommen, darunter Frank und Henner.
Bei dieser Nachricht faßten sich die Chawerim an den Händen. Ein Beamter der Reichsvereinigung hatte den Madrich benachrichtigt, nicht Alfred Selbiger; das Telefon in seinem Büro klingelte seit Tagen ins Leere.
Die Stille im Raum wuchs über die Decke und die Mauern hinaus, über das Landwerk hinweg zum nächtlichen Himmel empor.

Die Madrichim riefen jeden Morgen zum Appell zusammen, begleiteten die Gruppen hinaus zu den Arbeiten, die notwendig waren, am Tomatenberg, in den Gewächshäusern und im Stall. Hauptwachtmeister Henike fand sich ein, pirschte durchs Gelände, brummte vor sich hin. Nach Wochen brachte Postbote Neuss eine Nachricht von Marleen. Sie habe sich

mit Vater an der Sammelstelle Moorweidenstraße melden und das Umzugsverzeichnis abgeben müssen, zur Abklärung einer möglichen Umsiedlung. Danach habe sie die Anweisung erhalten über das zugelassene Gepäck, Wegzehrung für zwei Tage und die Aufforderung, persönlichen Besitz, Bargeld, Wertsachen auszuhändigen.
Zwei Familien aus der Dillstraße sind schon zur Abwanderung gekommen. Nach Warschau, heißt es. Aber wir sind noch da. Der Vater hat sich erholt. Wir sind zusammen. Nicht ohne Hoffnung. Marleen.
Dann brachte der Hauptwachtmeister den Befehl zur vorzunehmenden Räumung des Landwerks.
Aus Berlin traf die Bestätigung ein: Ende aller Hachscharot bis auf zwei, Neuendorf und Paderborn. Das Landgut Ahrensdorf gehe zurück an den Besitzer.
Fünf nach zwölf.
Annas Stimme klang verhalten.
Die Anordnungen erfolgten rasch. In den nächsten Tagen würde die Verlegung nach Neuendorf beginnen, sie hatten sich reisefertig zu machen. Anna verwies auf die Mitteilung am Anschlagbrett. Eine Gruppe bleibe für die Aufräumarbeiten zurück, unter ihrer und Heinrichs Anleitung: Ron, Richard, Hedwig, Efri und Alina. Bleiben würde auch das Verwalterehepaar Krüger und nach ihrer Abreise wieder dem alten Gutsherrn dienen, der zurückkehre.
Eng werde es sein in Neuendorf, aus allen Hachscharot würden sie kommen. Das betonte der Hauptwachtmeister und fügte hinzu, vielleicht sei Neuendorf nur eine Station.
Jedem sein Gepäck, und was keinen Platz finde, wandere ins Feuer. So müsse das sein, wie sehr sie sich auch sperrten.

Dann kam der Tag. Die Jungen und Mädchen vom Landwerk machten sich auf den Weg, schritten mit ihrem Gepäck durch das Tor Richtung Trebbin. Zurück blieb die Gruppe fürs Räumen.
In der Küche stellte Alina zusammen, was fortzutragen war. Der Hauptwachtmeister bekam seinen Teil ab, Marmelade, Honig, eingekochte Tomaten; auch Postbote Neuss wurde mit Vorrat aus der Speisekammer versehen. Und was noch blieb, nahm Frau Krüger für Frauen im Dorf mit, von denen manch eine litt in dieser Zeit des Krieges.
Im Landwerk hatte jeder zu packen, stopfte in seinen Sack, was möglich und erlaubt und nicht beschlagnahmt worden war. Efri wickelte die Gebetsriemen des Großvaters aus Kattowitz zusammen. Richard nahm eine abgegriffene Struwwelpeter-Ausgabe aus seinem Elternhaus mit. Ron behielt das Challadeckchen. Viel konnten sie nicht mitnehmen, einen Rucksack bloß. Kleider auch für kalte Zeiten, betonte Anna.
In dem, was einmal die Bibliothek gewesen war, ohne Bücher nun, ohne das Portrait Herzls, hing noch immer die Fahne. Anna nahm sie von der Wand und riß sie in Stücke, für jeden eines. Das letzte, das einzige fast ohne eine Spur vom blauen Stern im Weiß, mit ein paar wenigen blauen Fäden nur, nahm Anna.
Was tun mit den Bündeln von denen, die abgeholt worden waren. Sie lagerten hinter der Bibliothek, verschnürt, mit Etiketten versehen. Krüger bestand darauf, sie wegzuschaffen. Der Hauptwachtmeister hatte ein Einsehen, er ließ sie auf seine Dienststelle bringen, bis auf weiteres.
Frau Krüger war auf der Hut und wies fort, was nicht von hier und arisch war. Zwei Koffer brachte der Madrich nach Berlin, in die Kantstraße, wo sich in der Reichsvereinigung

noch Platz fand für ein paar Bücher und Dokumente. Alfred Selbiger war nicht im Büro. Keiner wußte Bescheid. Das berichtete der Madrich bei der Rückkehr.

An die Arbeit dann! Annas Händeklatschen war sanft. Die Unterkunft der Jungen zuerst. Alles heraustragen, was noch da ist, die Strohsäcke, die Eimer, das Brett für Zahnputzgläser und Waschzeug. Und dann zum Haupthaus.

Als sie die Duschen im Untergeschoß des Schlößchens abbauten, gestand Efri, einmal den Mädchen durchs Fenster beim Duschen zugeschaut zu haben. Hedwig lachte ihm zu. Anna blieb nachsichtig.

Verwalter Krüger stand dabei, wies an und war schon ganz sein Gutsherr, der nicht übernehmen wollte, was zu einem andern Volk gehörte. Ein Feuer für das, was nicht zu gebrauchen war; was nicht brannte, kam in die Grube hinter dem Haus. Werkzeuge, Geschirr, Gerät waren ins Dorf zu tragen.

Im Jägerhaus gab es nicht viel zu tun. Fort die Bilder, die da gehangen hatten in den vergangenen fünf Jahren, eines von den Chawerim auf dem Feld, eines von der Stadt Jerusalem. Und da, zwischen Flusen und Staub, entdeckte Ron eine Haarspange aus Schildpatt, die er rasch aufhob. Er hielt die Spange in der geschlossenen Faust, rannte fast aus dem Haus, das wieder ein Jägerhaus war, mit Geweihen an der Wand, mit Waidmannssprüchen und Jagdtrophäen, neu gehängt und frisch poliert. Gutsverwalter Krüger war zufrieden. Das ließ ihn freundlich sein zu denen, die gingen.

Abends saß Ron abseits und schrieb ihr, die fort war, einen Brief, schrieb, um bei ihr zu sein.

Liebste,
ich muß Dir schreiben, auch wenn ich nicht weiß, wo Du bist, ja, ob Du lebst.
Noch sind wir hier, im Landwerk, die letzten auf dem Gelände. Ich werde unsere Wege noch einmal gehen, ohne Dich.
Ich kann mich auf die Stufe vor dem Jägerhaus setzen, die Nacht vorüberziehen sehen, Deine Gestalt vor dem Fenster, Dein Gesicht, leicht gesenkt, als schautest Du auf Deine bloßen Füße: kann das Glück ermessen, das wir hatten. Aber Du bist nicht da. Ich höre den Vogel in den Zweigen, als wäre es der Morgen nach unserer Nacht, und ich reiche dir die Spange aus Schildpatt, die Du gesucht und nicht gefunden hast. Alles, was ich bin, ruft nach Dir.
In diesen Tagen bricht wieder ein Sommer an; in den Lichtungen blüht der Sonnentau auf. Doch wir, Du und ich, fahren nicht an die Nieplitz, an den Blankensee.
Wir beseitigen die Spuren, damit nichts daran erinnert, wie wir hier gelebt und geliebt und von einer andern Welt geträumt haben. Du und ich, Carl und Ruth, Dorothee und Manuel. Das Gras wird auf den Trampelpfaden wachsen, auf denen wir gegangen sind, Hand in Hand, und für Augenblicke vergessen haben, was draußen ist. Die Unterkunft der Jungen ist schon leer, in den Schuppen zurückverwandelt, die Strohsäcke sind verbrannt. Wir schlafen im Schlößchen, in Euren Räumen, auf Euren Betten. Ich schlafe hinein in eine Seligkeit, als wärst Du an meiner Seite.
Ich höre den Brunnen vor dem Fenster, den Wasserstrahl, der aufschießt, und ein Mädchenlachen. Ich habe mich ganz und gar mit Dir angesteckt. Das bleibt in mir, solange ich bin.
Wir packen zusammen und kommen zur Abwanderung, wissen nicht wohin und für wie lange.

Du bist mit mir, ich bin mit Dir, wo immer Du sein magst,
Dein Ron

Die letzte Nacht im Landwerk.

Alle waren da, im ehemaligen Schlafraum der Mädchen. Der Madrich schaute zum Fenster, die Madricha blätterte in einem Buch. Der Brief an Lissy steckte in Rons Tasche. Er würde ihn dem Madrich für die Reichsvereinigung mitgeben. Manchmal erreichte Post über das Rote Kreuz auch ferne Empfänger. Richard und Efri schoben sich auf einem Spielbrett Steine zu. Auch Alina hatte sich eingefunden. Keiner mochte reden, keiner konnte schlafen.

Das fahle Licht des neuen Tages war eine Erlösung, rasch standen sie auf, schlüpften in die Kleider, trugen nach unten, was mit ihnen ging. Der Hauptwachtmeister wartete am Tor, winkte das Fahrzeug heran, grüßte knapp und knurrend, hakte ab auf seiner Liste, schaute zu, wie einer nach dem andern aufsprang. Alle beeilten sich, auch Ron. Oben auf der Freitreppe, nebeneinander, das Verwalterehepaar Krüger.

Henike gab dem Fahrer ein Zeichen.

Nur einer lehnte noch immer am offenen Torflügel, die Hände am eisernen Riegel festgeklammert, als wollte er nicht loslassen.

Efri, komm schon, es ist Zeit.

Der Autor dankt

für Anregungen und Einblick in ihre Forschungsarbeiten: Ruth und Herbert Fiedler, Luckenwalde; Rüdiger Pohlmann, Hamburg;

für die Bereitschaft zu Gesprächen: L. Oren, Hamburg; E. Kary, Ludwigslust; E. Heymann und E. Loeb, Jerusalem; Y. Levy, Degania; Ch. Ehrlich, Tel Aviv; Dr. W. Weißleder, Potsdam;

für die Bereitstellung von Unterlagen:
dem Brandenburgischen Landeshauptarchiv, Potsdam, Frau Ch. Klose;
dem Museum Beth Hatefutsoth, Tel Aviv, Frau Z. Rosenne;
der Gedenkstätte Yad Vashem, Frau L. Teichthal;
dem Förderverein Internationale Begegnungsstätte: Frau D. Kieback, Trebbin;
dem ITS Arolsen, Frau S. Urban;

für ausgelegte Notenblätter und Partituren: Noëmi Rueff;

für Beratung und hilfreiche Ergänzungen: Dr. Gerold Necker, Martin-Luther-Universität Halle-Wittenberg;

dem Aargauer Kuratorium, das die Recherchen für diesen Roman durch einen Aufenthalt in Berlin gefördert hat.